Diogenes Taschenbuch 24824

de
te
be

WALTER HEINRICH wurde 1934 in Teplitz geboren. Nach einem Maschinenbaustudium lernte er Darstellende Kunst am Mozarteum in Salzburg. Er war viele Jahre als Schauspieler, Dramaturg und Regisseur fürs Theater tätig und schrieb für Rundfunk und Fernsehen. 1984 kam sein Spielfilm *Das Wagnis des Arnold Janssen* ins Kino. Auch über Maximilian Kolbe wollte Walter Heinrich ursprünglich einen Film machen – es wurde ein Roman daraus, der 1987 erstmals erschien und in fünf Sprachen übersetzt wurde, damals unter dem Pseudonym Henri Walter. Heinrich starb 2021.

Walter Heinrich

Die Stunde des Pelikans

Die Lebensgeschichte des Maximilian Kolbe

ROMAN

Diogenes

Die Erstausgabe erschien 1987 im Diogenes Verlag unter dem Pseudonym ›Henri Walter‹ und dem Titel: *Der Pelikan*
Der Roman wurde vom Autor für die vorliegende Ausgabe überarbeitet
Covermotiv: Gemälde von Felix Nussbaum, ›Krug am Fenster‹, 1926
Foto: The Picture Art Collection / Alamy Stock Foto

Veröffentlicht als Diogenes Taschenbuch, 2025

info@diogenes.ch · www.diogenes.ch
In Fragen zur Produktsicherheit (GPSR):
truepages UG (haftungsbeschränkt)
Westermühlstraße 29, 80469 München
info@truepages.de
15/25/44/1
ISBN 978 3 257 24824 1

An einem Sommerabend

Sie hockten reglos auf den Treppen vor den Eingängen ihrer Blockgebäude oder lehnten an den Mauern; sie kauten an den Resten ihres Abendbrots, schwiegen vor sich hin und starrten auf die Lagerstraße; sie vollzogen ihren bescheidenen Feierabend und wirkten seltsam leblos dabei, diese Häftlinge – leblos, nicht wesenlos, in dem Licht, das eintritt kurz vor Sonnenuntergang nach strahlenden Sommertagen und alles entschärft und irgendwie verklärt.

Dann kam plötzlich Fritsch vorbei. Er kam mit dem üblichen Gefolge: mit seinem Rapportführer Palitzsch und zwei weiteren Offizieren in den grünen Uniformen der Waffen-ss. Sie schritten durch die Lagerstraßen auf ihre besondere bewusste Art, die immer gleich Leben in die Gefangenen brachte: Viele sprangen auf und verzogen sich ins Innere der Blocks. Nur einige wenige, die Erfahreneren unter ihnen, blieben, wo sie waren, und blickten nur einfach weg. Sie wussten, was Fritsch am meisten reizte, war zu deutlich gezeigte Angst. Und natürlich wussten sie auch, wohin die Lagerführung ging, dass eine ›Auswahl‹ anstand auf dem Appellplatz und weswegen. Das Lager war ja erstaunlich hellhörig, und man wusste jederzeit alles und war aus geheimnisvollen Quellen immer informiert über das, was gerade gespielt wurde.

Gestern war einer von ihnen geflohen, Klos mit Namen. Er war vor seiner Verhaftung Bäcker gewesen und kam erst vor Kurzem ins Lager, als »Politischer«. Wahrscheinlich hatte ihm seine lockere Zunge dazu verholfen, die er nicht bezähmen konnte, nicht einmal, als er schon im Lager war. So machte er von Anfang an kein Hehl daraus, dass er abhauen würde, sobald sich ihm eine Gelegenheit dazu böte, und dass er dann kämpfen würde als Partisan aus dem Untergrund. Doch er war ein Typ, den jeder für einen Großsprecher hielt, sogar die Lagerleitung. Als sein Blockkapo ihn nämlich melden wollte, nachdem er trotz mehrmaliger Verwarnungen nicht aufhörte, frech und aufrührerisch daherzureden, lachte der diensthabende Unterscharführer nur und ließ die Sache auf sich beruhen.

Doch dann, gestern, war er plötzlich weg, wie vom Erdboden verschwunden. Man versuchte natürlich, ihn wieder aufzugreifen. Eine Menge Suchmannschaften mit Motorrädern und Hunden durchkämmten die Gegend, wo Klos' Arbeitskommando tagsüber mit Trockenlegungsarbeiten beschäftig war. Sie suchten etliche Nachtstunden lang und den ganzen heutigen glühend heißen Tag, fahndeten in den Sümpfen um den Fluss und überall im Umkreis der Fünf-Kilometer-Sicherheitszone um das Lager – aber jetzt, da die Auswahl stattfand, zeigte sich, dass sie ihn trotz aller Bemühungen nicht mehr zu fassen vermocht hatten.

Das war schon erstaunlich, dass einmal ein Fluchtversuch vom Außenposten gelang, wo man in der Regel schärfer bewachte und im Verdachtsfall schneller schoss. Aber vielleicht wirkte diesmal der Umstand mit, dass man mit der Suche nicht sofort hatte beginnen können, weil niemand merkte, wann genau Klos geflohen war. Es fiel erst auf, als sein Block nach der Rückkehr vom Außenkommando beim Abendappell abgezählt wurde. Das war schon ziemlich spät, und es wurde bald dunkel – ein Vorteil für Klos, den der ganze Suchaufwand mit Scheinwerferfahrzeugen und viel Mannschaft mit Hunden nicht aufwiegen konnte.

Jedenfalls hatte wieder mal einer ein Zeichen der Hoffnung gesetzt, und wenn auch die meisten von ihnen wohl nicht ernsthaft daran dachten, selbst einen Fluchtversuch zu wagen, setzte sich doch dieser Trost im Bewusstsein der Häftlinge fest: Flucht war schwierig, aber möglich! Und an dieser Hoffnung, die sie innerlich erbaute, änderte auch das kaum etwas, was sie kostete: die Auswahl. Diese Strafmaßnahme bestand darin, dass für jeden Häftling, dessen Flucht gelang, zehn Mithäftlinge aus dem gleichen Block zum Tod im Hungerbunker ausgewählt wurden. Fritsch hatte sich das selbst ausgedacht. Als Lagerführer baute er sehr auf die abschreckende Wirkung solcher Maßnahmen und führte sie auch stets persönlich durch, um damit alle Häftlinge immer sicher zu beeindrucken.

Vielleicht doch nicht immer. Und nicht alle. Die Häftlinge dachten es, als sie jetzt Fritsch zurückkommen sahen und sofort merkten, dass etwas nicht stimmte. Sie waren in der Zwischenzeit alle wieder aus den Blocks herausgetreten und warfen vage Blicke in Richtung Appellplatz, von wo der Lagerchef auftauchen musste, sobald er die Auswahl beendet hatte. Sie blickten also hin und fassten es nicht gleich, als Fritsch angestiefelt kam, nicht forsch und selbstbewusst wie sonst immer, sondern unsicher und nachdenklich. Auch kam er allein, ohne seinen Anhang, und machte ein Gesicht, dem man anmerkte, dass etwas Außergewöhnliches vorgefallen sein musste. Was das genau war, konnte man ihm natürlich nicht ansehen, und er selbst gab sich Mühe, das Ganze möglichst nicht so wichtig zu nehmen.

Im Grunde war auch nichts Besonderes geschehen auf dem Appellplatz, nichts jedenfalls, was den Lagerführer ernstlich hätte beunruhigen müssen. Es war einfach eine Auswahl gewesen wie sonst auch, wenn ein Fluchtfall vorlag, und er hatte sich seine Häftlinge für den Hungerbunker mit gewohnter Arglist herausgesucht, zehn aus den etwa vierhundert Gefangenen von Block 14a, der Klos' Block gewesen war. Dann, als er eben damit fertig war, meldete sich einer, trat aus der Reihe der Häftlinge heraus und bat, für einen, der schon ausgewählt war, ausgetauscht zu werden. Und er, Fritsch, fand zuerst nichts dabei, wechselte die Männer aus, und das war alles.

Aber plötzlich stieß ihn etwas daran. Dass sich einer freiwillig zum Tod durch Verhungern meldete, das stimmte nicht recht, das störte ihn zunehmend und, gegen seinen Willen, sann er darüber nach, ob er etwa einen Fehler gemacht hätte mit diesem Austausch.

Erregt schritt Fritsch davon in Richtung Lagerverwaltung, und kaum war er außer Sicht, folgten ihm seine Begleiter. Auch ihnen ging manches durch den Kopf, wie man bemerken konnte, denn sie kamen einzeln daher und passierten das Spalier der Häftlinge in ungewohnt abwesender Manier.

Etwas später zogen dann die vorbei, die alles am meisten

betraf: die zehn Ausgewählten. Da wandten sich die meisten ab, manche, um ihre feuchten Augen zu verbergen, andere, um sich heimlich zu bekreuzigen, und wieder andere, weil sie den Kummer, der über sie kommen wollte, nicht ertrugen.

Nur die Bunkerhäftlinge selber machten sich keine Gedanken mehr, jedenfalls nicht solche, die sie noch irgendwie ängstigen konnten. Für sie war alles entschieden, ihr Ende war absehbar geworden, schon besiegelt und verbucht sozusagen und nur noch an den Umstand von einigen gezählten Tagen im Hungerbunker gebunden.

Dort, in ihrer Zelle, holte sie freilich die Verzweiflung wieder ein. Nur der eine unter ihnen, der sich für einen anderen gemeldet hatte, blieb merkwürdig gelassen und gab ihnen etwas wie einen Halt im Abgrund der Ängste, die in ihnen aufsteigen wollten. Er saß nur einfach da, auf dem blanken Betonboden, in ihrer Mitte, und schwieg. Aber doch merkte man, dass etwas in ihm vorging, und irgendwie nahmen alle andern daran teil.

Was diesen Häftling bewegte, war eine Art Rückschau auf das, was sein Leben gewesen war – ein wesentlicher geistiger Prozess des Sichlösens von tief eingeprägten Erlebnissen. Er erkannte seine Erfahrungen plötzlich sehr klar, ihren Sinn und ihre Zusammenhänge, und dies geschah aus einem seltsamen Abstand, fast so, als wäre er es gar nicht selbst gewesen, der sie gemacht hatte.

Tatsächlich sah er sich in den Bildern, die jetzt aus seinen Seelentiefen aufstiegen und sich ihm bewusst machten, wie einen Fremden, dessen persönliches Geschick ihn kaum noch berührte. Dagegen schien ihm seine Rolle in einem größeren Ganzen hervorgehoben, seine eigentliche Berufung und Aufgabe, und wie er sie erfüllte.

Einige dieser Bilder aus seinem Leben waren folgende …

Der Flug des Pelikans

Eine Demonstration

Es ist das Jahr 1917. Ein heißer, unruhiger Sommer liegt über Rom und schürt den Unmut der Bürger, die an den zunehmenden Bürden und Einschränkungen durch den Krieg gegen die Krauts, die Österreicher, zu leiden haben. Maksymilian Kolbe, dreiundzwanzig Jahre alt, trägt die schwarze Kutte der Franziskaner-Minoriten und studiert Theologie und Philosophie am römischen Franziskanerkolleg San Teodoro.

An einem Tag, schwül und brütend schon am Morgen, ist der junge Franziskaner in der Stadt unterwegs und wird Zeuge einer antikirchlichen Demonstration. Das geschieht unbeabsichtigt und bringt ihn und zwei seiner Mitbrüder, die ihn begleiten, in eine nicht ungefährliche Situation. Dennoch kann er nicht widerstehen, dem Zug der Menge in einiger Entfernung zu folgen und das Ereignis zu beobachten, was seine etwas furchtsamen Begleiter nicht wenig irritiert. Nur zögernd schließen sie sich an, und so gelangen sie schließlich zum Petersplatz, wo das Geschehen seinen Höhepunkt erreicht. Um besser sehen zu können, erklettert Maksymilian einen abgestellten Handwagen, den seine Mitbrüder, sich ängstlich umschauend, vorsorglich festhalten und vor dem Fortrollen sichern. Von oben, aus seiner erhabenen Position, kann er die Szene gut überschauen und schildert den Brüdern, stockend und staunend, was er zu sehen bekommt und wovon die jungen Patres noch in keinem ihrer theologischen Bücher gelesen haben, die sie zu ihrer Ausbildung studieren …

Da hat sich eine Volksmenge von mehreren Tausend Zuschauern auf einem Teil des weiten Platzes eingefunden und säumt eine breite Gasse, durch die sich ein Zug von wohl zweihundert Demonstranten und Mitläufern bewegt. Sie tragen Schilder und Spruchbänder mit antipäpstlichen Parolen und wiederholen gewisse Sprüche in lautstarken Sprechchören. Was sie besagen, kann Maksymilian zwar nicht genau verstehen, aber er merkt, dass es sich um gewaltige Emotionen handelt, die hier zur Entladung drängen.

Jetzt verteilt eine Gruppe der Demonstranten Flugblätter an die Zuschauer, wobei einige von ihnen versuchen, die Menge durch Einzelrufe, spontan und fanatisch ausgestoßen, aufzuhetzen und in Bewegung zu bringen. Eine zweite Gruppe schwenkt schwarze Fahnen mit abgründigen Symbolen und anderen herausfordernden Motiven, unter anderem den Erzengel Michael, wie er besiegt unter den Füßen Luzifers liegt – man hisst sie mit Gejohle und unter dem Absingen von Spottliedern gerade gegenüber dem Papstpalast. Gleichzeitig schiebt man einen Theaterwagen unter die Fenster des päpstlichen Domizils und beginnt, einige kleine Stücke zu spielen, Parodien, wie Maksymilian unschwer erkennen kann, da die Akteure in ihrem pantomimischen Spiel furchtbar übertreiben. Und natürlich behandeln die Szenen Probleme und Schwächen der Kirche.

Äußerst gehässig und boshaft vorgebracht erscheinen Maksymilian diese Darbietungen, nur darauf zielend, das

Volk zu erregen und aufzuhetzen – was denn auch zunehmend geschieht. Besonders als zwei Schauspieler, verkleidet als Wachen der Schweizergarde des Vatikans, lebensgroße Puppen aufs Podium des Bühnenwagens schleppen, gerät die Menge in Wallung. Die Puppen stellen berühmte Opfer der Inquisition dar, und wechselnde Schautafeln zeigen ihre Namen an, darunter auch Giordano Bruno, der Renaissance-Philosoph, von dem die Patres schon gehört haben.

Dann sieht Maksymilian, wie diese Puppen vom Hl. Offizium, dargestellt durch einige papageienhaft gekleidete, ballonartig aufgeblähte, pathetisch agierende Kardinäle mit grellrot geschminkten Gesichtern, zuerst verhört, dann gefoltert und schließlich verurteilt werden. Dies alles geschieht mit übertrieben scheinheiligem Getue, mit großen Bekreuzigungsgebärden und vielen Blicken gegen den Himmel.

Endlich, als die Volksmenge schon ziemlich außer sich ist und ihr Johlen und Schreien weithin über den Platz hallt, wird ein inzwischen vorbereiteter Scheiterhaufen entzündet. Die Puppen, die man zuvor mit blutroter Farbe beschmiert hat, werden nun sämtlich in die übermannshoch auflodernden Flammen geworfen und verbrennen wie Zunder. Jetzt ist die Menge nicht mehr zu halten. Sie stürmt auf den päpstlichen Palast zu und beginnt in grotesken Anfällen von blindwütigem Hass die Mauern zu beschmieren und unsittlich zu beschmutzen. Dabei werden auch mitgebrachte Abbilder, den Papst und hohe kirchliche Würdenträger darstellend, provokativ zerstört, verbrannt oder unter dem Hersagen von Flüchen und magischen Formeln mit Messern durchstochen und zerschnitten.

Als schließlich eine Schwadron berittener Carabinieri erscheint und versucht, das aufgebrachte Volk mit gezückten Säbeln zu zerstreuen, wird sie regelrecht aufgerieben. Ohne ihre Waffen recht gebrauchen zu können, werden etliche der Gendarmen von ihren Pferden gerissen, entwaffnet und davongejagt. Der Rest der Gesetzeshüter sucht vorsorglich das Weite und verlässt fluchtartig den Schauplatz.

Mit naivem Staunen beobachtet Maksymilian den Ablauf der dramatischen Ereignisse. Er sieht mit Beklemmung, wie der einfache Mensch, aufgelöst in der Masse, seine natürliche Hemmung und Selbstkontrolle verliert, wie schnell und leicht er in den Sog von Fanatismus und Zerstörungswut gerät und gegen seine Vernunft und sein eigentliches Menschentum handelt. Beinah körperlich und mit großem Entsetzen spürt er die verheerenden Energien, die Zorn und Hass freizusetzen vermögen – spürt das alles intensiv wie ein Kind und glaubt mit einmal, das Mysterium des Bösen zu begreifen, den Geist des Widergöttlichen, der den Menschen so rasch zu entmenschen vermag. So steht er auf der Ladefläche des Handwagens und überlässt sich, auf das Schauspiel starrend, wie gebannt seiner gewaltigen, fast unwirklichen Erfahrung.

Die beiden Mitbrüder haben schon eine Weile kein Wort mehr von ihm gehört. Sie sind durch den zunehmenden Tumult bereits ziemlich nervös und werfen ängstliche Blicke um sich. Endlich zupft Pater Pal, der Rumäne, ihren Anführer an der Kutte.

Ich glaube, sagt er in seinem gebrochenen Italienisch, du solltest jetzt vom Wagen absteigen! Es wird sonst etwas unruhig …

Und Bruder Pignalberi kommentiert spontan: Er meint,

was ich schon lange meine, wir sollten uns in Sicherheit bringen! Schleunigst verschwinden, verduften, abhauen, bevor sie uns entdecken!

Doch Maksymilian reagiert nicht gleich. Bewegungslos wie eine Säule steht er oben und scheint die Brüder und die eigene Situation völlig vergessen zu haben. Erst als ihn Pignalberi am Habit vom Karren herunterzerrt, kommt er zu sich und blickt seine Mitbrüder mit großen Augen an.

Habt ihr das gesehen?, fragt er.

Die andern werfen sich einen Blick zu.

Nicht so gut wie du, sagt Pater Pal. Und Pignalberi versichert glaubhaft: Aber wir verzichten gern!

Diese Wut!, setzt Maksymilian fort, mehr zu sich selbst. Dieser unglaubliche Hass in den Herzen der Menschen …

Ja eben! Wir sollten uns hüten und keine unziemliche Neugier für das Übel zeigen – was ja auch unserm Stand widerspricht!, entfährt es Pignalberi.

Warum? Kämpfen wir nicht gegen das Böse? Und müssen wir nicht kennen, wogegen wir kämpfen?

Maksymilian sagte es. Er steht, kleiner und schmächtiger als seine Brüder, zwischen ihnen und rührt sich nicht von der Stelle.

Komm jetzt!, drängt Pater Pal und erläutert: Es sind wahrscheinlich Freimaurer, die hier agieren. Sie feiern ihr zweihundertjähriges Bestehen, hab ich gehört. Aber nun komm schon!

Doch Maksymilian steht wie angenagelt.

Wo wohnt ihr Logenmeister?

O Heilige Mutter! Pignalberi ringt die Hände. Im Palazzo Verde. Warum?

Weil wir ihn aufsuchen werden! Wir müssen ihm erklären, dass Hass niemals unsere Probleme löst, sondern nur neue schafft.

Maksymilian setzt sich sogleich in Bewegung, doch nun zögern die Brüder.

Du willst zum Großlogenmeister?

Er muss überzeugt werden, versteht ihr. Wir müssen etwas tun, dass solche Dinge nicht mehr geschehen. Kommt mit!

Nun stehen die Brüder ihrerseits wie angenagelt. Als Ma-ksymilian ihre Hemmungen sieht, fügt er hinzu, plötzlich sehr geschmeidig und mit jener entwaffnenden Rücksichtnahme, die jeden mit Scham erfüllt, der wagt, ihrer Gefühlslogik zu widerstehen:

Wir gehen natürlich nur hin, wenn ihr das selber wollt. Wenn ihr einfach glaubt, wie ich auch, dass Aufklärung ein gutes Mittel ist, im Sinne des Evangeliums zu wirken – also zu kämpfen, nicht davonzulaufen!

Kämpfen! Si, si! Aber vielleicht sollte man die Dinge zeitlich etwas ordnen und das Letztere zuerst tun. Man kann ja nur kämpfen, wenn man gesund bleibt …

Der italienische Minderbruder wendet sich an seinen rumänischen Genossen um eine hilfreiche Geste, und Pater Pal hat in der Tat einen rettenden Einfall. Nicht ganz ohne Scheinheiligkeit in der Stimme wirft er ein: Ich bin auch dafür, dass wir etwas tun. Aber natürlich nicht ohne die Erlaubnis unserer Oberen! Wir stehen im Gelübde!

Die Mahnung an die schwerwiegende Pflicht mönchischen Gehorsams wirkt augenblicklich und entscheidet die Auseinandersetzung.

Gewiss, gibt Maksymilian sofort kleinlaut zu und lässt den Kopf hängen. Es ist nicht das erste Mal, dass er gewisse innere Aufwallungen und Willensimpulse bezähmen muss.

Doch die andern sind befriedigt. Sie ergreifen die Initiative, fassen ihren kämpferischen Mitbruder an den Ärmeln seiner Kutte und ziehen ihn so rasch wie möglich aus dem Sichtbereich der Menge, hinein in eine schmale Gasse, die wegführt vom Ort der Gefahr.

Kommt schon! Beeilt euch!, drängt Pignalberi. Wenn die Welt gefährlich wird, dann nichts wie ins Kloster …

Wenig später erreichen die Minderbrüder, schon ziemlich abseits des Petersplatzes, das Ende einer langen Gasse. Pignalberi atmet auf, und auch die andern fühlen sich irgendwie erleichtert und bereits in Sicherheit. Da stehen plötzlich einige jugendliche Demonstranten vor ihnen. Sie kamen um die Ecke, und nun stehen sie da und füllen die ganze Breite der Gasse aus. Acht Burschen sind es, im Alter zwischen fünfzehn und dreiundzwanzig. Sie tragen kurze Stöcke und schwenken eine selbstgemachte Fahne, bestehend aus einem weißen Leintuch, auf das mit roter und schwarzer Farbe eine schwer erkennbare Figur gemalt ist.

Wohin die Burschen wollen, ist klar, aber ihnen auszuweichen, dafür ist es für die Minderbrüder zu spät. Die Jugendlichen haben sie bereits erblickt und kommen auf sie zu, wobei sie in höhnischer Weise Ehrfurcht heucheln und Ausrufe der Bewunderung ausstoßen angesichts der gut aufgebügelten schwarzen Habite der Gottesmänner. Erst beim Anblick der Rosenkränze, die den Brüdern in franziskanischer Manier seitlich herabhängen, schlägt ihr Spaß in Ernst um, und sie nehmen eine drohende Haltung ein.

Auf ein Zeichen des Wortführers, eines kräftigen, aber nicht sonderlich klug aussehenden Kerls, breiten zwei von ihnen die Fahne aus, um sie den Brüdern zu zeigen und sie zu provozieren. Und jetzt können sie die roh und laienhaft gemalte Darstellung darauf gut erkennen: Es ist die von einer riesigen Schlange gefesselte Muttergottes, deren Kind von dem Tier gerade mit großem Appetit verschlungen wird.

Einen Moment lang beobachtet der Wortführer die Reaktion der drei Brüder, die deutlich zusammenzucken, erschrocken zurückweichen und völlig blass geworden sind, dann bricht er in Schmährufe aus.

Verdammte Madonna! Der Teufel soll sie holen! Die Schlange soll sie vertilgen, samt ihrem Bambino und allen von euch Heuchlern.

Bruder Pignalberi und Pater Pal weichen entsetzt zurück, Schritt für Schritt, bis sie das schützende Dunkel eines Hausflurs erreichen, worin sie blitzschnell verschwinden. Gleich darauf erscheinen ihre Köpfe in einem Fenster im obersten Stockwerk des Hauses. Von dort versuchen sie durch Zurufe auch Maksymilian zum Rückzug zu bewegen – aber was nützt es!

Der schmächtige Mitbruder, bleich wie der Tod, hat den Wortführer bereits am Hemd gepackt. Zutiefst empört zerrt er an ihm mit ganzer Kraft und brüllt ihn an.

Wie kannst du so etwas tun? Die Madonna verfluchen! Du weißt nicht einmal, wer sie ist!

Der Wortführer ist sprachlos. Er steht nur da, ein breitschultriger Muskelmann, und starrt erstaunt auf diesen Schmächtling, der so aufmutzt und ihm fast das Hemd zerreißt.

Was ist denn mit dem los?, scheint er zu denken. Statt eingeschüchtert zu sein, spielt der sich auf, als wäre er in der Überzahl und hätte eine ganze Schar Mitstreiter hinter sich … Der Wortführer blickt sich sicherheitshalber um, als könnte es sein, dass sie in einen Hinterhalt geraten wären. Aber dem ist nicht so, wie er dann doch begreift.

Dafür weißt du's umso besser, he!, sagt er.

Da schüttelt ihn Maksymilian schon wieder, wobei er freilich selbst mehr hin und her gerissen wird als der andere.

Aber jemanden beschimpfen, den man nicht kennt, das ist doch dumm! Einfach dumm!

Dumm, sagst du?

Blitzschnell schlägt der Wortführer Maksymilians Hände herunter, packt ihn an der Kutte, hebt ihn fast vom Boden auf und schüttelt ihn nun seinerseits.

Wer ist dumm? Spuck's ruhig aus: Wen meinst du?

Maksymilians Kopf pendelt hin und her, vor und zurück; kaum dass er noch sieht, was um ihn ist, doch versucht er nicht, sich zu befreien. Endlich stellt ihn der andere wieder auf die Füße, schaut grinsend in die Runde und dann auf sein Opfer.

Willst du noch was sagen, Pfäfflein?

Maksymilian blickt den Wortführer ruhig an.

Weiß eigentlich deine Mutter, was du hier tust?

Was hat die damit zu tun? Der andere ist leicht irritiert. Lass sie gefälligst aus dem Spiel!

Aber sie hat dich geboren und aufgezogen!

Na und?

Sie hat dir zu essen gegeben und deine Wäsche gemacht!

Was geht's dich an, verdammt!

Sie hat dich gepflegt, wenn du krank warst, und dich getröstet, wenn du traurig warst. Sie hat dich geliebt und liebt dich noch immer: Wie kannst du sagen, sie sei aus dem Spiel?

Der Wortführer starrt Maksymilian verständnislos an. Er begreift nicht, worauf der verrückte Kuttentyp mit seinem Gerede hinauswill. Das macht ihn unsicher, und sein anfänglicher Übermut kippt plötzlich in Missgelauntheit und Ärgerlichkeit um, zumal auch seine forschen Begleiter auf einmal etwas betreten wegblicken.

Du bist ein Idiot!, sagt er dann zu Maksymilian und lässt seine Kutte los. Doch der, kaum freigekommen, fasst nach der Fahne der Burschen, zerrt daran und versucht sie zu zerreißen.

Wie kannst du nur deine Mutter verfluchen und derart beschämen!

Er sagt das nicht laut, aber mit einer vor Empörung zitternden Stimme, was die Burschen seltsamerweise nicht kaltlässt; sie entreißen ihm zwar die Fahne, aber greifen ihn nicht an. Auch der Wortführer fühlt sich unversehens aus seiner sicheren Angriffsposition in eine ungewohnte Verteidigungshaltung gedrängt.

Ich habe die Madonna gemeint, du Idiot, nicht meine Mutter! Doch nicht meine eigene Mutter ... Was glaubst du überhaupt!

Da stellt sich Maksymilian vor ihn hin, fast auf Tuchfühlung, und hat plötzlich den Ton eines Vaters in der Stimme.

Du hast sie nicht gemeint, aber du hast sie doch getroffen! Denn genau das Wesen, das deine Mutter für dich ist, ist die Madonna für sie! Und für dich! Und für uns alle! Wer sie verhöhnt, verhöhnt das Beste, das er hat – in sich selber hat und in allen, mit denen er lebt ... Ihr dürft das nicht tun! Versprecht mir, jeder von euch, die Madonna nie wieder zu beleidigen!

Die Burschen staunen. Sie verstehen zwar nicht ganz, was der sagen will, der da vor ihnen steht wie ein nicht ganz geglückter Erzengel, aber sie merken, dass er es ehrlich meint. So seltsam seine Rede klingt, so sehr spüren sie, dass er selbst davon überzeugt ist – so sehr, dass er sogar riskiert, dafür Prügel zu beziehen. Und das eigentlich ist es, dieses riskante Einstehen für seine komische Wahrheit, was den Burschen unbewusst imponiert. Also senken sie die Köpfe, irgendwie im Innern betroffen. Dann, ohne noch Blicke untereinander auszutauschen, drücken sie sich an Maksymilian vorbei, einer nach dem andern, und trollen sich die Gasse hinunter. Zuletzt zieht der Wortführer ab, schweigend, mit dem Gesicht eines unsicheren Jungen, der sich nicht wohl fühlt in seiner Haut und es auf einmal sehr eilig hat, seiner Gruppe zu folgen. Dann ist es für einen Moment still um Maksymilian, der, äußerlich unbewegt, wie verloren in der Gasse steht.

Wenig später, als die Gefahr sicher überstanden ist, erscheinen seine Mitbrüder wieder, zuerst Pater Pal, dann Bruder Pignalberi. Vorsichtig lugen sie aus dem Hausflur, in dem sie zuvor verschwunden sind, schlüpfen dann heraus und legen Maksymilian fürsorglich die Hände auf die Schultern.

Wenn die Kerle jetzt nicht abgehauen wären, tönt Pignalberi mit drohender Gebärde, hätten wir eingegriffen, Bruder. Glaub mir, ich habe mich nur schwer zurückhalten können und saß schon wie auf glühenden Kohlen …

Er stockt mit einmal und beobachtet verwundert, wie Pater Pal sich niedergebeugt hat und hinter seinem Rücken schnuppert, riecht und an eindeutiger Stelle einen offenbar eindeutigen Geruch wahrnimmt. Er rümpft plötzlich die Nase.

Nicht auf Kohlen, glaub ich!, sagt Pal lakonisch und folgt Maksymilian nach, der bereits den Weg zum Kolleg eingeschlagen hat. Und Pignalberi, weder gekränkt noch beschämt, aber schon wieder von Furcht geplagt, läuft den Brüdern hinterher, etwas gehemmt freilich und in einer merkwürdig breitbeinigen Gangart.

Ein Anliegen

Am folgenden Tag schon steht Maksymilian im Arbeitszimmer des Rektors von San Teodoro. Er hat eben sein Anliegen vorgebracht und wartet nun auf Antwort. Hinter ihm in dem weitläufigen, franziskanisch einfach ausgestatteten Raum harrt Pater Pal aus, nahe der Tür und devot an die Wand gedrückt. Er ist mitgekommen, zur Verstärkung sozusagen, doch sieht es so aus, als bemühte er sich, möglichst vollständig im Boden zu versinken.

Beide Brüder blicken auf Pater Ingnudi, den etwa fünfzigjährigen rundlichen Vorstand des Kollegs, der gedankenvoll auf und ab geht. Er tut dies schweigend, mit kleinen nervösen Schritten und mit wechselndem Mienenspiel: Einmal blickt er mit versuchsweise autoritärer Miene in die Richtung der beiden Brüder, dann wieder wendet er sich mit ratlosem Ausdruck Pater Basile zu, dem Novizenmeister des Hauses, der Jesuit ist. Dieser scheint an dem Fall, der hier verhandelt wird, wenig interessiert; er sitzt in der kleinen Sitzecke des Zimmers und hat noch kein einziges Mal von der Zeitung aufgeblickt, die er gerade liest. Doch die Brüder kennen dieses Spiel bei ihm: Je unbeteiligter er sich gibt, desto genauer hört er zu, desto schärfer denkt er nach und desto sicherer brütet er etwas aus.

Endlich bricht der Rektor das Schweigen. Er wendet sich

Maksymilian zu, wobei er die Augenbrauen auf eine Weise hochzieht, die wohl etwas wie Verwunderung, freilich im negativen Sinn, ausdrücken soll.

Warum kommen Sie mir überhaupt mit so etwas? Sie wissen doch, dass ich nicht gerne Nein sage! Warum bringen Sie mich in Verlegenheit?

Tut mir leid, Pater Rektor. Aber ich dachte nicht ...

Was nicht? Dass ich doch einmal Nein sagen könnte? Pater Ingnudi blickt kopfschüttelnd zu Basile, der, ohne von der Zeitung aufzublicken, richtigstellt: Er meint, dass er dich in Verlegenheit bringt!

Der Rektor begreift. Er trippelt auf Maksymilian zu, in südländisch pathetischer Weise die Hände ringend, und fleht ihn an: Es ist nicht Ihr Ernst, mein Lieber! Es ist nicht wirklich Ihre Absicht, in diesen Palazzo Verde zu gehen, nicht wahr! Denken Sie doch, Sie sind dort ganz allein! Mitten im Hauptquartier der Freimaurer!

Wir gehen zu zweit, sagt Maksymilian unbewegt und deutet auf Pater Pal. Er wird mich begleiten.

Nur wenn wir die Erlaubnis bekommen sollten, wirft Pal von der Türe her ein, etwas hüstelnd. Wenn nicht ...

Dann nicht, natürlich! Ingnudi scheint einen Moment lang besänftigt, dann fährt er auf: Natürlich nicht! Was denkt ihr denn? Was glaubt ihr überhaupt? Wofür haltet ihr euch? Wohl, ich verstehe das Glaubenpathos junger Ordensleute und einen gewissen kämpferischen Überschwang – verstehe das, weil ich auch mal jung und voller Glauben war ...

Ein Hüsteln Basiles unterbricht ihn, und Ingnudi versteht: Den Glauben hab ich natürlich noch! – Aber gleich in die Höhle des Löwen gehen und den Großmeister der Freimaurer bekehren zu wollen, das geht einfach zu weit. Das grenzt an geistige Überhebung und ist zudem gefährlich. Schließlich bin ich für euer Heil verantwortlich, nicht nur für das der Seele und des Geistes, sondern auch des Leibes. Ich bitte euch, das zu verstehen!

Der Rektor, schon wieder versöhnlich gestimmt, blickt auf Maksymilian, der aber weiter nicht reagiert und ruhig wartet. Auf ihn wirkt so eine heftige italienische Verneinung wie eine polnische Bejahung, die man mit Geduld erkämpfen muss.

Was ist?, fragt Ingnudi gereizt. Die Sache ist entschieden, warum geht ihr nicht?

Weil wir meinen, Pater Rektor, dass man etwas unternehmen sollte. Gegen diese Herausforderung der heiligen Kirche. Es schadet uns beim gläubigen Volk, wenn wir nichts gegen das Böse tun … glauben wir!

So, so! Der Rektor, weniger geduldig als Maksymilian, fuchtelt nervös mit den Händen. Und was noch? Was glauben die Herren sonst noch?

Dass man Hass und Gewalttätigkeit, wo und durch wen immer sie verbreitet werden, mit allen Mitteln bekämpfen muss … müsste … sollte … Maksymilian sagt es, immer kleinlauter werdend angesichts des Rektors, der vor ihm steht und ihn düster fixiert.

Mit allen Mitteln? Was meinen Sie damit?

Er meint natürlich mit allen Mitteln im Sinne unseres christlichen Auftrags, wenn ich recht verstehe, wirft der Novizenmeister aus seiner Ecke vermittelnd ein.

Ah! Sie wollen damit doch nicht sagen, dass wir das

nicht längst tun, mein Lieber! Predigen wir nicht das Wort Gottes seit eh und je, die Botschaft des Friedens und der Liebe? Tut denn die Kirche und wir in ihr Ihrer Meinung nach noch nicht alles, was der HERR uns einst aufgetragen hat?!

Ingnudi blickt herausfordernd auf Maksymilian, der seinem Blick nicht ausweicht.

Vielleicht genügt das nicht, Pater Rektor, sagt er. Vielleicht müsste man mehr auf die Zeit eingehen, auf unsere gegenwärtige Situation, auf diese Ausschreitungen gegen die Kirche und ihre aktuellen Ursachen …

Die Sie aber doch gar nicht kennen!, unterbricht ihn Ingnudi. Was Sie nämlich für Ursachen halten, sind ja bereits die Folgen – und auch nur einige unter vielen. Nein, mein Lieber! Was wirklich schuld ist an solchen Demonstrationen, ist das ganze Gesellschaftsklima, das sie ermöglicht und hervorruft. Ich meine den allgemeinen materialistischen und antireligiösen Geist unserer gottlosen Zeit, der überall allgegenwärtig und doch nirgends konkret zu fassen ist. Was Sie unter *Kampf gegen das Böse* verstehen, läuft doch nur auf ein riskantes Wagestück hinaus, auf einen leichtsinnigen Bubenstreich, auf ein lächerliches Manöver – ähnlich dem Kampf Davids gegen Goliath!

Der Rektor wendet sich Basile zu, dessen Bestätigung erwartend. Doch der Novizenmeister schüttelt heftig den Kopf, und Ingnudi begreift seinen Fauxpas.

Ich meine, ohne das Wunder mit dem Kiesel. Damit lässt sich in unserem Fall nicht rechnen. Nein. Ich kann Ihnen die Erlaubnis zu solchen biblischen Schießübungen nicht geben, beim besten Willen nicht!

Einen Moment tritt nun Stille ein. Die Ablehnung des Rektors schwingt unwiderruflich im Raum und bewirkt eine etwas peinliche Stimmung, die oft entsteht, wenn allseits guter Wille herrscht und doch keine Übereinstimmung erzielt wird.

Man könnte noch etwas erwidern, rein theoretisch, denkt Maksymilian für sich. Aber praktisch verbietet es sein Gelübde, der mönchische Gehorsam. Wenn überhaupt, dann muss er hier zur Geltung kommen, so scheint es ihm, in solchen Momenten wie jetzt. Er schweigt also, senkt devot den Kopf und versucht, den Geschmack der Enttäuschung loszuwerden. Wie schon des Öfteren, seit er bei den Minderbrüdern eingetreten ist, spürt er, dass die Pflicht zum Gehorsam schwer ist und von allen Gelübden vielleicht das größte Opfer darstellt – jedenfalls für ihn, der sich schon öfter von etwas ausgefallenen Ideen und einem allzu persönlichen Engagement in manchen Dingen versucht sieht.

So oder ähnlich gehen ihm die Gedanken durch den Kopf, und jedenfalls nimmt er sich vor, über die Sinnfälligkeit des christlichen Gehorsams und die richtige Art, ihn zu praktizieren, genauer nachzudenken. Nicht dass er Zweifel hätte an seiner Berufung, er möchte nur besser begreifen, was sie wirklich von ihm fordert und wozu er sich im tieferen Sinne eigentlich verpflichtet hat.

Da hebt sich endlich Pater Basile aus seinem Sessel und kommt auf Maksymilian zu. Er spürt, wie nötig der enttäuschte Minderbruder noch ein paar Worte zum Thema braucht, und beginnt aus seiner Zeitung vorzulesen:

Die Demonstrationen der vergangenen Tage in Rom und in anderen Städten gegen die Kirche sind Ausdruck einer allgemeinen Unsicherheit in der Gesellschaft. Bedingt durch Rüstungsüberforderung, Geldentwertung, wirtschaftliche Depression und zunehmende Arbeitslosigkeit sowie deren Folgeerscheinungen werden immer breitere Kreise von einer sich zuspitzenden existenziellen Angst erfasst, die offenbar immer häufiger in Aggression umschlägt …

Da haben Sie's doch! Das ist es, was ich meine! Rektor Ingnudi wendet sich versöhnlich den Brüdern zu.

Was sich da an Hass und Gewalttätigkeit vor euren Augen entladen hat, ist nichts anderes als Angst! Diese uralte simple kreatürliche Angst des Menschen um sich selbst, um seine Hoffnungen, um seine Wünsche und Träume. Ja, Angst ist letztlich die Ursache von Hass, deshalb müssen wir sie bekämpfen, nicht den Hass, nicht die Gewalt, nicht irgendwelche Ausschreitungen, die nur Folgen sind.

Wie?

Wie *wie?*

Auf welche Weise sollen wir das tun?, fragt Maksymilian, scheinbar naiv wie ein Kind.

Das dürfte für einen Christen, zumal für einen Ordensbruder doch klar sein – durch Glauben, gelebt und gepredigt! Es geht einfach darum, die kreatürliche Furcht und Neigung zur Zerstörung, wie sie im Herzen des Menschen gegeben sind und Ausdruck seiner extrem materialistischen Gesinnung sind, durch ein festes unerschütterliches Gottvertrauen zu ersetzen, nichts weiter! Also: Unglaube raus – Vertrauen rein, und schon löst sich die Angst von selbst auf, verflüchtigt sich, verdampft gewissermaßen in der strahlenden Sonne unseres christlichen Glaubens!

Der Rektor fühlt sich in seinem Element und unterstreicht seine Worte mit heftigen Gebärden, die vielleicht das Aufsteigen von Rauch in den Himmel andeuten sollen. Er legt Maksymilian jovial die Hand auf die Schulter.

Ich weiß, Sie verstehen, was ich meine!

Maksymilians Gesicht drückt unverhohlene Skepsis aus.

Vielleicht, antwortet er vorsichtig. Jedenfalls klingt es sehr einfach …

Ist es aber nicht, mein Lieber!, lächelt der Rektor. Wohl ist die ewige Wahrheit im Grunde einfach – sehr einfach, weil vollkommen natürlich. Aber ihre Verwirklichung in der Zeit ist schwierig und das eigentliche Problem von uns Christen. Es muss von jeder Generation neu gelöst werden, mit immer neuen, einfallsreichen, zeitgemäßen Mitteln …

Basiles spontanes Hüsteln unterbricht den Rektor, der sich seinem Freund zuwendet.

Du möchtest etwas sagen?

An welche Mittel denkst du genau?

Ingnudi blickt verwundert.

Hab ich gesagt, dass ich welche weiß? Ingnudi zuckt mit den Schultern, und Basile senkt vielsagend den Kopf.

Aber es ist franziskanischer Brauch, setzt Ingnudi fort, die Gottesmutter zu bitten, sie möge uns vermitteln, was uns selbst nicht einfällt. Betet zu ihr um den Geist ihres Sohnes. Ich bin sicher, er wird uns helfen, die rechten Wege zu gehen!

Der Rektor hält die Unterredung für beendet und öffnet die Tür, um die Brüder hinauszulassen. Doch der Novizenmeister ruft Maksymilian zurück und winkt ihn zu sich. Er hat plötzlich einige Papiere in der Hand und hält sie dem andern hin.

Wie versprochen habe ich Ihre Pläne den Kollegen der naturwissenschaftlichen Fakultäten gezeigt. Sie haben Ihre Skizzen und Berechnungen sorgfältig geprüft – ich kann Ihnen nur gratulieren!

Basile lächelt, und Maksymilians Gesicht hellt sich mit einmal auf. Seine Stimme zittert fast vor freudiger Erregung.

Die Herren sind also … überzeugt? Meine Erfindung kann … wird verwirklicht werden?

Basiles Lächeln friert ein wenig ein.

Vielleicht. Jedenfalls hat niemand den Beweis erbringen können, dass es nicht funktioniert. Leider ist der Gegenstand Ihrer Arbeit, so hervorragend die Arbeit selbst ist, im Moment nicht sehr gefragt. Wie Sie wissen, hat die Kirche zurzeit andere Probleme und kann deshalb Ihr Projekt nicht weiter unterstützen, jedenfalls vorerst nicht …

Er wägt Maksymilians Papiere und Zeichnungen bedeutsam in seiner Hand.

… Raumschiffe zum Mars! Gewiss ein hohes Ziel christlicher Evangelisierung, wenn es die Zukunft einmal fordern sollte. Im Augenblick hätten wir bessere Chancen, wenn Sie Ihr Talent erdnäheren Aufgaben zuwenden könnten.

Maksymilians Miene verdüstert sich wieder. Er schweigt, wendet sich zur Tür und verschwindet. Als er bemerkt, dass er seine Pläne vergessen hat, dreht er um und wird unfreiwillig Zeuge eines Gesprächs zwischen seinen Vorgesetzten.

Diese jungen Leute!, sagt der Rektor. Möchten immer gleich Helden und Heilige sein und große Dinge tun und die Welt verbessern! Wann begreifen sie wohl, dass die Welt nur zu verbessern und umzuwandeln ist, indem jeder Einzelne dies mit sich selbst tut. Der Weg führt nach innen, nicht nach außen! Warum begreift man das so schwer? Haben doch so viele Kirchenlehrer und Mystiker so viel darüber geschrieben!

Als sie das aufschrieben, waren sie selbst vielleicht nicht mehr die Jüngsten!, wirft Basile ein.

Was willst du damit sagen?

Nun, vielleicht kann der junge Mensch nicht gleich nach innen gehen. Vielleicht braucht er das Außen noch als Übung, als Mittel für sein inneres Werden. Und die äußere Welt ihrerseits braucht unseren Weg nach innen zu ihrer Korrektur …

Sind das nicht jesuitische Spitzfindigkeiten, mein Lieber? Dein Orden hat in dieser Richtung schon manches Mal über die Stränge geschlagen, wenn ich nicht irre.

Mag schon sein, kontert Basile gutmütig. Aber äußere Lebenserfahrung ist nun mal der bessere Lehrmeister als Studieren, und wer auf äußeren Wegen stolpert, lernt leichter, es auf den inneren Wegen zu vermeiden. Deshalb glaube ich, wir sollten den Brüdern etwas mehr Freiraum geben, meinst du nicht?

Ingnudi wiegt bedenklich den Kopf, dann sieht er plötzlich Maksymilian an der Türe stehen.

Ah! Sie sind noch da! Er trippelt auf ihn zu.

Haben Sie auch das Gefühl, ich sei zu streng mit euch?

Maksymilian wirft einen Blick auf Basile, der schüttelt kaum merklich den Kopf.

Ich glaube nicht, sagt er. Sie wollen doch nur, dass wir uns im Außen nicht verlieren und leichter den Weg nach innen finden, der viel wichtiger ist …

Ingnudi ist betroffen. Und während Basile dem Minderbruder lächelnd die Pläne reicht und dieser endgültig verschwindet, entfährt dem Rektor ein staunendes Murmeln.

Er hat mich durchschaut und alles verstanden! Es sind doch sehr aufgeweckte junge Leute, die wir da heranziehen. Die Kirche kann durchaus stolz auf uns sein … Ich meine, auf unsere Alumnen!

Eine Gründung

Etwa drei Monate später geschah etwas, das heute in franziskanischen Chroniken festgehalten und nachzulesen ist, das aber damals, am 17. Oktober 1917, noch nicht einmal die Studenten von San Teodoro bemerkten, denen doch wahrhaftig nichts entging, was sich innerhalb der Mauern ihres Kollegs ereignete. Für die meisten von ihnen war es ein ganz gewöhnlicher Arbeitstag gewesen, angefüllt mit den üblichen Vorlesungen, mit Studierstunden, mit den vorgeschriebenen Andachten, Gebetszeiten und, jetzt am Abend, mit entspannenden Gesprächen bei einem Spaziergang in den umliegenden Straßen oder bei einem mehr meditativen Verweilen im nahe gelegenen Park.

Jedenfalls waren die meisten Brüder an diesem schönen Abend außer Haus, und also fiel es niemandem auf, dass einige von ihnen fehlten. Diese, es waren sieben, hatten sich im Sprechzimmer des Rektors zu einer heimlichen Verabredung zusammengefunden. Genauer gesagt, waren es zuerst nur sechs, denn der Siebte kam etwas zu spät – nicht aus schuldhaftem Versäumnis, sondern aus Veranlagung sozusagen, aus einem unwiderstehlichen Zwang seiner Natur …

Es ist Bruder Pignalberi, der jetzt mit wehendem Habit und einem Brief in der vorgestreckten Hand den Hauptflur des Kollegs entlangfliegt, vor einer der Türen haltmacht und hineinhorcht. Dann, sich vorsichtig umblickend, gibt er ein bestimmtes Klopfzeichen und wird eingelassen. Drinnen ist es merkwürdig dunkel, und Pignalberi muss seine Augen erst daran gewöhnen, bevor er genauer sieht, was hier vorgeht.

Da steht ein riesiger Tisch inmitten eines scheinbar unbegrenzten Zimmers, das so groß und so hoch ist, dass man bei verdunkeltem Fenster weder Wände noch Decke sehen kann. Die zwei brennenden Kerzen in der Mitte des Tisches beleuchten gerade nur die Gesichter der sechs Brüder, die rundherum sitzen, und natürlich die kleine Statue der Gottesmutter, die man zwischen den Kerzen aufgestellt hat. Pignalberi, von der mystischen Stimmung der Szene beeindruckt, nähert sich würdig und nimmt den noch unbesetzten siebten Platz am Tisch ein. Als er bemerkt, dass ihn die andern vorwurfsvoll anblicken, gibt er sich zerknirscht.

Tut mir leid, Brüder, dass ich zu spät komme! Man will unbedingt pünktlich sein, und dann wird man aufgehalten – ihr versteht das!

Wir verstehen das nicht, Pig, sagt eine herbe Stimme.

Nicht? Also gut! Ihr wisst, wie ich bin, und ich weiß es auch. Aber es tut mir leid, heute am meisten! Pignalberi gefällt sich in seiner Offenheit, die er den andern voraushat, wie er weiß.

Immerhin bin ich überhaupt gekommen, andere schicken nur Briefe, wie Pater Basile. Er reicht Maksymilian den mitgebrachten Brief, der ihn sofort öffnet. Dann liest er das Schreiben den Brüdern vor.

Liebe Brüder im Herrn! Für die heutige Gründung der MILITIA IMMACULATAE *wünsche ich euch von Herzen Gottes Segen! Leider kann ich selbst nicht mit dabei sein: verschiedene Rücksichten gegenüber meinem Amt, meinem Orden und der Kirche – ihr versteht das!*

Wir verstehen das nicht!, wirft Pignalberi erregt ein. Alle blicken auf ihn, dann liest Maksymilian weiter.

Ich versichere euch aber, dass ich eure Gefolgschaft fördern werde, so gut ich es vermag. Auch werde ich Seine Heiligkeit den Papst auf euer Unternehmen hinweisen und ihn um seinen persönlichen Segen für die M. I. *bitten. Ich bin zuversichtlich, er wird ihn gewähren!*

Enttäuscht lässt Maksymilian das Schreiben sinken, und enttäuscht von ihrem Novizenmeister sind auch die andern. Nur Bruder Pignalberi sieht plötzlich einen Vorteil und gibt sich tröstlich:

Auch gut, Brüder! Ist Pater Basile nicht da, so kann er uns auch nicht dreinreden. Und den päpstlichen Segen beschafft er uns gewiss. Schließlich ist er der Beichtvater des Heiligen Vaters – da wäscht eine Hand die andere, ihr versteht!

Wir verstehen das nicht!, sagt die herbe Stimme zum dritten Mal. Es ist Pater Pal, der Pignalberi ungehalten anblickt. Doch der Italiener zuckt nur mit den Schultern.

Rumänische Sturheit!, denkt er bei sich. Östliche Schwerfälligkeit! O Gott, was für weltfremde Mitbrüder hast du mir beschert!

Indessen hat Maksymilian ein Buch in die Mitte des Tisches gerückt und ist aufgestanden. Er blickt schweigend in die Runde, von einem zum andern, wobei sich alle Brüder von ihren Stühlen erheben und mit einmal sehr feierliche Gesichter haben. Sogar Pignalberi zeigt etwas wie würdige Ergriffenheit.

Und jetzt kommt Maksymilian zum Thema des Abends: Er tut es in zeremonieller Manier, mit bedeutungsvoll verhaltener Stimme, hüstelt und schluckt mehrmals, bevor er beginnt.

Liebe Brüder! Ihr wisst alle, wozu wir uns in dieser Stunde hier versammelt haben. Wir wollen eine Gefolgschaft gründen, in der sich Menschen gleichen Geistes zusammenfinden, um wichtige christliche Anliegen in unserer Zeit zu verwirklichen. Damit soll ein Impuls zu einer Gemeinschaft gesetzt werden, die möglichst viele Menschen anspricht und erfasst, sodass sie eines Tages – eines ferneren Tages – die gesamte Erdbevölkerung umschließt! Vielleicht auch nur die Hälfte, man wird sehen …

Er schlägt den schweren unbedruckten Deckel des Buches auf und präsentiert die erste leere weiße Seite – in jungfräulicher Reinheit und Anziehungskraft liegt sie offen vor den Brüdern.

Bevor wir uns hier eintragen und für immer binden, möchte ich noch einmal die Statuten vorlesen, auf die wir uns geeinigt haben. Flink holt Maksymilian aus den Tiefen seines Habits ein Papierchen hervor, vollbeschrieben mit einer winzigen, kaum lesbaren Schrift. Im Licht der Kerze, die Pater Pal gefährlich nahe an das Dokument hält, kann er tatsächlich das meiste entziffern.

Römisch eins, Name: MILITIA IMMACULATAE. *Auch Miliz der Unbefleckten Gottesmutter genannt. Abgekürzt:* M. I.

Er blickt in die Runde. Jeder nickt und gibt sein Einverständnis.

Römisch zwei, Zweck: Die Rettung und Vervollkommnung des Menschen nach dem Vorbild und mithilfe der Immaculata, betreffend möglichst viele Menschen, einschließlich uns selbst.

Wieder überzeugt er sich, ob die andern zustimmen. Und wieder nicken die Köpfe. Nur Pignalberi hält sich zurück. Sein Gesicht hat einen nachdenklichen Ausdruck angenommen, den Maksymilian geflissentlich übersieht; in Sorge um einen unverzögerten Ablauf der Dinge, setzt er rasch fort:

Römisch drei, Bedingungen: Erstens: Völlige Bereitschaft, der Immaculata als selbstloses Werkzeug zu dienen. Zweitens: Die Wundermedaille tragen.

In diesem Moment wird er von Pignalberi durch ein heftiges Räuspern unterbrochen. Die Runde der Brüder wirft ärgerliche Blicke auf ihn und versucht, den Italiener durch Zischen und Kopfschütteln im Zaum zu halten.

Ist etwas nicht klar, Pig?! Mitbruder Biasi sagt es, und es klingt wie ein Hinauswurf.

Nicht ganz, denkt Pignalberi – denkt es, aber sagt nichts. Schon leicht hierarchisch diese Gefolgschaft, scheint mir. Lässt eigentlich gar keinen Einspruch zu. Es ist wie mit Gottes Willen: Entweder man gehorcht, oder man sündigt. Möge meine Kutte mir helfen, meine Natur zu bändigen …

Pig nickt nun zustimmend, man atmet auf, und Maksymilian fährt fort.

Römisch vier, Mittel: Erstens: Möglichst einmal am Tag

sich an die Immaculata wenden mit der Bitte: O Maria, Gottesmutter, hilf uns, die wir uns zu dir bekennen, und allen, die sich noch nicht zu dir bekennen. Zweitens: Alle sonstigen Mittel, die sich aus der Situation sowie aus dem Geschick und der Klugheit des Einzelnen ergeben, besonders aber die Austeilung der wundertätigen Medaille.

Maksymilian hat fertiggelesen und lässt seinen Zettel im Ärmel seiner Kutte verschwinden. Da überkommt ihn ein Hustenanfall, der ihm für einen Moment fast den Atem nimmt. Mit Sorge bemerken die Brüder, dass sein Gesicht plötzlich kreidebleich geworden und eingefallen ist. Aber er fasst sich gleich wieder.

Wer sich zu diesen Statuten bekennt, der spreche jetzt laut seinen Namen und trage sich in dieses Buch ein.

Maksymilian schiebt das schwere Buch seinem Freund Pater Pal zu, der sich setzt und nach der Feder greift, die ihm Bruder Biasi beflissen und schreibfertig reicht.

Ich, Joseph Pal, bekenne mich zur M. I.!

Er sagt es mit seiner herben Stimme und unterschreibt. Dann blickt er ringsum auf die Zeugenschar, bevor er das Buch seinem Nebenmann weiterreicht.

Bruder Girolamo Biasi. Ich bekenne mich auch! Bevor er unterzeichnet, fügt er etwas dünkelhaft hinzu: Als Protokollführer.

Pignalberi starrt ihn an, und es rumort in ihm: Wie er das sagt! Er ist schon unkündbarer Beamter einer Weltorganisation …

Biasi setzt sein Signum wie gestochen, dann gibt er das Buch an die Nächsten weiter.

Bruder Anton Glowinski. Ich bekenne mich zur M. I.

Und weiter: Bruder Enrico Granata … Bruder Anton Mansi …

Zuletzt liegt das Buch vor Pignalberi, der es betrachtet, aber nicht anrührt. Die Brüder werfen sich Blicke zu und warten – es geschieht nichts.

Was ist?, fragt Biasi schließlich. Willst du nicht?

Doch! Ich möchte nur etwas wissen …

Unser Thomas! Muss immer erst in der Wunde herumfingern, bevor er den Dingen traut … Es geht um Glauben, nicht um Wissen, Pig!, doziert Biasi.

Was willst du denn wissen?, fragt ein anderer – Glowinski – geduldig.

Was versteht ihr eigentlich darunter, Werkzeug der Immaculata zu sein? Ich meine, nicht so leichthin, so verschwommen, wie es oft gesagt und gepredigt wird, sondern genauer. Was heißt das für mich, *selbstloses Werkzeug der Unbefleckten* zu sein?

Ist doch ganz einfach, antwortet Glowinski und will etwas sagen, stockt aber dann und wendet sich an Biasi: Erkläre du es ihm, du sprichst besser Italienisch.

Sag's ruhig du ihm! Du drückst dich einfacher aus.

Glowinski zögert.

Ich weiß es natürlich, aber es lässt sich schwer in Worte fassen. Vieles kann ich leichter sagen, was ich weniger weiß.

Die Brüder kichern. Sie wissen, er spricht von einer Erfahrung, die sie alle schon öfter gemacht haben: Im theologischen Bereich ist es klüger zu fragen, als zu antworten. Denn was weiß man schon von den göttlichen Dingen? Wer hat da wirkliches Wissen, das durch Erfahrung gesichert ist?

Und wo dies der Fall ist – wie ist solches Wissen beweisbar und formulierbar? Gewiss, die Kirche hat viele Heilige hervorgebracht, die sich als höheres Werkzeug empfunden haben und davon Zeugnis ablegten. Doch sie taten das mehr durch ihr Handeln, durch ihr Leben, nicht so sehr durch ihre Worte und Reden. Auch gründen ihre Erfahrungen meist auf ganz persönlichen Gotteserfahrungen, die schwer zu verallgemeinern sind. Deshalb haben wahre Heilige auch selten theologische Wälzer geschrieben, und die, die sie geschrieben haben, waren wohl noch nicht ganz so heilig …

Und da ist dann noch etwas, das es zu beherzigen gilt für jeden, der nicht nur Theologie studieren, sondern im Glauben zunehmen und darin leben möchte: Er muss trachten, seinem Wissen gemäß zu handeln, und sein Tun sollte immer seinem Wort entsprechen. Wer also den Mund aufmacht, muss damit rechnen, dass er an seinem Wort gemessen wird – nicht nur von anderen, sondern vom eigenen Gewissen und vielleicht sogar von der Immaculata! Und in der Tat, so gut und fortgeschritten auf dem Weg des Glaubens fühlt sich eigentlich keiner von den Brüdern, dass er sich unnötig festlegen möchte …

Von solchen und ähnlichen Überlegungen angekränkelt, wirken die Brüder auf einmal unsicher und ratlos, und keiner wagt mehr recht, die lästige Karte, die der Außenseiter Pignalberi ausgespielt hat, aufzunehmen. Erwartungsvoll blickt man auf den Vorsitzenden, dass der das peinliche Schweigen breche.

Was das heißt, Werkzeug der Unbefleckten?, wendet sich Maksymilian direkt an Pignalberi. Gar nichts, Pig, du hörst es: Gar nichts!

Überrascht, ja erschrocken blicken die Brüder auf ihren Vorsitzenden. Diese Art von Offenheit hat er sich noch nie geleistet, denken sie. Vielleicht sollte er diplomatischer sein und der Wahrheit weniger grobschlächtig dienen ...

Nichts für den jedenfalls, setzt Maksymilian fort, der die Gottesmutter nicht liebt und nicht ihr Werkzeug sein will. Wer aber doch, der glaubt an sie und findet bald heraus, was es heißt.

Bruder Biasi ist entzückt über die Antwort ihres Vorsitzenden: Sie legt nichts fest und lässt alles für eine persönliche Erfahrung offen – sehr gut! Er ist so angeregt, dass er versucht, dem Problem eine deutlichere Fassung zu geben. Er rückt das Buch näher zu Pignalberi.

Zuerst unterschreiben, verstehst du! Dann wirst du erfahren, worum es geht.

Pig schiebt das Buch von sich weg und tut empört.

Aber es muss doch umgekehrt sein! Wie kann ich mich verpflichten, wenn ich gar nicht weiß, wozu?

Glauben heißt vertrauen, Bruder, erklärt Biasi salbungsvoll. Wer vorher wissen will, der drückt sich davor zu glauben!

Aber woran denn? *Woran* glauben in diesem Fall?, bohrt Pig in der Wunde.

An die Unbefleckte natürlich. Daran, dass es gut ist, ihr Werkzeug zu sein ...

Aber was heißt das denn alles?, explodiert Pig jetzt. Es muss mir doch einer sagen können, was das für mich bedeutet ... Er verstummt plötzlich, weil Biasi aufgesprungen und zur Tür gelaufen ist. Der horcht nach draußen, dann kommt er zurück und legt Pig die Hand auf die Schulter.

Wenn du schon Zweifel hast, dann nicht so laute, dass sie das ganze Haus hört! Du willst uns doch nicht verraten!

Pig schüttelt den Kopf.

Ich glaube ja an unsere Sache, lenkt er ein, und an die Immaculata! Und ich glaube auch zu wissen, was *Werkzeug sein* bedeutet. Nur weiß ich es eben nicht so, dass ich es nicht immer wieder vergesse und danebengerate – vielleicht versteht ihr das.

Das verstehen wir! Pater Pals herbe Stimme klingt jetzt versöhnlich. Vielleicht sollten wir doch darüber reden. Ich will euch sagen, was die Unbefleckte für mich persönlich ist. Sie ist der gute Mensch schlechthin: herzensrein, ohne Selbstsucht, ohne Egoismus. Sie ist die vollkommene Kapazität des göttlichen Willens, erfüllt von Hingabe und Liebe. Als historische Gestalt verehren wir sie in Maria, der Mutter unseres Herrn, doch als geistiges Prinzip stellt sie den weiblichen Aspekt Gottes dar, die fortwährende irdische Empfängnis des göttlichen Geistes. Ich glaube, dass unsere Seele so beschaffen ist, dass sie diese unbefleckte Empfängnis ersehnt und in sich selbst erfahren will. Es ist das innerste und geheimste Bedürfnis jedes Menschen, glaube ich.

Einfacher ausgedrückt, wirft Bruder Biasi ein: Die Immaculata ist unser Vorbild. Wir müssen alle so werden wie sie, nichts weiter!

Nichts weiter? Aber das ist doch nicht leicht!, erregt sich Pig schon wieder.

Bestimmt nicht, sagt Pater Pal. Deswegen nennen wir uns ja *Militia Immaculatae*, was so viel heißt wie Kampftruppe für die Vervollkommnung der menschlichen Seele, unserer eigenen und die aller anderen …

In diesem Augenblick beginnt Maksymilian wieder zu hüsteln. Es ist kein lauter Ton, und doch zieht er durch seine eigentümlich durchdringende Art die Aufmerksamkeit aller auf sich.

Hab ich mich nicht richtig ausgedrückt?, fragt Pal unsicher.

Maksymilian schüttelt, noch immer hüstelnd, den Kopf. Er ist plötzlich bleich geworden und macht einen erschöpften Eindruck. Die Brüder beobachten das und fühlen sich auf einmal seltsam bedrückt.

Da tönt Pigs Stimme wie eine Fanfare: Dann also auf in den Kampf!

Alle fahren herum und starren auf Pignalberi, der das Mitgliederbuch ergriffen hat und mit theatralisch-entschlossener Gebärde vor sich hinbreitet.

In den Nahkampf mit dir selbst, Bruder Quirico Pignalberi, Römer von Geburt und Veranlagung! Jetzt oder nie, bekenne dich zur M. I.! Er fasst nach der Feder und kratzt seine Unterschrift als genialen Schnörkel aufs Papier. Dann versetzt er dem Buch einen Stoß, so geschickt, dass es über den Tisch gleitet und präzise vor Maksymilian zum Halten kommt – genau in der richtigen Lage.

Auf den ernsten Gesichtern der Brüder erscheint ein staunendes Lächeln ob dieses gelungenen Zufalls, den sie für ein Zeichen halten, vielleicht sogar für ein kleines Wunder.

Auch Maksymilian lächelt. Er hat zu hüsteln aufgehört und sich wieder etwas belebt. Bevor er als Letzter unterschreibt, sagt er verhalten und eigentlich mehr zu sich selbst:

Für die Rettung möglichst vieler Seelen, einschließlich meiner eigenen, gelobe ich dir, Mutter des Menschensohns, dein Eigentum zu sein bis in den Tod. Zur größten Ehre Gottes …

Er unterschreibt, wartet, bis die Tinte trocken ist, und schließt dann das Buch. Dann holt er ein Säckchen aus seinem Habit hervor. Unter dem Schweigen der Brüder, die jede seiner Bewegungen aufmerksam verfolgen, schnürt er es auf und leert es aus: Einige Hundert kleiner, fingernagelgroßer Medaillen fallen klingelnd heraus und bilden in der Mitte des Tisches einen silbern glänzenden Haufen.

Mit einer bedeutsamen Geste fordert er nun die Brüder auf, sich zu bedienen. Und einer nach dem andern greift zu, nimmt sich eine Handvoll von diesen *wundertätigen Medaillen* und lässt sie in den Tiefen seines Habits verschwinden. Schließlich haben alle genommen, bis auf Pignalberi. Der zögert schon wieder. Er starrt auf den Haufen, und Skepsis malt sich auf seinem Gesicht. Bruder Biasi stöhnt auf:

Ich weiß nicht, ob du's bemerkst, Pig: Du hast noch nicht genommen!

Da greift auch Pignalberi zu, doch er nimmt nur eine Medaille aus dem Haufen, eine einzige. Mit spitzen Fingern hält er sie ins Licht der Kerzen und betrachtet die Aufprägung …

Ein Bild der Gottesmutter nach einer Vision von Katharina Labouré im Jahre 1830, doziert Bruder Biasi.

Pignalberi nickt. Ich verstehe! Was ich nicht verstehe, ist, dass wir diese Münzen als wundertätiges Mittel einsetzen sollen. Ist das theologisch zu verantworten? Ich meine, treiben wir damit nicht Aberglauben und schlimmsten Fetischkult? – Nur eine kleine Anfrage, Brüder, keine Anklage!, beschwichtigt er sofort, blickt aber doch herausfordernd in die Runde, eine Antwort erwartend.

Die Mienen der Brüder wirken plötzlich nachdenklich bis irritiert. Pig, so scheint es, hat irgendwie ihrer aller geheimste Bedenken angesprochen, und nun schauen sie auf ihren Vorsitzenden, in der Hoffnung, dass er sie ausräume.

Maksymilian denkt einen Moment nach. Dann blickt er, gütig, geduldig, auf Pig.

Trägst du noch immer das Bildchen von deiner Mutter um den Hals? fragt er. Warum tust du es?

Pignalberi tastet unbewusst an seine Brust, wo er unter seinem Habit den Anhänger mit dem Bildchen spürt.

Weil … weil … Er bricht verlegen ab.

Weil du dich damit an deine Mutter erinnerst, an ihre Güte, ihre Liebe, an alles, was sie für dich getan hat, damit du dich körperlich und seelisch entwickeln konntest. Du erbaust dich am Bild deiner Mutter, und auf diese Weise fördert es dich weiterhin, auch heute noch. Nun, für unsere geistige Entwicklung haben wir auch eine Mutter, die Gottesmutter. Um uns immer an sie zu erinnern und an alles, was sie für uns bedeutet – deshalb wollen wir die Medaille tragen und an andere weitergeben.

Als Vor-Bild, verstehst du, erläutert Biasi. Als Vorbild für unseren eigenen Weg.

Und Bruder Glowinski versucht zu scherzen: Die Medaille wirkt wie ein übernatürliches Geschoss gegen den alten Adam in uns. Denn geben wir es doch zu: Öfter, als wir es bemerken, vergisst er Maria und läuft der Eva nach –

gedanklich, meine ich. Dann vergessen wir unser Ziel, denken nur noch an uns selbst und das eigene Heil.

Du meinst, sinniert Pignalberi, die Medaillen sind so eine Art Schnellfeuermunition gegen weltliche Befleckung, geistigen Hochmut und Egoismus in einem?! Er dreht und wendet die Medaille ehrfürchtig in seiner Hand: Dann ist sie wirklich wundertätig! Dann kann ich sie gut gebrauchen! Dann kann man gar nicht genug davon haben …

Damit beugt sich Pignalberi über den Tisch und streicht mit beiden Händen die restlichen Medaillen ein und versenkt sie in seiner Kutte. Als er die verwunderten, wohl auch verärgerten Blicke der anderen gewahrt, lächelt er devot: Nicht für mich, Brüder! Sind nicht alle für mich. Ein paar sind für meine Mitbrüder gedacht, in San Teodoro und in der ganzen Welt …

In diesem Moment tönt die Hausglocke und ruft zur Abendhore. Bruder Biasi springt sofort auf, als hätte er schon darauf gewartet. Er eilt zur Tür, öffnet sie, lugt hinaus und winkt dann den anderen zu kommen.

Denkt daran, sagt er, der Rektor wünscht, dass die Sache vorerst geheim bleibt. Er will in seinem Amt nicht in Verlegenheit kommen wegen uns.

Und jetzt geht alles sehr schnell: Während die übrigen Brüder eiligst das Zimmer verlassen und im Flur verschwinden, nimmt Biasi das Mitgliedsbuch an sich, Pal stellt die Stühle zurecht, Pignalberi zieht die Vorhänge auf, und Maksymilian bläst die Kerzen aus. Dabei erleidet er wieder einen Hustenanfall.

Hört sich schlimm an, Max, sagt Pal besorgt.

Doch Maksymilian wehrt ab. Ich bin nicht krank! Es

fehlt mir nur ein Weniges zur Vollkommenheit, wie allen Kreaturen auf Erden – die gewisse Kleinigkeit!

Er geht hinaus, und Pal folgt ihm mit den Kerzenleuchtern.

Und Bruder Pignalberi, als Letzter, kümmert sich um die Madonnenstatue. Nun, ohne Publikum, ist er seiner Rolle als die vielleicht notwendige Prise Salz im jungen Topf der M. I. enthoben. Er nimmt die zierliche Statue vertraulich in die Hand und spricht flüsternd zu ihr, vollkommen ernsthaft und wie zu einem lebenden Wesen.

Hilf ihm, gute Madonna! Er ist ziemlich krank! Und hilf ihm bald, bevor er vielleicht schneller bei dir ankommt, als dir lieb ist …

Er lässt der Statue einen Moment Zeit, seine Bitte zu beherzigen. Dann küsst er sie, klemmt sie unter den Arm und verschwindet ebenfalls.

Die Marmelade

Im Jahr 1919 wurde Maksymilian vom polnischen Provinzkapitel seines Ordens in die Heimat zurückberufen. Bis zu diesem Zeitpunkt war er sieben Jahre in Rom gewesen, hatte da zum Dr. phil. und Dr. theol. promoviert und zuletzt, gewissermaßen als Krönung seiner Studienzeit, die Priesterweihe empfangen.

Über dieses Ereignis steht in seinem Intentionsbuch Folgendes zu lesen:

Maksymilian Maria Kolbe, Lebensjahr: 25, mit Gottes Barmherzigkeit durch die Unbefleckte Jungfrau am 28. April, dem Fest des heiligen Paul vom Kreuz, am vierten Sonntag nach Ostern, in Rom in der Kirche S. Andrea della Valle durch Seine Eminenz Kardinalvikar Basileus Pompili zum Priester unseres Herrn Jesus Christus geweiht.

Er sieht noch einmal alles vor sich: wie er am frühen Morgen zusammen mit den anderen Anwärtern vom Kolleg zur Kirche geht, in die Gewänder eines Diakons gekleidet; wie sie sich auf die erste Messe vorbereiten; wie der Zeremoniar alle aufruft und sie eine Doppelreihe bilden lässt, durch die der Kardinal zum Altar schreitet; wie sie endlich ihre Plätze im Gestühl des Presbyteriums einnehmen und der Kardinal mit der Messe beginnt.

Schließlich ist es so weit. Der Zeremoniar spricht die

Aufforderung: *Ascendent, qui ordinandi sunt ad ordinem presbyteratus.* Er ruft jeden Einzelnen mit Vor- und Familiennamen auf, und jeder antwortet: *Adsum – Ich bin bereit …*

Und dann seine erste heilige Messe! Bei der Konsekration kommen ihm die Tränen, und er ist so gerührt, dass er die anschließenden Gebete fast nicht sprechen kann. Und er weiß in diesem Moment, dass er die tiefe Bedeutung dieses Opfers, ja das Prinzip *Opfer* überhaupt und seinen universellen Sinn, wie er ihn jetzt erspürt, nie mehr vergessen wird.

Wenige Monate später hat er es bereits sehr nötig, daran zurückzudenken. Er ist in Krakau in Südpolen und doziert im Höheren Ordensseminar der Franziskaner Kirchengeschichte. Aber er fühlt sich in seiner Lehrberufung fehl am Platz, von Beginn an, vor allem in diesem Vorlesungsfach. Und seine Studenten merken das. Es sind alles Kleriker, etwa vierzig an der Zahl, meist sehr junge Patres, zusammengewürfelt aus den verschiedensten Provinzen der Franziskaner, der Kapuziner, der Reformaten, der Schulbrüder, der Karmeliter, der Pauliner und vereinzelt auch noch aus anderen Ordensgemeinschaften. Sie bringen wenig Verständnis für den Professor auf, der ebenso jung ist wie sie und für sein Fach anscheinend weder Begabung noch großes Interesse und noch nicht einmal die notwendige physische Konstitution mitbringt. Daher machen sie sich, wann und wo immer sie können, lustig über ihn.

Maksymilian bemüht sich, ihren Unernst nicht zu bemerken. Er ignoriert ihn so lange, bis er einmal, unfreiwillig und sehr direkt, Zeuge davon wird, wie es um sein Ansehen im Klerikat steht.

Er ist unversehens in den Hörsaal getreten, wo er Vorlesung hat – wie immer auf seine leise Art, jedoch diesmal etwas zu früh. Fast alle Hörer sind schon da, doch niemand bemerkt ihn, da sie alle, von ihm abgewandt, nach vorne zum Podium blicken, wo einer so etwas wie eine Vorstellung gibt.

Der Akteur, ein junger Kapuzinerpater, steht also hinter dem Vortragspult und mimt einen zerstreuten, fortwährend hüstelnden, mit greisenhafter Langsamkeit sich bewegenden Dozenten, wobei er fürchterlich übertreibt, aber doch so gekonnt und treffsicher, dass jeder sofort erkennt, wen er karikiert, sogar der arglose Maksymilian.

Das Gaudium erreicht seinen Höhepunkt, als der Parodist, während er eine äußerst mühsame Vorlesung markiert, in einen ungeheuren Hustenanfall ausbricht. In seiner Not greift er nach dem Wasserglas und schüttet sich den Inhalt teils in den Mund, teils auf den Kopf und hinter den Rücken. Dann, mit wichtigtuerischer Umständlichkeit, zieht er aus dem Ärmel seines Habits ein langes, nicht enden wollendes Taschentuch, mit dem er der Reihe nach den Mund, den Kopf, die Achselhöhlen, dann, plötzliche Verschämtheit spielend, noch den Rücken und den Hintern betupft.

Danach, unter allgemeinem Gelächter, breitet er sein Tuch über das Pult, sorgsam und in der Art eines Leichentuchs. Mit pathetisch-ernstem Gesicht mimt er etwas wie das Begräbnis des Vorlesungtextes, mit Tränen, Abschiedssegen und den Gebärden von Klagefrauen …

In diesem Moment erblickt er den Professor, erkennt dessen kleine, schmächtige Gestalt ganz hinten im Saal und begreift sofort. Blitzschnell verlässt der Parodist das Podium und taucht in der Gruppe unter, mit einer Miene, als gäbe es ihn nicht.

Der Applaus, der nun einsetzen will, wird abrupt unterbrochen durch den Warnruf eines Studenten: Achtung, die Marmelade! Alle wenden sich um und starren auf ihren Professor, der jetzt mit ausdruckslosem Gesicht durch die schweigende Hörerschar nach vorn zum Pult geht und seine Vorlesung beginnt.

Das letzte Mal haben wir …

Er unterbricht sich, hüstelt verhalten und setzt zum zweiten Mal an.

Wir haben das letzte Mal …

Wiederum muss Maksymilian husten, diesmal stärker und dringlicher, wobei er mit Mühe nach etwas in seinem Ärmel sucht. Endlich zieht er ein ziemlich großes Taschentuch hervor und hält es vor den Mund. Und da er auf diese Weise unwillkürlich jene typischen Gebärden vollzieht, die zuvor parodiert worden sind, wirkt dies alles auf manche Hörer so komisch, dass es sie zum Kichern reizt. Sie werden jedoch niedergezischt von anderen, die weiter vorne sitzen und bemerken, wie sich das Taschentuch des Professors plötzlich rot färbt und offensichtlich mit Blut füllt.

Doch Maksymilian, sich stützend aufs Pult, macht weiter und beginnt die Vorlesung von Neuem.

Wir haben das letzte Mal die Ursachen und die Entwicklung der Reformation durchgenommen. Heute wollen wir auf ihre Folgen für die Kirche eingehen …

An diesem Abend zieht sich Maksymilian, sobald er kann, in seine Kammer zurück. Sie ist in den häufigen Stunden, in denen er sich geschwächt und niedergeschlagen fühlt, seine einzige Zufluchtsstätte und darin vor allem das Bett. Dieses archaische Stück mit seiner Unterlage aus gepresstem Stroh ist sein Fahrzeug in eine andere Welt: Darin liegt er und liest, und hört nicht auf zu lesen, und schläft oft darüber ein und merkt dann gar nicht mehr, wie sich noch spät die Tür öffnet und der alte Krankenbruder zu ihm hereinschaut.

Auch heute macht Bruder Seweryn seine Runde. Er kommt etwas früher diesmal, weil er irgendwie spürt, dass Maksymilian ihn braucht. Schon den ganzen Tag musste er an den jungen Professor denken, der immer leicht fiebrig wirkt und auf ihn, den erfahrenen »Krankenengel« des Hauses, einen ziemlich siechen Eindruck macht. Also steht er jetzt in der Kammer, im Dienst sozusagen, und merkt, dass der, um den er sich sorgte, friedlich schläft und eigentlich alles in Ordnung scheint.

Umso besser, wenn mich mein Gefühl irrt, murmelt er, schlurft aber doch näher zum Bett und setzt sich vorsichtig auf den Rand. Während er auf den unregelmäßigen Atemrhythmus des Schlafenden achtet, greift er nach dem aufgeschlagenen Buch, das Maksymilian noch immer in Händen hält.

Du liest!, stellt der greise Bruder halblaut fest. Er ist es gewohnt auszusprechen, was in ihm vorgeht, weil er so seine Gedanken besser beherrscht und er weniger nutzloses Zeug denkt, wenn er's offen heraussagt. So wenigstens glaubt er und hält es für eine wichtige geistige Übung, die er seit vielen Jahren so konsequent betreibt, dass ihn der Konvent für den besten Alleinunterhalter des Ordens hält.

Du liest vielleicht zu viel! Was nicht gut für deine Augen ist! Strengt auch die Leber an. Die Leber ist der Sitz des Lebens. Leber und Leben sind eins. Leiden und Liebe gehören noch dazu, du hast recht: Die vier L sind es, auf die alles ankommt. Bei dir aber kommt noch ein fünftes L dazu: deine Lunge. Ich weiß nämlich, wie's mit dir steht, Bruder! Auch wenn du's nicht wahrhaben willst und die Oberen auch nicht: Ich weiß, du lebst das Sterben! – Natürlich tun wir das alle, mehr oder weniger, nur bei dir geht's ein bisschen schneller, was vielleicht nicht sein müsste ... Was liest du denn überhaupt?

Bruder Seweryn nimmt Maksymilians Lektüre und hält sie sich in der Manier eines Kurzsichtigen nah an die Augen.

Immer das Gleiche, sagt er und legt das Buch, die Lebensbeschreibung der Gemma Galgani, beiseite. Ein weiteres Buch liegt neben dem Kopfkissen, das er auch kennt: die *Geschichte einer Seele* von der heiligen Therese.

Was ist denn an diesen Büchern, dass du sie immer wieder liest, nur die zwei, wohl schon zum zwanzigsten Mal? Oder sagen wir fünfmal ... viermal ...

Bruder Seweryn setzt seinem Hang zur Übertreibung stets hartnäckigen Widerstand entgegen. Mit seinen achtzig Jahren auf dem krummen Rücken weiß er, dass dies keine harmlose Schwäche ist auf dem geistigen Weg und unbedingt bekämpft werden muss. Und manchmal, wie jetzt, geht er dabei als Sieger hervor.

Jedenfalls liest du diese Heiligen so, wie eine Kuh Gras

frisst: Du kaust das wieder und wieder und holst alles raus, bis nichts mehr drin ist! Der Alte lächelt plötzlich bei der Vorstellung, dass Maksymilian eines Tages seine geliebten Bücher aufschlägt und keine Buchstaben mehr darin findet. Nur noch leere Seiten.

Das wäre dann ein echtes Wunder, murmelt er ehrfürchtig. Es würde heißen, dass alle Weisheit in den Büchern nun in dir selber ist – dass du's geschafft hast, durch Lesen ein Heiliger zu werden! Dann müsste ihn die Heilige Kirche zum Schutzpatron machen, der Bücherwürmer, meine ich! Das ginge gar nicht anders …

Angetan von seinen Gedanken, blättert Bruder Seweryn ein wenig in den Büchern und sucht nach ein paar fehlenden oder wenigstens gebleichten Buchstaben. Dann schüttelt er den Kopf:

Ist eben nicht leicht, heilig zu werden! Hab's selber mal versucht, viele Jahre lang, und kann ein Wörtlein davon reden. Natürlich hab ich es nicht so hastig versucht wie du, mein Junge, sondern etwas langsamer, im Klostertempo sozusagen, damit die irdischen Freuden nicht schneller entschwinden, als die himmlischen erscheinen. Freilich wollte ich auch nie ein großer Heiliger werden, sondern mehr einer von der kleineren und bescheideneren Sorte, die niemand kennt. Ein verborgener Heiliger, ganz ohne Heiligenschein und Kirchenverehrung, wie es bestimmt viele gibt, wenn auch kaum hier, in diesem Konvent …

In diesem Moment bewegt sich der Schlafende, dreht sich um und wendet dem Alten den Rücken zu.

Das willst du nicht hören, wie!, lächelt Seweryn. Und doch ist es so. Was den gründlichen Verzicht auf Heiligkeit anbelangt, so haben das schon manche Brüder in diesem Haus geschafft, vor allem viele Patres. Und warum? Weil sie Priester sind und Prediger und Seelsorger und Obere und Kapitelräte und Vorbilder und Wegweiser, und weil sie in all diesen wichtigen Ämtern heiliger scheinen müssen, als sie sind, und weil sie dann irgendwann einfach vergessen, dass sie noch gar nicht sind, was sie scheinen.

Bist selber ein Pater und wirst es bald merken! Bist einer, und bist doch keiner! Bist mehr einer von uns Brüdern, für die vieles unbequemer, schwieriger, demütigender und also heiligender ist in einer Klostergemeinschaft. Deshalb mögen dich die Brüder, weil du nichts hermachst von dir und deinen Titeln und in der gleichen bescheidenen Kammer wohnst und in dem gleichen schäbigen Habit rumläufst wie wir und mit jedem der einfachen Brüder redest, als wärst du einer von ihnen. Natürlich nehmen dir das die Patres übel, weil sie glauben, du ruinierst ihren Stand und gefährdest ihre Privilegien. Du machst, fürchten sie, sie noch zu Gleichen unter Gleichen, zu echten Brüdern und wahren Jüngern Christi und zermalmst damit die Hausordnung, die doch ganz nach dem Muster der himmlischen Hierarchien angelegt ist – nur eben nicht im Himmel, sondern auf Erden. Ziemlich auf Erden!

Ein leichtes Hüsteln des Schlafenden macht, dass der Alte nun aufsteht, sich über Maksymilian beugt und ihm mit behutsamer Hand die Decke über die Schulter zieht.

Kann verstehen, warum du schnell heilig werden willst, mein Junge. Ich kann das, glaub ich, schon verstehen! Es ist deine Krankheit. Und es ist deine M. I., mit der du nicht vorankommst, weil eben alles Gute verdirbt in den Händen der Welt. Und weil dem besten Wollen, das Gott uns gegeben hat, oft das Vermögen fehlt, es auch zu vollbringen.

Schlaf, mein Junge, murmelt der Alte, steht auf und legt die Bücher auf den Nachttisch. Und lies deine Bücher ruhig noch weitere Male, so lange, bis du alles in der Tiefe deiner Seele aufgenommen und dich dabei umgeformt hast. Dann nämlich hast du den Nachteil deiner Lage in einen Vorteil verwandelt, weil dann alles, was dich außen hemmt, innen fördert und antreibt und dich vielleicht zum Schluss wirklich heilig macht.

Bruder Seweryn kichert plötzlich und sticht mit dem Finger auf eins der Bücher.

Wenn du keine Buchstaben mehr darin findest, dann ist's so weit, dann ruf mich. Ich reise dann sofort zum Vatikan und melde beim Heiligen Vater deine Heiligsprechung an. Besser zuerst die Seligsprechung, die geht schneller voran, und vielleicht erleben wir die noch.

Der Krankenbruder geht zum Waschtisch, füllt ein Glas mit Wasser und stellt es ans Bett. Dabei blickt er gerührt auf den Schlafenden.

Du weißt, was dieses irdische Jammertal für uns ist: ein Laufstall zum Heiligwerden. Es kommt darauf an, dass man das Aufstehen lernt, immer wieder, bis man nicht mehr fällt und endlich steht und geht, wie Gott will. Ich glaube, du schaffst es! Aber vielleicht muss man dir erst mal helfen, gesund zu werden …

Er nickt mit dem Kopf und schlurft, fortwährend weiter nickend, hinaus und schließt leise die Tür.

Bruder Seweryn

Als die Stunde gekommen ist, die der alte Seweryn für richtig hält, findet er sich beim vielbeschäftigten Guardian des Hauses ein und bringt sein Anliegen vor. Es ist ihm in der Nacht eingefallen – und es war, wie er meint, ein Engel, der es ihm eingab und ihn wissen ließ, dass sein höchster Oberer, der Provinzial aus Lemberg, eben zu einer Art Visite im Kloster eingetroffen ist.

So steht er nun im Arbeitszimmer des Guardians, unauffällig und fast verschwindend zwischen der schweren Eichentür und dem großen gotischen Fenster, und wartet in der gebotenen demütigen Haltung. Sein Blick huscht hin und her zwischen seinen Oberen, dem Pater Guardian, der hinter seinem imponierend überfüllten Schreibtisch sitzt, und dem Pater Provinzial, der beim Fenster steht und nachdenklich in den strömenden Regen hinausschaut. Er, Seweryn, der greise Krankenbruder, hat eben vorgebracht, was sein Engel wünschte, dass er vorbringen soll, und nun liegt es an den hohen Herren zu entscheiden, was zu tun ist

Das nun scheint ihnen nicht leicht zu sein und, wie der Bruder merkt, überhaupt nicht angenehm. So herrscht eine Weile schweigende Stille, aber nur äußerlich …

Die können das nicht einfach abtun, denkt Seweryn und bezähmt mit Mühe seine eingefleischte Gewohnheit, laut zu denken. Mag sein, dass wir es durchbringen, mein Junge! Mag sein, weil es sein muss! Der Alte sagt es innerlich, hält aber nicht deutlich auseinander, mit wem er spricht: mit sich selber, mit Maksymilian oder mit seinem Engel. Vielleicht mit allen dreien.

Endlich steht der Guardian auf, stellt sich vor den Bruder und fixiert ihn mit strengem Blick.

Wie kannst du seinen Zustand überhaupt beurteilen? Du bist Krankenbruder, aber kein Arzt!

Der Wäschereibruder hat mir doch Pater Maksymilians Taschentücher gezeigt, sagt Seweryn und kneift die Augen zu schmalen Schlitzen. Sie sind voller Blut!

Na und? Deshalb kommst du gleich gelaufen? Vielleicht hat er sich nur in den Finger geschnitten oder sonst was!

Der Alte schüttelt den Kopf: So viele Finger hat er nicht, wie ich Tücher mit Blutflecken gesehen habe. Seine Lunge ist kaputt, sag ich!

Möglich wäre es schon, wirft der Provinzial vom Fenster her ein. Aber vielleicht hat er nur eine geschwächte Konstitution, vorübergehend …

So ist es!, bestätigt der Guardian beflissen. Deshalb habe ich ihn auch vom Predigen und Beichtehören dispensiert. Aber als Professor können wir nicht auf ihn verzichten, ganz unmöglich! Wir haben sonst keinen Pater als approbierte Lehrkraft in seinem Fach. Und einen weltlichen Dozenten – den müssten wir ja bezahlen!

Nachdenklich mustert der Provinzial den Guardian, den er für einen tüchtigen Mann hält. Er nickt ihm zu und wendet sich an Seweryn.

Dein brüderliches Mitgefühl ist lobenswert, aber wahrscheinlich irrst du dich. Als Krankenpfleger solltest du kein Pessimist sein und lieber das Bessere glauben als das Schlimmere befürchten. Wir sind doch Christen und die Vertreter eines unbedingten Vertrauens in Gottes Willen – und also in einen letztlich guten Ausgang der Dinge. Wir müssen nicht immer gleich schwarzsehen, Bruder!

Nicht schwarz, aber rot! Der Alte ist bemüht, seine aufsteigende Ungeduld zu beherrschen. Er spuckt Blut, Pater Provinzial, verdeutlicht er. Deshalb muss er auch so vorsichtig sein und bewegt sich so langsam und spricht so leise, damit er keinen Blutsturz auslöst. Ich kenne das doch in solchen Fällen! Und deshalb nimmt ihn als Professor auch niemand ernst, und alle nennen ihn nur die heilige Marmelade!

Wie? Der Provinzial ist sichtlich befremdet, und der Alte wittert seinen Vorteil. Er nähert sich vertraulich dem Oberen und macht die Geste des Brotaufstreichens.

Was man aufs Brot streicht, sagt er.

Gereizt fährt ihn der Guardian an: Bleib, wo du bist! Der Pater Provinzial weiß, was Marmelade ist!

Allerdings. Nur wusste ich nicht, dass man einen Pater so nennt! In diesem Haus! Bei uns Franziskanern!

Vorwurfsvoll blickt der Provinzial zum Guardian. Dieser wiederum wirft einen rügenden Blick auf Seweryn, wobei er den lästigen Bruder mit einer heimlichen, aber unmissverständlichen Geste zum Ausgang scheucht.

Und Bruder Seweryn gehorcht. Er schlurft, allerdings in einem sozusagen langsamen Gehorsam, bis zur Tür. Dort wendet er sich um und legt einen letzten Pfeil auf den Bogen seiner gutgemeinten Absichten.

Ich habe nur meine Pflicht getan und gemeldet, was ich

als Krankenpfleger des Klosters bemerkt habe. Wenn man mich fragt, so sage ich: Pater Maksymilian muss sofort in ein Sanatorium, bevor es zu spät ist. Aber ich trage ja nicht die Verantwortung für unsere Ordensleute, und deshalb ist es auch nicht meine Schuld, wenn einer von ihnen plötzlich in den Himmel kommt. Ich meine, etwas früher, als der Himmel das vielleicht wollte …

Bruder Seweryn verstummt. Er legt vorsorglich die Hand auf die Türklinke, als er merkt, dass sein Pfeil getroffen hat und der Guardian erregt auf ihn zukommt.

Ist dir eigentlich klar, was du da verlangst?, ereifert sich der Obere. Du willst, dass ich die Sorge um einen Einzelnen über die der Gemeinschaft stelle – wegen eines bloßen Verdachts, wegen ein paar lächerlicher Flecken auf schmutzigen Taschentüchern! Glaubst du denn, der Konvent schickt einen Bruder nach Rom, lässt ihn da unter großen Opfern sieben Jahre studieren, und wenn er dann zurückkommt und uns endlich nützlich sein könnte – als zweifacher Doktor und mit der Lehrbefähigung, die wir für unser Ordensseminar so dringend brauchen –, glaubst du wirklich, wir schicken einen solchen Mann dann in ein Sanatorium, was uns wiederum nur Kosten verursacht? Wie könnte unser Orden, der ja der Armut und Aufwandlosigkeit unseres heiligen Franziskus verpflichtet ist, sich so etwas leisten? Wie, glaubst du, sollte das gehen?!

Mit niedergeschlagenen Augen lässt der Alte die Gewissenspredigt des Guardians über sich ergehen. Dann hebt er den Kopf, sucht mit seinem Blick das übergroße Kruzifix, das an der Wand hinter dem Schreibtisch des Guardians hängt, und deutet darauf.

Unser HERR weiß es, sagt er. Wenn wir Glauben haben, wird er uns den Weg zeigen!

Der Provinzial lächelt über so viel Naivität: Vielleicht zeigt der HERR aber nur auf unsere Provinzkasse. Und die ist leer!

Bestimmt nicht, lächelt nun auch Seweryn. Sonst würde sich Gott ja irren, wenn er schon darauf zeigt …

Sagt es, der alte Krankenbruder, und ist schon draußen im Flur, die Tür schnappt zu, und die beiden Oberen sind unter sich.

Der Guardian, der merkt, dass die Redensart des Alten den Provinzial merkwürdig betroffen gemacht hat, kramt flink nach einer Dose Zigarren. Man raucht an, setzt sich und gönnt sich ein Gläschen Wodka. Dennoch will dem Provinzial der Auftritt des Krankenpflegers nicht mehr aus dem Sinn.

Vielleicht ist der Zustand des jungen Paters wirklich ernst, sagt er. Vielleicht sollten wir etwas tun?

Ich glaube nicht, beruhigt ihn der Guardian. Der Alte übertreibt gern. Er ist zwar schon lange Krankenbruder, aber nur mäßig nützlich, weil zu unsachlich und ziemlich abergläubisch und vor allem zu übertrieben mitleidig. Es kann vorkommen, dass er bei einem Hühnerauge einen Rollstuhl anfordert. Bei manchem Kater eines Novizen, der den Messwein holte und zu lange im Weinkeller war, verlangt er einen Priester für die Letzte Ölung! Seine Art Krankenpflege kostet das Kloster mehr Arbeitsstunden als die natürliche Faulheit der Brüder.

Mag sein, sinniert der Provinzial. Aber für unser Seelenheil ist es letztlich besser, wir irren durch zu viel als durch zu wenig Mitleid, meinst du nicht?

Gewiss. Es betrifft aber nicht diesen besonderen Fall. Der Pater war nämlich selbst vor Kurzem bei mir und bat mich, einige öffentliche Vorträge halten zu dürfen. Also fühlt er sich ausgezeichnet!

Öffentliche Vorträge?, fragt der Provinzial, weniger verwundert als erleichtert. Will er damit für diese seltsame Gefolgschaft werben, von der man uns aus Rom berichtet hat?

Die *Militia immaculatae*, nickt der Guardian. Er will diesen Marienkult jetzt hier verbreiten, in Krakau. Bisher hatte er allerdings wenig Glück damit – vor allem nicht bei unseren Patres und Brüdern, weder im Haus noch im Klerikat. Deshalb will er jetzt die Öffentlichkeit ansprechen und es mit Laien versuchen.

Neugierig beugt sich der Provinzial etwas vor: Und du hast das erlaubt?

Ich habe ihm sogar die Werbeplakate bezahlt, antwortet der Guardian, und ein verschmitztes Lächeln spielt um seine Mundwinkel. Für die Ankündigung seines ersten Vortrags. Solchen Glaubensauswüchsen und fanatischen Frömmigkeitsformen kommt man am besten bei, wenn man ihnen rasch zu der Erfahrung verhilft, dass sie kein Publikum finden!

Zuerst skeptisch, dann anerkennend und zustimmend blickt der Provinzial auf den Guardian, hebt sein Glas und trinkt ihm zu.

Der Mann ist mir zu gerissen, denkt er für sich. Als meinen Nachfolger werde ich ihn besser nicht empfehlen …

Der Demagoge

Es ist alles gut vorbereitet für diesen wichtigen Abend, und die Veranstaltung wurde lange vorher angekündigt. Zu diesem Zweck hatte er eine Anzahl von Plakaten aufgehängt, geheftet an die Portale sämtlicher Kirchen der Stadt, an Pfarrhäuser und Klostermauern, und sogar an die Eingänge des großen Stadtfriedhofs. Kein Zweifel, die Krakauer Bevölkerung war gut informiert über Maksymilians *Erste Eröffnungsversammlung der Militia Immaculatae – für jedermann frei zugänglich*.

Die Kosten der Plakate übernahm die Konventskasse, obwohl die, wie der Guardian mit umwölkter Stirn Maksymilian anvertraute, leer war – nicht ganz, natürlich, sonst hätte er ihr ja nichts entnehmen können. Auch sonst zeigte sich der Obere hilfreich und gab Auftrag, dass zwei Novizen beim Aushängen der Plakate helfen sollten. Seine großzügigste Geste aber war, dass die Veranstaltung im Italienischen Saal stattfinden durfte.

Dieser größte und repräsentativste Versammlungsraum des Klosters, ganz der pompösen Manier des römischen Klassizismus nachempfunden, hat in seiner imponierenden Wirkung auf gläubige Gemüter noch nie versagt, wie Bruder Seweryn weiß. Der hohe Raum mit den mächtigen Säulen und dem forumartigen Aufbau auf der einen Seite und dem tiefgelegenen, durch massive Ornamentschranken vom Verkündigungspodium abgeteilten Raum fürs Volk wirke wie eine Kirche und erzeuge in jedermann sofort eine ehrwürdige und gottesfürchtige Stimmung, versucht er Maksymilian aufzumuntern, der eher skeptisch ist und sich einen bescheideneren Auftritt gewünscht hätte.

Möge sich diese würdige Halle heute bewähren, murmelt Seweryn vor sich hin, während er Maksymilian hilft, Bänke abzustauben, Stühle herbeizuholen und alles für den Abend vorzubereiten. Bitte treibe die Schäflein zusammen, Mamusia!, betet er. Mit starker Hand treibe sie herbei, nicht in dürftigen Rinnsalen, sondern in gewaltigen Strömen!

Am Abend ist der Saal brechend voll. Zur Verwunderung aller, vor allem jener skeptischen Kleriker des Hauses, die es lieber umgekehrt gesehen hätten, finden sich mehr und mehr Menschen ein. Seweryn weiß sich erhört und beobachtet befriedigt, wie sie zuerst die Sitzplätze belegen, von hinten nach vorn, dann stellen sie sich hinter den Bänken auf, von vorn nach hinten, dann füllen sie wogend die Zwischengänge und schwappen noch immer zur Tür herein und füllen endlich jeden Schuhbreit Boden in Tuchfühlung von der Rückwand hinten bis ganz vorn zu den Schranken des Podiums.

Drei Patres des Hauses, die zur kritischen Beobachtung der Vorgänge herbeizitiert worden sind, müssen Stühle herbeischleppen, auf die sie sich stellen, um überhaupt etwas zu sehen. Wie drei geschwärzte Säulenstümpfe ragen sie im Hintergrund aus der Menge hervor, die in der Mehrzahl aus gestandenen Frauen der ärmeren Volksschichten besteht, worüber unsere Kleriker nicht gerade glücklich sind; sie rümpfen die Nasen und halten immer wieder die Luft an ob der Dämpfe und Dünste, die zu ihnen aufsteigen, gelegentlich mit Tönen verbunden, wie sie nur eine Ernährung vorwiegend aus Kohl und Rüben hervorbringt.

Aufmerksam blickt Bruder Seweryn um sich. Von seinem erhöhten Platz auf dem Podium unweit des Rednerpodestes, jedoch verdeckt von der Imitation einer römischen Säule, kann er das Ganze gut überblicken und ist doch selbst kaum zu sehen. Die missliche Lage der drei Patres entgeht ihm natürlich nicht, doch hält sich seine Schadenfreude im klösterlichen Rahmen. Im Übrigen konzentriert er sich auf seinen Schützling und hat krankenbrüderlich vorgesorgt: ein Stoß weißer Taschentücher und eine Flasche mit einer selbstfabrizierten, nach alchimistischen Rezepten zubereiteten Lebensessenz steht neben ihm auf einem Schemel. Als Maksymilian jetzt das Podium betritt, lässt er ihn nicht mehr aus den Augen.

Schweiß auf der Stirn, unnatürlicher Glanz in den Augen, rötliche Flecken auf den Wangen – er hat Fieber, konstatiert Seweryn. Besagt aber nicht viel und liegt vielleicht am Lampenfieber, das er hat.

Dann beginnt Maksymilian seinen Vortrag mit einigen seltsamen Ruderbewegungen, die die Menge zum Schweigen bringen sollen, was nicht gleich geschieht. Erst als einer von den drei Patres aus dem Hintergrund das Volk anbrüllt, legt sich die Unruhe, man wendet sich dem Vortragenden zu und blickt erwartungsvoll auf ihn.

In die nun eintretende Stille spricht Maksymilian, allerdings anfangs zu leise, sodass das Volk schon wieder unruhig wird. Und wieder brüllt der Pater von hinten, doch diesmal zu Maksymilian, dass er lauter sein soll. Und dieser reagiert auch sofort, doch wiederum so aufgeregt, dass er, was er zu sagen hat, nur noch vorlesen kann. Das umfangreiche Manuskript vor dem Gesicht, kommt er nicht weg vom Papier, blickt nie ins Publikum und wird auch kaum gesehen. So redet er fast eine halbe Stunde lang und schläfert so manchen Hörer ein, als er endlich eine Pause macht.

Der alte Seweryn atmet auf und spricht zu sich: Wenn jetzt jemand applaudiert, dann ist es der Teufel selber ... So kann es nicht weitergehen!

Flink springt der Bruder auf und geht zu Maksymilian. Er reicht ihm ein Glas mit seiner Lebensessenz, wischt ihm die Stirn mit einem Tuch, ebenfalls essenzgetränkt, und flüstert: Wenn du so weiterredest, mein Junge, dann hast du verspielt!

Auch Maksymilian spürt, dass etwas nicht stimmt und er bis jetzt wohl noch keinen Zuhörer wirklich angesprochen hat. Er blickt über das Publikum hin: Es liegt wie ein dunkler schwerer Sack vor ihm, unbewegt und stumm, und reflektiert nichts, gar nichts, noch nicht einmal Zweifel oder Widerstand, nur schläfrige Müdigkeit.

Ratlos wendet er sich zu Seweryn, der neben ihm steht, die Augen geschlossen, und halblaut betet.

Gib, gute Mamusia, dass er jetzt die Sprache findet, die diese Menschen da unten brauchen! Nimm ihm das trockene Papier weg und lass ihn vergessen, was sein Kopf weiß, damit sein Herz reden kann im lebendigen Geist! Aber beeile dich, bevor die Leute weg sind ...

Erschrocken verstummt er und reißt die Augen auf. Maksymilian hat ihm eben etwas in die Hand gedrückt: das

Vortragsmanuskript. Zögernd nimmt es der Alte und wird ganz bleich.

Er liefert sich tatsächlich aus! Dem Geist selber! Hoffentlich weiß der Bescheid und kommt auch wirklich …

Seweryn bleibt sicherheitshalber neben dem Redner stehen, damit dieser sofort zu den rettenden Blättern greifen kann, wenn der Geist, der ja weht, wo und wie *er* will, ausbleiben sollte. Eine unmissverständliche Geste Maksymilians nötigt ihn jedoch, ihn sich selbst zu überlassen und wieder hinter seiner Säule zu verschwinden – was eine echte Glaubensprüfung für den Alten ist.

Doch der Redner scheint verwandelt. Nach einem Moment der inneren Sammlung richtet er sich auf, fasst sein Publikum ins nunmehr kühne Auge und stellt sich ihm in freier Rede.

Liebe Brüder und Schwestern!, beginnt er. Ich habe euch erklärt … habe versucht, euch zu erklären … den Zweck einer neuen Vereinigung, einer marianischen … ich meine, Grund und Ziel der Militia Immaculatae. Aber vielleicht … vielleicht kann man es auch anders sagen … einfacher …

Er stockt, wendet sich zu Seweryn um, der ihm zuspricht: Ja, ja, ja! Der Geist kommt schon, mein Junge – er ist im Kommen! Nur weiter so, weiter …

Maksymilian fährt fort: Liebe Christen im Herrn! Wir alle suchen doch nach Glück im Leben. Nach einem solchen, das nicht begrenzt ist in seiner Dauer, in seiner Fülle, in seiner Sicherheit. So ein Glück ist aber nur Gott. Er ist die einzige und unendliche Quelle unseres Glücks, die wir aber nur erreichen können, wenn wir Seinen Willen tun. Wenn wir lernen, von unseren selbstsüchtigen Interessen abzugehen und nach dem Willen dessen leben, der uns nach Seinem Bild geschaffen hat. Das aber ist nicht leicht für uns Menschen. Ja, es ist uns sogar ganz unmöglich zu leben wie Gott will, wenn wir nicht vorher erlöst werden von unserem sündigen Wesen, von der Erbsünde, wie es heißt. Diese Sünde ist ein Wesenserbe der ersten Menschen, die Gott nicht gehorchten und sein wollten wie Er. Ihr Wesen ist unser Wesen, und die Menschheit beweist das jeden Tag. Was wir also brauchen, um glücklich zu werden, und was jeder von uns insgeheim ersehnt, ist die Erlösung unserer Seele – Erlösung vom alten Wesen Adams zum neuen Wesen Christi. Um diese Umkehr, um diese innere Verwandlung geht es, nicht um äußeres Glück. Und wenn wir das erkennen und auch wollen, dann schenkt uns Gott auch das Vollbringen – nicht sofort, aber eines Tages, wenn wir reif dafür sind und wenn unsere Mittlerin sich für uns einsetzt, die Immaculata, die Seelenmutter unserer Neugeburt …

Maksymilian hält inne, nimmt einen Schluck aus dem Glas mit der Essenz und verzieht das Gesicht. Der alte Seweryn beobachtet ihn und rutscht nervös auf seinem Schemel hin und her, auf den gequälten Blättern des Vortragsmanuskripts, auf das er sich gesetzt hat.

Nicht schlecht, mein Junge, urteilt er. Aber vielleicht etwas zu hochgestochen fürs einfache Volk … Heilige Madonna! Gütige Mamusia! Sieh zu, dass nicht der ›Doktor phil.‹, und erst recht nicht der ›Doktor theol.‹ mit ihm durchgeht! Sonst ist er gleich wieder weg, der Geist des HERRN …

Wir wissen also, worum es geht, liebe Brüder und Schwestern. Trotzdem scheint es, dass das nicht genügt …

Ein gutes Motiv und ein hohes Ziel reichen nicht aus, um uns zu bewegen und unser Herz zu begeistern. Es ist, als gingen wir uns selber nichts an. Die Entwicklung unserer Seele, die Vervollkommnung unseres Wesens, die Heiligung unserer Person – all das scheint uns gleichgültig oder aber unwichtig im Vergleich mit unseren wechselnden Wünschen und Sorgen um irdische Dinge, die doch allesamt vergänglich sind … Warum ist das so? Warum sind wir innerlich so blind?

Die Worte Maksymilians fallen in eine fast atemlose Stille, und das Publikum spürt, dass es keine nur rhetorischen Fragen sind, die der Redner stellt.

Ich weiß es nicht – nicht sicher. Aber soviel ich sehe, was in mir selber vorgeht, liegt es daran, dass unsere Seele zwiegespalten ist und unser Kopf immer voller Einwände ist gegen das, was unser Herz will und braucht. Der Kopf will oft nur sich selbst – er dient dem Erdenmenschen in uns und seinem Eigenwillen. Unser Herz aber sehnt sich nach dem Ganzen, dem Höchsten, denn es ist die Wohnung Gottes in uns. Und so seid ihr heute gekommen, weil ihr mit euren Herzen sucht, was die M. I. euch bieten kann: eine Heimat für Christen, die an ihrer Vervollkommnung mitwirken wollen, an ihrer eigenen wie an der aller Menschen. Nun fragt aber vielleicht euer kritischer Kopf: Warum eine neue Vereinigung? Wo es doch genug alte gibt und die ganze Kirche mit ihren vielen Institutionen, Organisationen und Gemeinschaften seit je das gleiche Ziel verfolgt – warum überhaupt etwas Neues? Die Antwort ist: Weil unsere Zeit es notwendig macht. Wir sehen ja heute, wie unsere Kultur den Samen der Lüge und der moralischen Fäulnis ausstreut. Wir erkennen, wie Zeitungen, Rundfunk, Kino und alles, was sonst noch Information, Bildung oder Unterhaltung vermittelt, zum Selbstzweck politischer und wirtschaftlicher Profitinteressen geworden sind. Diese Medien könnten und sollten aber dem sozialen Wohl dienen. Deshalb müssen wir ihnen und jeder Entwicklung des Fortschritts, sei es in Wissenschaft und Technik, in Wirtschaft und Kunst, die entsprechende Richtung geben. Geschieht es nicht, werden wir bald in den Abgründen des Materialismus und des Massenegoismus versinken, und statt dem, was wir suchen, das Glück unserer Erlösung, werden wir Gier, Hass und Gewalttätigkeit finden! Weil unsere Zeit also ihre eigenen Versuchungen und Gefahren entwickelt hat, braucht es auch neue Wege, um ihnen zu begegnen …

Er hält inne, schließt die Augen und scheint plötzlich ein wenig zu wanken. Der Alte sieht das sofort, doch noch bevor er sich erheben und herbeieilen kann, hält sich Maksymilian am Rednerpult fest und spricht weiter.

Nun kann bei Leuten, die sehr fromm sind und gerne unseren Glauben rein halten wollen, noch ein anderer Zweifel bestehen … Er macht eine Zäsur und blickt auf die drei Patres, die hinten auf ihren Stühlen stehen und bis jetzt bewegungslos zugehört haben. Sie begreifen sofort, wer gemeint ist, und reagieren mit bedeutsamen Blicken, die sie sich zuwerfen, in dem Sinne: Seht nur, jetzt kommen wir dran! Jetzt schießt er auf uns!

Sie fragen sich: Verleugnen wir nicht Jesus Christus, unseren HERRN, der unsere Erlösung ja mit seinem Tod erkauft hat, wenn wir auf einmal Maria, seine menschliche Mutter, vor ihn stellen und von ihr erbitten, was nur Er uns geben kann und soll? Verraten wir nicht den Gottessohn, wenn wir in der Militia uns mehr an die Immaculata halten als an ihn? Die Wahrheit ist, dass sie uns oftmals nähersteht als Er, weil sie einst war, was auch wir sind: einfach nur Mensch und noch nicht vergöttlicht. Der Weg zu ihr ist deshalb leichter als zu Jesus, der Weg zu Jesus leichter über sie. Oder ist es nicht so: Der Ruf des Kranken nach der Schwester macht den Arzt nicht überflüssig. Im Gegenteil, sie führt nur aus, was dieser will, aber nicht in allem selber macht.

Stille. Nur von ganz hinten ist plötzlich ein Knacken hörbar, als die drei Patres von ihren Stühlen heruntersteigen und im gemeinen Volk versinken. Sie vermeiden dabei, jemanden anzublicken, und versuchen nur, so schnell wie möglich als Zielscheibe zu verschwinden und nicht betroffen auszusehen.

Seweryn beobachtet es mit etwas unfrommer Genugtuung; sie findet freilich ein rasches Ende, denn der Redner atmet plötzlich schwer und unregelmäßig. Schon ist der Alte mit einem Tuch zur Stelle, da hustet sich Maksymilian etwas frei und spricht unbeirrt weiter:

Aber noch ein anderes Problem gibt es, ein besonders schwieriges, das sich uns stellt, wenn es um Erlösung geht – schwer, weil wir sie oft schon zu haben glauben und uns scheint, als gäbe es da gar kein Problem. Wir fragen uns nämlich, wozu bedürfen wir eigentlich der Errettung der Seele? Wir sind doch längst katholisch und nicht unfromm! Wir sind gute, kluge, fleißige Bürger und sehr bemüht in christlicher Übung: im sonntäglichen Kirchgang, beim Beichten und Kommunizieren, beim Wallfahren und Almosengeben. Wir sind ehrlich zu allen, treu in der Arbeit und korrekt im Handel, wir kümmern uns um unsere Familie und sind freundlich zum Nachbarn. Also sind wir doch gute Menschen, keine schlechten! Und dem Heil unserer Seele, dem sind wir eigentlich schon sehr nah und dürfen als Christen zufrieden sein – jedenfalls mit uns selbst! So denken wir und fühlen uns bereits erlöst und ganz in Ordnung. Und doch: Wer von euch schon einmal krank war, der weiß, dass wir es nicht sind, nicht leiblich. Wer von euch schon einmal traurig, niedergeschlagen und angstvoll war, der weiß, dass wir es auch seelisch nicht sind. Wer von euch schon einmal zornig war oder mutlos oder gegen sein Gewissen handelte und tat, was er nicht sollte, dachte, was er nicht wollte, sagte, was er nicht fühlte, behauptete, was er nicht wusste, der weiß, dass wir auch geistig voller Schwächen und Mängel sind. Und wenn uns auch Christus, unser HERR, den Weg zur Erlösung aufgezeigt hat, so bleiben wir doch ein Volk der Unerlösten, solange wir den Weg nicht selbst gehen. Und wir wollen ihn nicht gehen, weil da etwas in uns ist, ein Wesen, das sagt: Warum denn Christus nachfolgen? Warum denn selber kämpfen und leiden und Opfer bringen? Sind wir nicht die Krone der Schöpfung? Haben wir es nicht schon weit gebracht und viel verbessert auf Erden? Zeigt nicht der Fortschritt unserer Zivilisation, dass wir in Kurzem fähig sein werden, uns unser Glück und unseren Frieden selbst zu schaffen, und das heißt doch gerade: nicht mehr kämpfen, nicht mehr leiden, nicht mehr opfern müssen? – Liebe Brüder und Schwestern, es ist unser Feind, der so spricht und uns verführt durch unseren eigenen überheblichen Verstand.

Ihr kennt das, was ich meine, recht gut und könnt es in fast allen unseren Kirchen dargestellt sehen: als Schlange, um die Mondsichel geringelt, der Maria den Kopf zertritt! Dieses Bild, müsst ihr wissen, ist ein unbewusster Spiegel unserer Seele und will mir sagen: Die Demut der Immaculata erlöst mich von meinem Stolz, ihr Gehorsam erlöst mich von meinem Eigenwillen, ihre Armut erlöst mich von meiner Habgier. Damit mir das geschehe, dafür lebe ich. Damit es auch anderen geschehe, dafür kämpfe ich. Und deshalb gibt es die Militia: dass alle sich darin vereinigen, die das Gleiche wollen, dass wir zusammen stark sind und eine Armee des Geistes bilden gegen den Ungeist der Zeit. Wir wollen kämpfen und Waffen tragen, aber nicht solche des Todes, sondern solche des Lebens, nicht solche der Gewalt, sondern solche der Hingabe, nicht solche des Hasses, sondern solche der Vergebung.

Mit abrupter Geste streckt Maksymilian seinen Arm über den Kopf empor, in der Hand – eingeklemmt zwischen Daumen und Zeigefinger – ein winziges glitzerndes Etwas. So tritt er hinter dem Pult hervor und geht nach vorn an die Schranke.

Und das ist unsere Munition! Die Patronen unseres guten Willens! Die Geschosse unserer Liebe – diese Medaillen mit dem Zeichen der Gottesmutter, bestimmt für die Herzen derer, die unsere Brüder und Schwestern sein wollen im Reich des Herrn. Jeder von euch, der sich in das Buch einträgt, bekommt sie kostenlos!

Er verstummt. Mit seinem hochgereckten Arm steht er da wie eine Miniatur der Freiheitsstatue, die den Blick hinwirft in alle Fernen, über die ganze Welt.

Aber die Stille, die folgt, währt immer länger. Sie wird nur vom Gemurmel des alten Seweryn durchbrochen, der hinter seiner Säule hervorlugt. Dann schlurft er zögernd und mit blinzelnden Augen ebenfalls nach vorn und stellt sich neben Maksymilian. Auf dessen Wink öffnet er das Mitgliedsbuch der M. I. und hält es mit vorgestreckten Händen, einladend und fordernd zugleich, dem Volk vors erstarrte Antlitz.

Und plötzlich geschieht, was Seweryn sogleich als direktes Wunder der Mamusia einstuft: Irgendwo in der Menge hebt sich ein Arm, ragt über die Köpfe hinweg, und eine Stimme ruft: Ja, ich! Dann meldet sich eine zweite Stimme, und gleich darauf eine dritte. Dann rufen immer rascher immer mehr Menschen und drängen zur Schranke. Endlich, nachdem kaum einige Minuten vergangen sind, haben alle Anwesenden die Arme in der Luft und brüllen ihre begeisterte Zustimmung.

Die drei Patres ganz hinten nützen den Tumult und verlassen endgültig den Saal. Ihre Gesichter drücken jetzt größte Betroffenheit aus, eine Art Schrecken wie über ein Strafgericht, das über sie hereinbrach.

Aber auch Maksymilian und Seweryn sind erschrocken. Bewegungslos wie zwei Heiligenfiguren vom Nebenaltar der Konventskirche blicken sie fassungslos auf die wogende Menge, auf das Gewimmel von Armen und Händen, die sich ihnen entgegenstrecken, und vergessen fast, was sie jetzt zu tun haben.

Dann bemerkt Seweryn, wie Maksymilian aufgeregt in den Taschen seines Habits wühlt …

Ich habe die Medaillen vergessen!, sagt er und blickt verzweifelt den Alten an. Doch der verzieht keine Miene, holt aus irgendwelchen unergründlichen Tiefen seiner Kutte ein prall gefülltes Säckchen hervor und zeigt es dem andern.

Reicht für eine ganze Armee, sagt er. Aber was jetzt kommt, mache ich! Du gehst sofort zu Bett! Denn was nützt eine Armee ohne General?

Bewehrt mit Buch und Säckchen wirft sich Seweryn den Leuten entgegen, von denen die ersten über die Schranke klettern und das Podium erklimmen.

Maksymilian aber wirkt mit einmal verfallen wie ein Greis. Nach der unerhörten Anspannung der letzten Stunden fühlt er sich vollkommen erschöpft und kann sich kaum noch auf den Beinen halten. Während nun die ersten Mitglieder der M. I. sich ins Buch eintragen und von Bruder Seweryn ihre Medaille in die Hand gedrückt erhalten, tritt der Held des Abends folgsam ab. Doch noch bevor er den Saal verlässt, sinkt er zu Boden und fällt, unbemerkt hinter dem Vorhang zur Hintertür, in eine tiefe, unendlich erleichternde Ohnmacht.

In Zakopane

Ein anderes Bild: Auf einer großflächigen, überdachten Terrasse fast hundert Liegestühle, in mehreren Reihen aufgestellt, darin in dicke Decken gewickelte, bis aufs Gesicht fast völlig verhüllte Gestalten. Sie harren stundenlang bewegungslos aus, nur damit beschäftigt, die herbe, reine Höhenluft der Hohen Tatra in ihre Lungen zu pumpen und dabei nicht zu stark zu husten und möglichst nicht zu frieren – und das viele Monate lang. Und inmitten dieser Vermummten, die wie aufgebahrt wirken, Pater Maksymilian.

Seine Ordensoberen hatten die Provinzkasse heftig durchsucht und noch genügend Mittel darin vorgefunden, um dem Kranken eine längere Kur zu ermöglichen. Also schickte man ihn ins Sanatorium der Herz-Jesu-Schwestern nahe dem Luftkurort Zakopane in Südpolen, hoch in den Bergen des Tatra-Gebirges.

Die Untätigkeit jedoch macht dem Patienten, der eher den Hang hat, sich zu überfordern, schwer zu schaffen. Das Nachdenken ist oft quälend. Das endlose Stillliegen im Freien entzieht seiner Seele manchmal jede Zuversicht, was die Zukunft betrifft.

Ich könnte ebenso gut sterben wie gesund werden, sinnt er in solchen Stunden. Es käme mir aufs Gleiche hinaus, wenn es nur Gottes Wille ist.

An den besseren Tagen wiederum verfällt er in eine gegensätzliche Stimmung. Dann schmiedet er große, ehrgeizige Pläne und möchte eine Zeitschrift herausgeben – als Instrument für die M. I.: Sie muss ja wachsen und sich ausbreiten und wenigstens die halbe Welt unter der Flagge der Immaculata vereinen. Ja, theoretisch müsste es sogar möglich sein, den ganzen Erdball für sie zu gewinnen, da doch jede menschliche Seele eine geheime und tiefe Anlage zum Wesen der Gottesmutter hat.

Solcherart schwankt sein inneres Befinden und wechselt oft übergangslos zwischen höchster Euphorie und tiefster Depression. Doch während all dem bessert sich sein äußerer Zustand, seine Lungen scheinen zu genesen, und er spürt, wie seine physische Konstitution beginnt, sich zu regenerieren.

Dann kommen die Tage weiter Wanderungen auf Bergpfaden im Gebirge, was mit zur Therapie gehört, um neben den Liegekuren den Atem- und Herzkreislauf anzuregen. Auf seinen ausgedehnten Gängen erblickt er manches Gipfelkreuz auf den nahen Höhen, und er denkt dann an den Gipfel aller Geschichte, an Golgatha und alles, was dort geschehen ist. Und er denkt weiter an die *Nachfolge Christi*, jene ungeheure Forderung des HERRN, die so schwer zu verstehen und noch schwerer zu vollziehen ist. Was bedeutet sie wirklich? Für die Menschheit, für die Christenheit, für ihn selbst? Oft blickt er von oben auf die Stadt im Hochtal hinunter und dann jenseits davon über Berge und Täler bis in die Ebene hinaus weit im Norden. Er wird empfindsam für die Natur, erlebt wohl viele Male die Erhabenheit der Sonnenauf- und -untergänge im Hochgebirge, sieht, immer tiefer bewegt, wie am Abend die Dämmerung, am frühen Morgen das Licht einfällt über das Land der Menschen und ihr Leben bestimmt. Dabei geht ihm auf, wie jenes christliche Mysterium vom Sterben und Auferstehen des Gottessohnes sich ja in allem, was ist, widerspiegeln und offenbaren will – in dieser grandiosen Natur ebenso wie in seinem eigenen Schicksal. So erfährt er Augenblicke tiefster Einsichten, in welchen ihm ein Stück des Unbegreiflichen begreiflich wird.

Es wird Winter und wieder Sommer. Die Zeit in Zakopane, die anfangs stillzustehen schien, kommt in Bewegung und geht – je mehr er alles annimmt und bejaht, je rascher – ihrem Ende zu.

Dann, in den letzten Wochen seiner Kur, die nun schon über acht Monate dauert, empfängt er seinen ersten Krankenbesuch. Pater Alfons, sein leiblicher Bruder und Franziskaner wie er selbst, kommt mit Erlaubnis seines Konvents aus Lemberg angereist und darf einige Tage bleiben. Er quartiert kostenlos in einer Abstellkammer des Sanatoriums, die so schmal ist, dass er zum Ausziehen seines Habits auf den Flur hinausgehen muss – was er mit franziskanischem Humor hinnimmt.

Dafür verstehen sich die beiden Brüder prächtig und führen endlose Gespräche auf der Terrasse, in Maksymilians Zimmer und manchmal sogar in der engen Kammer des Bruders, die dieser gelegentlich als »Schublade für Minderbrüder« bezeichnet. Vor allem aber tauscht man sich aus während langer gemeinsamer Wanderungen in den Bergen. Und natürlich geht es dabei immer wieder um die M. I., um eine Zeitschrift, die den Wirkungskreis der Gefolgschaft erweitern und neue Mitglieder werben soll, weit über den lokalen Bereich hinaus. Immer neu und mit der ganzen Großzügigkeit seines wiederbelebten Willens plant Maksymilian das Vorhaben und wirft die Leine weit in die Zukunft aus, von wo sie der Bruder wieder zurückholt durch seine nüchternen Fragen und kritischen Einwendungen. Auf diese dialektische Weise gewinnt das Unternehmen langsam brauchbare Gestalt und ein realistisches Maß – jedenfalls empfinden die beiden es so.

Einmal geschieht es, dass sie bei einer dieser Wanderungen den Flug einer Dohle beobachten. Sie entdecken den Vogel während eines kurzen Halts auf einer Anhöhe, sehen zu, wie er, über dem Abgrund einer steilen Felswand schwebend, elegant und ohne Flügelschlag im Aufwind gleitet und sich vom Luftstrom tragen lässt und mit ihm spielt. Leicht, schwerelos, ganz eins mit seinem Element, bietet er ein Schauspiel vollendeter Harmonie.

Fasziniert schauen die Brüder zu, und Maksymilian drängen sich einige Zeilen aus dem *Sonnengesang des heiligen Franziskus* auf die Lippen:

Gepriesen seist Du, Herr,
durch Bruder Wind,
durch Wolke, Wetter und die Luft,
die sanft und streng,
nach Deinem Willen,
die Wesen leiten,
die durch Dich sind.

Er hat es erkannt! Er muss es selbst erfahren haben!

Was meinst du?, fragt Alfons.

Unser Ordensvater Franziskus muss das, was dieser Vogel uns spüren lässt, klar gesehen und verstanden haben – das, was *die Wesen leitet.*

Das ist?

Das wirkende Prinzip, das geheime Gesetz der Natur, ja der ganzen Schöpfung. Deshalb konnte er sie so lieben, weil sie ihm ihr Geheimnis schauen ließ.

Und welches?

Vervollkommnung. Du verstehst!

Alfons nickt wie selbstverständlich.

Du verstehst wirklich?, fragt Maksymilian, verwundert darüber, dass der andere so leicht zu begreifen scheint, was er selber nur schwer einsehen konnte.

Ich verstehe, was du sagst, aber nicht, was du meinst, gibt Alfons zu und lächelt süßsauer.

Maksymilian deutet mit dem Kopf in die Richtung des Vogels, der keine zwanzig Meter entfernt noch immer über dem Abgrund schwebt und sein Spiel mit dem Wind macht.

Schau die Dohle an! Ihr Flug scheint ein fast vollkommener Ausdruck von Freiheit. Aber es ist nicht die Freiheit des Vogels, sondern die des Windes und der Luft, deren Gesetze er vollkommen erfüllt. Er offenbart sich eigentlich nicht selbst, sondern das Element, das ihn trägt – frei ist er nur durch seine Fähigkeit vollendeter Anpassung. Und wie der Vogel und alle Geschöpfe sonst, so auch wir selbst: Wir sind angelegt auf die Erfüllung eines Gesetzes, eines höheren Willens als unserm eigentlichen Element – wie die Luft für den Vogel. Demnach besteht unsere Freiheit darin, sich von ihm tragen zu lassen und seine Bedingungen zu erfüllen.

Alfons blickt Maksymilian etwas skeptisch an. Dessen Rede reizt ihn wegen der Neigung des Bruders, zuweilen in eine gewisse dozierende und moralisierende Ausdrucksweise zu verfallen.

Mein Gott, welche Bedingungen denn?

Die Bedingungen eines geistig ausgerichteten Lebens, das unser gewöhnliches Leben übersteigt. Ich meine, das nur natürliche!

Alfons nickt sicherheitshalber und denkt: Jetzt kommt gewiss gleich der Moralapostel zu Wort. Laut sagt er: Natürlich …

Eben nicht natürlich!, korrigiert ihn Maksymilian. *Geistig* soll unser Leben werden!

Natürlich … Ich meine natürlich, *nicht natürlich!* Alfons schweigt betreten.

Es kommt also auf die Einhaltung unserer Gebote und Ordensregeln an, auf nichts weiter.

Auf nichts weiter!, knurrt Alfons. Das ist doch schwer genug!

Vielleicht! Trotzdem ist es der Angelpunkt unseres Ordenslebens, Regeln zu haben und immer besser danach zu leben. Aber auch für alle andern Menschen ist es wichtig, dass sie sittliche Gesetze und moralische Regeln kennen und ihnen gehorchen, sonst wäre ein friedliches Zusammenleben gar nicht möglich. Nun sind aber alle Gesetze, Gebote und Regeln nicht Selbstzweck, sondern nur Mittel. Besonders für uns Minderbrüder …

Alfons hat das dumpfe Gefühl, dass er zu wenig weiß.

Nur Mittel … Wofür wohl?

Zum Fliegen!

Kannst du es nicht so sagen, dass ich keine Flügel brauche, um dir zu folgen?

Für die Entwicklung und Vervollkommnung unserer Seele. Deshalb ist ja Gesetzesgehorsam so wichtig, weil er ein Teil des universellen Gehorsams aller Wesen ist gegenüber einem universellen Willen. Für uns ist das der Wille des HERRN, der uns befreit durch stete Vervollkommnung und uns vervollkommnet durch steten Gehorsam. Das ist so wie bei dem Vogel dort: Er fliegt nicht, um frei zu sein. Sondern weil er dem Gesetz der Luft gehorcht, fliegt er und ist frei.

Maksymilian sagt es, schwingt seinen Bergstock und geht weiter, den Pfad abwärts in Richtung des Sanatoriums, dessen massiver Gebäudekomplex weiter unten im Tal bereits sichtbar ist.

Alfons verharrt noch am Ort und beobachtet die Dohle. Er sinniert den Worten nach, die sein Bruder so rasch hingeworfen hat.

Klingt sehr einfach und gar nicht so übel, was er sagt! Und doch: Etwas stimmt nicht daran … Gewiss! Das Gleichnis mit dem Vogel ist gut, es will uns etwas sagen. Aber doch nicht einfach, dass wir, um selbst befreit zu werden, einfach gehorchen müssten, und somit alle Entwicklung nur die Frage eines gigantischen Gehorsamsprinzips sei. Freiheit, vermittelt durch Gesetze – ein Widerspruch in sich! – Wenn aber doch etwas Wahres daran wäre, stellt sich sofort eine weitere Frage …

Er hat plötzlich den Haken gefunden, der seinen Widerspruchsgeist belebt und ihm erlaubt, seinem Bruder etwas entgegenzuhalten – was nicht aus Bosheit geschieht, sondern aus der mehr unbewussten Absicht, dessen geistige Höhenflüge ein wenig für die Erde nutzbar zu machen. Er läuft Maksymilian rasch nach, fasst ihn am Ärmel und zwingt ihn zum Anhalten.

Wir müssten nur gehorchen, sagst du? Dem Willen des HERRN? Also muss ich ihn erst einmal klar erkennen. Das aber ist nicht so leicht, wie du es sagst. Schließlich hatten auch manche Heilige ihre Schwierigkeiten damit, diesen Willen jederzeit für sich zu finden!

Maksymilian antwortet nicht. Er blickt Alfons nur versonnen an, sodass dieser sein Problem verdeutlicht: Um zu fliegen, muss ich erst wissen, wohin, nicht wahr?

Du weißt es!, sagt Maksymilian und will weitergehen, doch Alfons hält ihn zurück.

Was weiß ich?

Was der Vogel weiß.

Aber der weiß doch nichts!

Also scheint Wissen nicht nötig! Der Vogel hält sich nur an die Regeln des Fliegens, das genügt. Und du kennst unsere Regeln …

Alfons blickt verdutzt seinen Bruder an, der nun weitergeht und über eine kurze Steilpassage abwärtsklettert, geschickt genug, um keinen Stein ins Rollen zu bringen. Unten angekommen, wartet er auf den anderen, der größte Mühe hat zu folgen und beim Abstieg eine kleine Gerölllawine auslöst. Schließlich steht Alfons, etwas bleich und zittrig, neben Maksymilian und schaut ängstlich einigen größeren Steinen nach, die noch weiter den Hang hinunterrollen.

Man soll den Berg oben lassen, wenn man absteigt, lächelt Maksymilian. Auch eine Regel, eine alte Bergregel! Er geht rasch weiter. Alfons folgt ihm gereizt.

Du mit deinen Regeln! Gib lieber etwas zu, was du als approbierter Theologe nicht gern zugeben willst: dass nämlich Regeln, Gebote, Gesetze, Dogmen und all das andere, was uns sonst noch Gehorsam abverlangt, nicht immer dem Willen des HERRN entsprechen müssen – ja manchmal wohl gar nichts mit ihm zu tun haben!

Du willst also nicht gehorchen?, versucht Maksymilian zu scherzen. Bist ein Vogel und willst nicht fliegen?

Aber Fliegen ist mit Gehorchen nicht vergleichbar! Fliegen macht den Vogel frei! Gehorchen dagegen …

Macht *dich* frei!, unterbricht Maksymilian. Vom Eigenwillen nämlich. Erst dann kann man den Willen des HERRN überhaupt erkennen. Denn um *für ihn* frei zu werden, müssen wir erst *von uns* frei werden. Und deshalb brauchen wir feste Regeln, allerlei Gebote und natürlich die Weisungen unserer Oberen.

Als ob die sich nie irrten!, wirft Alfons etwas heftig ein.

Als ob!

Alfons kann oder will den Bruder nicht verstehen.

Aber du weißt doch selbst, die Oberen sind Menschen wie wir! Ihre Weisungen müssen nicht immer stimmen. Sie können sich täuschen wie wir. Was dann?

Maksymilian bleibt abrupt stehen.

Mögen sie sich täuschen! *Ich* täusche mich nicht, wenn ich gehorche. Denn ihre Täuschung bezieht sich in der Regel auf eine begrenzte Sache. Mein Gehorsam aber gilt einem unbegrenzten Prinzip: Er zielt höher, reicht weiter und trifft die Wahrheit, selbst wenn die Order sich irrt. Es ist wie beim Vogel: Sein Flug gelingt immer, auch in der falschen Richtung, die vielleicht nur ein Umweg sein mag. Mit weit ausholenden Schritten eilt Maksymilian davon.

Alfons sinnt kurz nach, dann glaubt er, den entscheidenden Einwand gefunden zu haben. Seine Kutte über die Waden hochraffend, stürmt er seinem Bruder nach und hetzt neben ihm her.

Was du behauptest, hat einen gefährlichen Stich, Bruderherz! Dein Gehorsam ist übelster Fatalismus! Er hebt alle menschliche Freiheit und jede Selbstverantwortung auf! Er deckt und sanktioniert jede Handlung, sofern sie nur befohlen ist und im Gehorsam geschieht. Alles falsche, unrechte, ja verbrecherische Tun ginge darin ohne Schuldverstrickung auf. So etwas kannst du doch nicht ernstlich wollen!

Maksymilian bleibt stehen – just auf einem Holzsteg, der einen Bergbach überbrückt. Unmittelbar danach endet der Pfad und geht in einen flachen, gut ausgebauten Promenadenweg über, der schon zum Gelände des nahen Sanatoriums gehört. Auf diesem Brückensteg, der leicht schwankt, stehen nun die Brüder knapp nebeneinander, halten sich am Geländer fest und blicken auf das heftig brausende, den Berg hinabstürzende Gewässer, das unter ihren Füßen durchschießt. Dabei setzen sie ihre Unterhaltung fort, fast brüllend, um das Rauschen des Wassers zu übertönen.

Ich glaube, du hast noch nicht verstanden!, sagt Maksymilian.

Etwas lauter! Was sagtest du?

Du hast nicht verstanden! Maksymilian sagt es überlaut, und ebenso lautstark antwortet Alfons: Nein!

Ich meine, was rechter Gehorsam ist. Wir dürfen nicht *blind* gehorchen. Was wirklich gilt, muss unsere freie Entscheidung mit einbeziehen. Der HERR lenkt unsere Schritte nicht nur von außen, sondern auch von innen!

Du meinst …?

Durch unser Gewissen. Wir dürfen es nicht übergehen.

Alfons nickt befriedigt, findet aber sogleich einen weiteren Einwand.

Und wenn *Gott in uns* mit dem *Gott außer uns* nicht übereinstimmt? Kann ja vorkommen, dass eine Weisung meiner Oberen dem widerspricht, was mein Gewissen sagt. Auf wen soll ich dann hören?

Maksymilian hat genau verstanden, schweigt aber und blickt angestrengt den Bach hinunter. Eine heikle Frage, denkt er. Verlangt wohl einen didaktischen Vortrag, um sie zu klären …

Da stößt Alfons schon nach, den Bach überschreiend: Zum Beispiel, was machst du, wenn unser Provinzkapitel dir die Zeitschrift verweigert, die du gründen möchtest? Wenn die Ordensoberen einfach ablehnen, was der HERR und die Immaculata durch dich wollen – was dann?

Hab schon verstanden, brüllt Maksymilian zurück. Dann beugt er sich plötzlich nah zum Ohr des Bruders.

Dann halte ich mich an den Vogel: Er gehorcht zwar den Gesetzen der Luft, aber von widrigen Winden lässt er sich nicht abtreiben!

Maksymilian läuft nun rasch weiter und ist wenig später im Gebäude des Sanatoriums verschwunden.

Auf der Brücke bleibt Alfons zurück. Er steht noch eine ganze Weile da, versunken in den Anblick des Gewässers, das zischend und brausend unter ihm hindurchfließt und eifrig dem Tal zustrebt. Und mit einem Mal geht ihm das Wunder dieses Wassers auf: Jeden Augenblick sucht es die jeweils tiefere Stelle und findet und erreicht sie über alle Hindernisse hinweg und durch härteste Felsblöcke hindurch. Immer gibt es nach, nie gibt es auf, so verfolgt es mit Nachgiebigkeit unnachgiebig seinen Weg und erfüllt vollkommen sein Wesen und sein Gesetz.

Gehorsam ist alles

Es ist November, trübe Tage um Allerheiligen. In Maksymilians Zelle im Krakauer Kloster brennt fast Tag und Nacht das Licht. Das kleine Zimmer nimmt sich aus wie der Redaktionsraum einer Lokalzeitung, ausgefüllt mit verstreuten Papieren, beschriebenen Blättern, bedruckten Bögen, die auf dem Tisch, auf dem Bett, auf dem Schrank und dem größten Teil des Fußbodens ausgebreitet sind.

Wer hier eintritt, muss fliegen können!, denkt der alte Seweryn jedes Mal, wenn er zur Tür hereinspäht, um die Lage für einen kurzen Besuch zu erkunden. Lautlos zieht er dann wieder ab, ohne den von seiner Zeitung völlig überwältigten Pater weiter zu behelligen, der tapfer versucht, alles in einem zu sein: Herausgeber, Redakteur, Schreiber, Zeichner und Dichter.

In der Tat kennt Maksymilian keine arbeitsfreie Minute bei seinem Werk, außer den notwendigsten Schlafstunden, den Gebets- und Essenszeiten. Seit er von seinem Kuraufenthalt in Zakopane ins Kloster zurückgekehrt ist, gut erholt zwar, aber nicht geheilt, betreibt er mit all seinen Kräften die Gründung einer Monatszeitschrift für die M. I. Schon hat er die erste Nummer fast komplett vorbereitet, sämtliche Artikel von ihm selbst geschrieben, dazu ein längeres Gedicht, etwas holprig gereimt, aber ebenfalls selbst verfertigt und nicht abgeschrieben. Auch die Titelzeichnung und die Vignetten im Text sind fertig und natürlich selbstgemacht, weil kostensparend. So ist alles vorbereitet, damit die Erstherausgabe der Zeitschrift bereits im kommenden Januar erfolgen kann. Was ihm freilich noch fehlt – das Wichtigste im Sinne der Gehorsamsauffassung eines rechten Ordensmannes –, ist die Erlaubnis seiner Oberen. Nicht, dass er sich nicht bemüht und immer wieder darum angesucht hätte, schon vor Monaten das erste Mal, aber immer wieder hat man ihn hingehalten und eine verbindliche Entscheidung aufgeschoben. Bald musste Maksymilian bei aller Gutgläubigkeit einsehen, dass man ihm die Erlaubnis eigentlich nicht geben will, dass überhaupt die Stimmung des ganzen Konvents, nicht nur der Oberen, gegen die geplante Zeitschrift ist, aber auch gegen die M. I., gegen seine Krankheit, gegen ihn. Er weiß davon, wie einige Konventsmitglieder sich über ihn verbreiten und ihn einen siechen, blutspeienden Taugenichts nennen. Er mache das Kloster lächerlich mit seinem Marienfanatismus! Sein Käseblatt kompromittiere den ganzen Orden mit seiner einseitigen Theologie und dilettantischen Machart! Andere haben einfach Angst vor Ansteckung und fürchten, er mache sie womöglich noch alle krank mit seiner Tuberkulose.

Die meisten Mitbrüder suchen ihn daher zu meiden und gehen ihm aus dem Weg, wo sie können, was manchmal nicht unkomisch wirkt: Sobald sie ihm begegnen und der Schatten seiner Gestalt irgendwo auftaucht in den langen Gängen und halbdunklen Fluren des Hauses, machen sie einfach kehrt, eilen davon und verschwinden plötzlich, flink wie große schwarze Mäuse in geheimnisvolle Löcher.

Sie vergeistigen sich zunehmend, kommentiert Bruder Seweryn die Situation, und sie fangen gleich mit dem Schwersten an, dem physischen Körper.

Außer ihm, dem alten Krankenbruder, hat Maksymilian noch zwei bedeutsame Stützen im Haus, die offen zu ihm und seiner Sache stehen: Pater Magister und Pater Venantius, der Novizenmeister. Beide gehören dem Kapitelrat an und haben durch ihre beharrliche Parteinahme zugunsten Maksymilians bis jetzt verhindert, dass der Rat eine negative Entscheidung hätte treffen können. Denn um einen einheitlichen Beschluss zu ermöglichen, müssten die Oberen ihre Ablehnung hieb- und stichfest begründen und die Fürsprecher widerlegen – eine Auseinandersetzung, der man bis jetzt aus dem Wege ging. Deshalb zieht man die Sache einfach hin und baut auf die bewährte klösterliche Erfahrung, dass Gott die unangenehmen Dinge manchmal auf wunderbare Weise abwendet, wenn man Ihm nur lange genug Zeit dazu lässt.

Aber auch Maksymilian ist Slawe und zäh von Natur, und statt zu erlahmen und zu resignieren, scheinen seine Kräfte und Initiativen für die geplante Zeitschrift unerschöpflich. Bald können es die Oberen nicht mehr umgehen, offiziell Stellung zu beziehen und die Angelegenheit – da göttliches Wirken in ihrem Sinne ausbleibt – durch menschliche Mühsal zu klären.

Und wirklich kommt der entscheidende Tag, kommt mit geballter Ladung, wie ein Wetter, das sich über dürrem Land langsam aufgebaut hat, Heil oder Unheil bringend. Er beginnt wie üblich und nach gewohnter Hausordnung mit den Laudes in der Konventskapelle. Der ganze Konvent ist anwesend, liest, betet, singt, teils mit echter Andacht, teils mit jenem Anschein davon, der noch echter wirkt. Die Platzverteilung der Brüder ist dabei streng hierarchisch geregelt, sodass man sofort die Oberen und die Kleriker von den einfachen Brüdern unterscheiden kann. Die Unteren knien in dem ganz gewöhnlichen Gestühl im Hauptraum des Gotteshauses, dessen Zugang im Westen liegt, in der weltlichen Richtung des Sonnenuntergangs. Die Apsis liegt im Osten, in der Richtung des erscheinenden Lichts und des Geistes; sie ist beidseitig gesäumt von dem prächtigen Gestühl, in dem die Patres sitzen – in aneinandergereihten, kunstvoll geschnitzten Stuhlkästen, mit immer höheren Rückenlehnen und unter Bildnissen von immer wichtigeren Kirchenvätern, Seligen und Heiligen, je näher sie dem Altar sind und je höher ihre Funktion im Konvent ist.

Zuvorderst betet der Provinzial. Er tut es in vorbildlicher, mustergültiger Haltung: saubere, kerzengerade Kopf- und Rückenlinie beim Knien, korrekte Gebetsgebärde der Arme und Hände, ernster konzentrierter Gesichtsausdruck mit halb geschlossenen Augen, Blick auf die Nasenwurzel gerichtet, wohltönender, beim Singen leicht führender Bariton.

Plötzlich fällt er aus diesem Stillleben eines andächtigen Beters heraus, beugt sich zur Seite und flüstert dem neben ihm sitzenden Guardian etwas zu. Dieser neigt sich sogleich zum Nebenmann, dem Pater Vikar, und flüstert mit ihm, dieser wiederum mit dem Nächsten und so fort, bis die Botschaft die gesamte Reihe der Oberen durchlaufen und Pater Venantius erreicht hat, genau in dem Augenblick, da das Morgenlob zu Ende ist. Jetzt erheben sich alle Minderbrüder und verlassen in einer langen, genau geordneten Reihe den Kirchenraum, wobei die Oberen, die die Spitze der Prozession bilden, an den übrigen Patres und Brüdern vorbeidefilieren, die devot die Köpfe senken. Als Pater Venantius an Maksymilian vorüberkommt, wendet er sich ihm zu und befördert die Botschaft ins Ziel.

Es ist so weit!, flüstert er. Der Provinzial erwartet dich – gleich nach dem Frühstück!

Maksymilians bleiches Gesicht wird plötzlich sehr rot.

Aber mach dir nicht zu viel Hoffnung! Venantius sagt es und runzelt die Stirn, was wohl heißen soll, dass er das, was kommt, schon ahnt. Dann schließt er sich, zusammen mit Maksymilian, den abziehenden Brüdern an.

Der Letzte, der die Kapelle verlässt, ist der alte Seweryn. Er hat von seinem durch drei selbstgefertigte Spezialkissen aufgestockten Sitz in der letzten Bankreihe wie immer alles genau beobachtet und ungefähr verstanden. Also schlurft er schleunigst zum Nebenaltar, fällt ins Knie und schaut blinzelnd zu der großen Madonnenstatue auf, die gütig auf ihn herunterblickt, in ihrem nimmermüden Arm ein zartes Kind tragend, das so leicht aussieht und doch so schwer wiegt wie die ganze Welt.

Gute Mamusia!, stößt der Alte laut und fast fordernd hervor. Wer für dich ist, für den bist du! Und noch nie hat dich jemand umsonst gebeten – ich meine, um etwas Vernünftiges, das dir selber und allen dient. Weiter sag ich nichts, denn du weißt ja, worum es heute geht. Also zeig jetzt, was du kannst! Er steht auf und will gehen, dreht sich aber noch einmal um.

Ich weiß, du musst selbst den Willen unseres HERRN

erfüllen, und der überlegt oft sehr lang. Vielleicht geht's schneller, wenn du Ihn – ich meine, weil du Ihn schon auf dem Arm hast – ein bisschen zwickst … Seweryn zwinkert der Statue vertrauensselig zu und schlurft in Richtung des Refektoriums davon.

Etwas später sind die Oberen und die Provinzialräte im großen Kapitelsaal versammelt. Unter einer Galerie von Porträts bedeutender Persönlichkeiten aus der Geschichte des Franziskanerordens stehen schwere eichene Tische, die in Hufeisenform zusammengestellt sind. Außenherum sitzen die Oberen: der Provinzial am Mitteltisch, rechts von ihm der Pater Guardian, daneben der Pater Vikar und der Pater Magister, dann nach links hin der Pater Prokurator, der Novizenmeister Pater Venantius und der frühere Provinzial Pater Bonaventura. Der Rat der Ältesten, bestehend aus zehn greisen Patres, verteilt sich an den Seitentischen. In der Mitte der großen Runde, gewissermaßen im Brennpunkt der Arena, befindet sich ein kleines Tischchen, auf dem eine schäbige Aktentasche und ein paar Taschentücher liegen – Maksymilians Platz. Nicht weit davon, etwa in der halben Entfernung zwischen ihm und dem Tisch der Oberen, ist ein kleiner Schemel platziert, auf dem ein Hörrohr ältester Bauart liegt, mit großem Trichter und leicht hornartig gebogen.

Zum Zeichen, dass er die Sitzung für eröffnet hält, beginnt der Provinzial raschelnd in den Papieren zu blättern, die vor ihm auf dem Tisch ausgebreitet sind. Alle andern lehnen sich behaglich zurück und fassen mit unbewegten Gesichtern das Tischchen in der Mitte des Raums ins Auge, oder vielmehr Maksymilian, der bleichgesichtig dahinter sitzt. Als die nötige Ruhe eingetreten ist, erhebt sich der Provinzial und beginnt zu sprechen, das heißt, er möchte es. Doch das heftige Zurückschieben eines Sessels, verbunden mit einem aufreizenden, die erhabene Stille wie ein Hackmesser durchschneidenden Quietschen, bewirkt, dass der Obere sich wieder hinsetzt und abwartet. Mit einer Haltung, die man einem gewohnten unausweichlichen Schicksal gegenüber einnimmt, wartet er, bis der alte Bonaventura seine spindelförmige Gestalt aus dem Sessel gehievt und in Bewegung gesetzt hat. Der über achtzigjährige Greis und ehemalige Provinzial stakt mit eckigen Schritten und ruckartigen Gebärden langsam um die Tische herum zu jenem Schemel mit dem Hörrohr, den er für sich vorbereitet hat. Von hier aus, dem akustischen Zentrum des Raums, kann er erprobterweise solche Ratssitzungen gut verfolgen, weil jedes gesprochene Wort innerhalb der Reichweite seines Hörrohrs liegt. Was nun folgt, hat durch seine achtsame Langsamkeit fast den Anschein einer rituellen Handlung: Pater Bonaventura klappt seinen Körper sorgfältig auf ein Format zusammen, das dem Schemel angemessen ist, auf den er sich setzt. Dann bringt er sein ausladendes Hörgerät in Anschlag, indem er, das schmalere Ende ans Ohr gedrückt, die enorme Trichteröffnung auf die Ratsversammlung richtet, zuerst auf den Provinzial, der als ungewollte Hörprobe ein leises Stöhnen von sich gibt, dann auf die anderen, deren unwilliges Murmeln zwar hörbar, aber nicht verständlich ist. Der greise Pater lächelt und nickt befriedigt. Dann, als Zeichen, dass man beginnen kann, bläst er plötzlich in sein Hörrohr und entlockt ihm geschickt einen dumpfen Ton. Und keiner von den Oberen missversteht diese Gebärde, mit der der schrullige Alte die Narrenfreiheit schamlos nützt, die ihm der Konvent aufgrund seiner anerkannten Leistungen als ehemaliger Provinzoberer einräumt.

Nun steht der Provinzial zum zweiten Mal auf, fixiert Maksymilian mit einem versuchsweise wohlwollenden Blick und richtet das Wort an ihn.

Der Provinzialrat hat auf Ihr Ansuchen hin, eine Zeitschrift herauszugeben, nach sorgfältiger Prüfung aller Fakten eine Entscheidung getroffen ... Er zögert und wirft einen Blick auf die Mitoberen, die bewegungslos und ohne Zeichen irgendwelcher Anteilnahme auf Maksymilian starren, der ebenfalls aufgestanden ist und schweigend auf die angekündigte Entscheidung wartet. In Bewegung ist nur Bonaventura: Er hat, was gesagt wurde, offenbar noch nicht recht verstanden, weshalb er sein Hörrohr vom Ohr nimmt, es umdreht und angestrengt in den großen Trichter blickt. Dann putzt er ihn mit dem Ärmel seines Habits.

Getroffen, sagst du? Was oder wen hat man denn getroffen? Ich meine, hat man denn auf jemand geschossen? Bonaventura murmelt es, oder vielmehr: Der Schwerhörige glaubt zu murmeln, was für alle andern überlaut gesprochen ist.

Der Provinzial ignoriert es, duldsam dem Anschein nach, und fährt dann fort: Wir haben Ihren Antrag abgelehnt. Aber wenn wir Ihre Sache auch nicht genehmigen können, so haben wir doch zum Besten Ihrer Person entschieden, das dürfen Sie uns glauben, lieber Bruder!

Maksymilian starrt den Oberen an; er weiß nichts zu erwidern und ringt nur darum, sich seine Enttäuschung nicht anmerken zu lassen. Schließlich lässt er den Kopf sinken, um zu verbergen, dass ihm einige Tränen gekommen sind. Der Provinzial hält dies für eine Gebärde demütigen Einverständnisses, und er ist gewaltig erleichtert, das Problem so unerwartet rasch erledigt zu haben. Er lächelt gütig, blickt befriedigt in die Runde der Kapitelräte und stellt der allgemeinen Gewissheit wegen fest: Damit ist, glaube ich, diese leidige Angelegenheit endlich geklärt und ein für alle Mal erledigt!

Kaum gesagt, richtet sich Maksymilian wieder auf und blickt den Provinzial sehr direkt an.

Wenn *sie* es so will!, sagt er. Es schießt aus ihm heraus, fast ungewollt und wohl ein wenig zu laut, sodass der Provinzial leicht erschrocken zusammenzuckt.

Wer *sie*?, fragt der Obere befremdet.

Die Immaculata.

Was hat sie damit zu tun?

Ihr dient die Zeitschrift, die ich gründen will – ihr allein und ihrer geistigen Realität in und um uns. Es handelt sich ganz um ihre Zeitschrift, nicht um die meine!

Hm, sagt der Obere und blickt unsicher zu den anderen Ratsmitgliedern. Wir haben das bedacht, glaube ich …

Dann will *sie* es so! Da der Pater Provinzial den Ratschluss der Immaculata gebührend berücksichtigt hat, spricht ihr Wille direkt aus seinem Mund –!

Maksymilian schweigt. In der nun folgenden Stille bekommen seine Worte eine merkwürdig ätzende Wirkung, je länger sie im Raum stehen.

Wieder schaut sich der Vorsitzende nach seinen Räten

um; die Übernahme quasi göttlicher Verantwortung ist ihm peinlich, und er möchte sie ungern allein tragen. Aber die anderen Räte haben sich wie zufällig abgewandt oder die Blicke niedergeschlagen und bieten ihrem Provinzial keinerlei Stütze. Zunehmend verunsichert und spirituell irritiert, sinkt er in seinen Sessel zurück.

Nun ja, sagt er. Wir wollen Ihnen eigentlich nichts verweigern, nicht direkt. Wir wollen Ihnen nur helfen, dass Sie Ihre Pläne noch einmal gründlich überprüfen und der Realität besser anpassen.

Und Sie können sich dafür Zeit lassen, unbegrenzt!, wirft jetzt der Pater Vikar ein und verdeutlicht auf seine herbe Art den Wunsch der Oberen.

Was meint der Pater Vikar damit?, fragt Maksymilian und stellt sich so naiv wie ein echtes Gotteskind.

Sie sollen Ihre Pläne aufgeben und sich ruhig verhalten, was denn sonst!, fährt ihn der Vikar an. Für ihn ist jene *geistige Realität*, die Maksymilian angesprochen hat, stets nur eine Art Aberglaube schlichter Gemüter gewesen, denn nie hat er bemerkt – in all den langen Jahren seines Ordenslebens nie –, dass die Immaculata auf seine eigenen oder die Belange des Hauses irgendwie Einfluss genommen hätte. Zwar ist er in jungen Jahren als gläubiger Marienverehrer ins Kloster gekommen, aber zu vieles Beten zur Madonna in zu vielen Nöten, die ohne ihre höhere Hilfe geblieben sind, haben ihn ernüchtert und aus ihm einen »Realisten des Glaubens« gemacht, wie er sich selbst gerne bezeichnet. Freilich anerkennt er durchaus den Nutzen, den der Marienkult des einfachen Volks für Kirche und Klerus hat. Aber wenn sich einer vom Orden darin verfängt, noch dazu ein Pater und Theologe, das geht und ging dem Vikar schon immer gegen jegliches vernünftige Denken, von dem er glaubt, dass es ihm Gott in besonders reichem Maße gegeben hat.

Anders der Provinzial: In seiner Funktion als oberster Lenker mehrerer Konvente hat er es zu einem gewissen väterlichen Verständnis für seine Brüder und ihre oft ganz unterschiedlichen Glaubensfacetten gebracht; diese zwar nicht immer direkt zu akzeptieren, aber doch stillschweigend zu dulden ist sein stetes Bemühen. Auch in diesem Fall ist er daher um eine versöhnliche Haltung bemüht, die auch den menschlichen Aspekt der Sache erwägt, nicht nur den spirituell-marianischen.

Bedenken Sie doch Ihren Zustand, Pater!, sagt er jetzt, mit etwas wie Sorge in der Stimme. Wir meinen einfach, Sie sollten sich schonen. Schließlich sind Sie noch immer nicht ganz gesund … Ihm fällt plötzlich Maksymilians ungewöhnliche Blässe auf.

Aber warum stehen Sie denn? Setzen Sie sich! Machen Sie es sich doch bequem, mein Lieber!

Ich komme eben erst aus dem Sanatorium, Pater Provinzial, sagt Maksymilian und bleibt stehen. Man hat mich dort fast ein Jahr lang gesundkuriert und als arbeitsfähig entlassen!

Gewiss. Aber vielleicht hat man Sie über Ihren Zustand nicht ganz aufgeklärt … Der Provinzial sagt es behutsam und blättert in einigen Papieren, die vor ihm auf dem Tisch liegen. Ihre Lungen sind nicht ausgeheilt. Der Abschlussbefund, den wir bekommen haben, besagt –

Dass nur ein Viertel Ihrer Lunge funktionstüchtig ist,

unterbricht ihn der Vikar ungeduldig. Und dass Sie deshalb nur wenig und nur leichte Arbeit verrichten dürften – was Sie bis jetzt nicht getan haben! Aber selbst wenn Sie sich an diese klinische Anweisung hielten, geben Ihnen die Ärzte nicht mehr als drei Jahre!

Fünf!, korrigiert ihn der Provinzial sanft, aber bestimmt. Er hält die Blätter des Befunds in die Höhe und schiebt sie dann über den Tisch hin. Sie können es selbst lesen, wenn Sie wollen.

Maksymilian geht nach vorn, um den Befund zu holen. Plötzlich fällt ihn ein Husten an; es ist das stille typische Hüsteln des chronisch Lungenkranken: In diesem Moment wirkt es wie das Röhren eines waidwunden Hirsches. Und natürlich sind die Blicke der Oberen auf ihn gerichtet, vielleicht besagend: Du siehst ja selbst, wie's mit dir steht und wie berechtigt unsere Fürsorge ist.

Doch Maksymilian achtet auf nichts. Er steht vor dem Tisch des Provinzials, blickt auf den Befund, ohne ihn aufzunehmen, und scheint nachzudenken. Mit einmal dreht er sich um und geht ohne das Papier zurück auf seinen Platz.

Ich glaube nicht, dass die Ärzte beurteilen können, worum es hier geht, sagt er. Sie sind Mediziner und sehen die Dinge nur von ihrem Standpunkt aus. Da ich in allem der Immaculata diene, ist auch sie es, die für meine Gesundheit zuständig ist.

Die Oberen glauben, nicht recht zu hören, und tauschen fragende Blicke. Nur dem greisen Pater Bonaventura scheint alles klar: Er kichert vor sich hin und vollzieht mit seinem Hörrohr einen umständlichen Armwechsel.

Wunderbar! Ganz wunderbar!, tönt sein sonorer Bass. Der hat das Gottvertrauen, von dem wir immer predigen. Der macht das wirklich, was wir allen einreden und selber so schwer vermögen!

Gleichsam so, als brächte die Rede des Alten ein Fass zum Überlaufen, springt der Pater Guardian abrupt von seinem Sitz in die Höhe und ergreift lautstark das Wort.

Einmal abgesehen von Ihrem Zustand, Pater: Glauben Sie denn, Sie haben die nötigen Fähigkeiten, um so etwas Schwieriges wie die Herausgabe einer Zeitung zu bewältigen? Können Sie überhaupt schreiben? Ich meine, im journalistischen Sinn: sachlich, ansprechend, informativ – so jedenfalls, dass der Konvent durch Ihr Blatt nicht kompromittiert wird!

Vielleicht kann ich es nicht, Pater Guardian, erwidert Maksymilian, nur wenig betroffen. Jedenfalls nicht aus mir selbst. Aber geben wir doch der Immaculata die Möglichkeit, umso besser durch uns zu wirken, je gewisser wir sind, dass es ohne ihre Hilfe nicht geht.

Einen Augenblick tritt Stille ein, in der nur Bonaventuras hintergründiges Kichern hörbar ist. Dann versucht es der Provinzial von Neuem.

Aber warum muss es ausgerechnet eine Zeitschrift sein? Sie haben doch schon genug mit diesen Vorträgen zu tun, mit diesen Versammlungen, mit dieser Gefolgschaft …

Militia Immaculatae!, wirft Pater Venantius, der Novizenmeister, geläufig ein, und der Pater Vikar blickt auf ihn wie auf einen Verräter. Doch Venantius fährt munter fort: Ihre Mitglieder sind schon auf über dreitausend angewachsen und nehmen ständig weiter zu. Er braucht jetzt eine Zeitschrift, um sie zu erreichen. Auch gilt es, weitere Kreise anzusprechen, über Krakau hinaus …

Er wird von einem der ganz alten Patres unterbrochen, der die Verhandlung bisher nur mit schläfrigem Kopfnicken verfolgt hat, nun aber höchlichst erregt reagiert.

Auch noch ausbreiten! Als ob diese Miliz nicht schon genug Unruhe macht und fremde Leute ins Haus zieht. Noch dazu Laien und Frauen. Besonders viele Frauen sogar! Sie schnüffeln überall herum und beachten oft nicht einmal die Klausur!

Hast du denn noch etwas zu befürchten, Bruder? Pater Bonaventura richtet seinen Horchtrichter spontan auf den Greis, der nur noch tonlos die Lippen bewegt und wieder in Sprachlosigkeit versinkt. Dafür nimmt der Vikar den Faden auf.

Wie es scheint, sprechen Sie vor allem das einfache Volk an, und davon wiederum vor allem die Frauen. Warum geben Sie Ihrem Blättchen aber diesen merkwürdigen männlich-heroischen Titel: *Ritter der Immaculata?* Wie sollen wir denn das verstehen?

Nicht geschlechtlich, Pater Vikar, kontert Maksymilian. Der Titel zielt auf eine bestimmte geistige Haltung, zu der alle Menschen fähig sind: Männer und Frauen, Junge und Alte, gebildete und einfache Leute. Es handelt sich dabei um das tiefe Grundbedürfnis in jedem von uns, sich einem höheren Ziel zu widmen, das den eigenen Egoismus übersteigt. Es geht um den Mut und die Fähigkeit, über sich hinauszugehen, über die eigenen Grenzen und Beschränkungen, und sich dem Unbegrenzten zur Verfügung zu stellen.

Dieses *Unbegrenzte* scheint allerdings sehr begrenzt!,

kontert der Vikar nicht ohne ironischen Unterton. Es beschränkt sich bei Ihnen allein auf die Gottesmutter. Sie ist jedoch nach der Überlieferung unserer Evangelien ein Wesen von rein menschlicher Natur. Sie erwähnen das selbst in Ihren Vorträgen, wie uns berichtet wird. Sie begründen damit sogar den leichteren geistigen Zugang, den der Gläubige zu ihr mehr als zu Christus haben könne. Wir befürchten daher, dass Sie mit Ihrer Zeitung dahin wirken wollen, den Gottessohn in die Ferne zu rücken, indem Sie Maria, seine Mutter, als bequemes Nahziel vorschieben und sie zum Objekt eines lächerlichen Unterwerfungskults machen. Sie verleihen ihr damit ohne Zweifel eine überhöhte Funktion. Praktisch stellen Sie damit unser Dogma von den drei göttlichen Personen infrage, indem Sie ungeniert eine vierte danebensetzen! Wir müssen Sie daran erinnern, dass Sie sich mit solchen theologischen Spekulationen nicht in Übereinstimmung mit unserer heiligen katholischen Kirche befinden!

Der Vikar hatte sich, während er sprach, mit suggestiver Gebärde weit über den Tisch hin vorgebeugt. Nun, nachdem er seine theologisch brisante Ladung ins Ziel gebracht hat, fällt er entspannt in seinen Sessel zurück, verschränkt die Arme vor der Brust und dankt Gott, dass er, ungehemmt von falschem Mitleid, das heraussagen konnte, was er für die ungeschminkte Wahrheit hält.

Sehr richtig!, kreischt eine vor Empörung bebende Stimme vom Seitentisch her. Der Greis von vorhin ist wieder aufgestanden und hebt seinen zittrigen Arm beschwörend gen Himmel. Er hat entgegen der Kirchenlehre einen vierten Gott gesetzt – noch dazu eine Frau!

Was hast du bloß gegen Frauen, Bruder?, wirft Pater Bonaventura kopfschüttelnd ein. Gott hat uns Menschen doch als Mann und als Weib erschaffen – nach Seinem Bild, wie es heißt. Also muss auch eine Frau in Ihm stecken …

Untheologischer schwachsinniger Mist! Gotteslästerlicher Blödsinn!, entfährt es dem Vikar, halblaut nur, doch für jedermann verständlich.

Bonaventura schwingt sein Höhrrohr sofort in die Richtung des Ordenstheologen.

Hab nicht verstanden, lieber Mitbruder in Christum, dröhnt er in Kirchenlautstärke. Was hast du Wichtiges gesagt?

Der Vikar räuspert sich. Einen Moment lang ist ihm seine Entgleisung peinlich. Etwas milder gestimmt, nimmt er den Faden seines Themas wieder auf.

Geben Sie wenigstens zu, dass Ihre Zeitschrift ein extrem marianisches Ziel verfolgt. Der Konvent sähe es aus verständlichen Gründen lieber, wenn Sie mehr an unsere franziskanischen Interessen denken würden, an die besonderen Aufgaben unseres Ordens!

Überaus richtig!, wirft der noch immer vibrierende greise Pater vom Seitentisch ein. Unser heiliger Vater Franziskus wollte nur, dass wir predigen und Beichte hören und in der Stille beten – in der Stille, wohlgemerkt! Er verlangte nicht, dass wir Milizen gründen, und schon gar nicht, dass wir Zeitschriften herausgeben!

Vielleicht, weil es damals noch gar keine gab, Bruder! Bonaventura sagt's sanftmütig und poliert geflissentlich sein Hörrohr. Der andere will giftig erwidern, begreift aber dann, setzt sich rasch und tut, als versuche er zu schlafen.

Wann wollen Sie denn die erste Nummer herausbringen?, fragt jetzt der Pater Prokurator.

Im Januar, sagt Maksymilian.

Jetzt ist doch schon Ende November!, staunt der Prokurator. Welche Auflage?

Fünftausend. Für die zweite Nummer zehntausend.

Der Prokurator wiegt bedenklich den Kopf. Haben Sie denn das Geld dafür?

Für die zweite Nummer?

Für die erste.

Maksymilian zögert mit der Antwort. Er starrt auf seine schäbige Aktentasche auf dem Tischchen vor ihm und ringt nach gefälligen Worten für einen ungefälligen Tatbestand.

Sie haben also nichts?, fragt der Prokurator und ahnt bereits das Dilemma.

Eigentlich nicht …

Ohne die Ordenskasse zu belasten – wie wollen Sie so schnell das Geld auftreiben, das Sie brauchen?

Sammeln, sagt Maksymilian behutsam. Es liegt bei den Mitgliedern der M. I. Ich muss es einsammeln.

Und die wissen das schon? Dass Sie ihnen das Geld aus der Tasche ziehen wollen?

… noch nicht, gesteht Maksymilian etwas kleinlaut.

Aber dafür kennen alle das Wort Gottes, sagt Bonaventura in den untersten Tonlagen seiner Bassstimme. Die von der M. I. haben die Heilige Schrift bestimmt schon bis zu der Seite gelesen, wo steht, dass Geben seliger denn Nehmen ist. Oder lebt nicht unser ganzer Konvent seit je davon, dass viele aus dem Kirchenvolk das wissen und uns fleißig spenden? Und leben wir schlecht, Brüder?

Der Prokurator springt auf. Mit Mühe beherrscht er sich, dem ehemaligen Oberen etwas Scharfes zu erwidern. Stattdessen fixiert er Maksymilian mit einem düsteren Blick.

Wenn wir Sie recht verstehen, wollen Sie innerhalb des nächsten Monats eine Zeitschrift herausgeben und haben nichts, gar nichts: kein Geld, keine Bürgschaft, keine Mitarbeiter, keine Beziehungen – nur Ihren Glauben!

Maksymilian blickt wieder auf seine fast leere Tasche vor sich, starr und stumm.

Er sieht schon, wie die sich füllt, denkt Bonaventura. Und er hat recht! Weil er glaubt, hat er recht, nicht weil unbedingt zutreffen muss, was er glaubt.

Der Prokurator lächelt plötzlich ganz zufrieden. Er waltete seines Amtes und hat Maksymilians eigentliche Misere aufgedeckt, mehr kann er nicht tun. Er wendet sich an die Runde der Konventsräte, insbesondere an den Pater Vikar.

Ich stelle fest, dass Zeitungsfinanzierungen auf Glaubensebene nicht in mein Ressort als Finanzfachmann des Konvents fallen. Dafür sind mehr die Theologen des Hauses zuständig! Er nickt dem Pater Vikar zu, dann dem Provinzial. Dann verabschiedet er sich mit einer Gebärde, die ausdrückt, für wie aussichtslos er Maksymilians Unternehmung hält und dass für ihn die Angelegenheit erledigt ist.

Kaum hat der Prokurator den Raum verlassen, erhebt sich der Vikar, nun ebenfalls gewillt, der Sache ein rasches und möglichst schmerzloses Ende zu bereiten.

Pater Maksymilian! Sie sind selbst Theologe und haben jahrelang das Fach Exegese belegt. Sie sollten begriffen haben, dass die Heilige Schrift nicht in jedem Fall eine wörtlich zu nehmende Auslegung zulässt, jedenfalls sollte man sie nicht als persönlich gemeinte Direktverheißung missverstehen. Auch nicht das Stück, an das Sie sich vornehmlich zu halten scheinen und dem Sie offenbar blind vertrauen: das Wort vom Glauben, der Berge versetzt. Damit hat der HERR bestimmt nicht die Probleme Ihrer Zeitung oder Ihrer Krankheit gemeint! Überhaupt gilt dies Wort nur für Heilige – für Menschen, die im Geiste vollkommen sind. Unser Problem ist, dass wir das nicht sind. Noch nicht. Auch Sie noch nicht, Pater!

Ist denn die Heilige Schrift nur für Heilige geschrieben, Pater Vikar?, fragt Pater Venantius. Als Novizenmeister ist die Frage für ihn naheliegend. Warum predigen wir ihr Wort dann zumeist den Nichtheiligen?

Um sie heilig zu machen, mein Lieber!, kontert der Vikar. Und gleichzeitig uns selbst. Der Weg dazu ist eben die richtig verstandene, ›heiligmachende‹ Schrift.

Macht uns wirklich die Schrift heilig?

Der Vikar reagiert etwas gereizt und holt zu einer seiner geläufigen Belehrungen aus, wie er sie üblicherweise in seinen Vorlesungen im Klerikat gibt.

Die Schrift selbst natürlich nicht, sondern unser Glaube an ihr Wort! Dieser muss bei jedem erst entwickelt werden, und je tiefer und unbedingter er wird, desto näher kommen wir unserer christlichen Vollendung. Diese bedarf dann noch eines besonderen Gnadenaktes, den Gott davon abhängig macht, wie sehr wir Ihm vertrauen, wie unbedingt wir auf Ihn setzen – ich meine, nicht nur in wohlfeilen Predigten und Lippenbekenntnissen, sondern in ganz konkreten essenziellen Dingen unseres christlichen Lebens und Strebens, wie und was immer es sei …

Zum Beispiel eine Zeitung – ich hab's mir gedacht! Bonaventura legt sein Hörrohr weg und erhebt sich umständlich von seinem Schemel.

Damit ist alles klar. Wir dürfen niemanden im Glauben behindern – weder den Pater im Glauben an seine Zeitschrift noch uns im Glauben an ihn!

Der greise Alt-Provinzial sagt es so entschieden, als spreche er für Gottvater persönlich. Dabei fasst er seinen Nachfolger ins gütige Auge und gibt ihm ein Zeichen, das etwa besagt: Nun steh auf, und erweise dich deines Amtes und meiner Nachfolge würdig!

Und der Provinzial scheint zu verstehen. Keinesfalls unglücklich über die seltsame Wendung der Dinge, erhebt er sich würdevoll, streicht sich mit einer zufriedenen Geste über den Leib und sagt in wohlwollendem Ton das Abschlusswort der Sitzung.

Pater Maksymilian! Der Provinzialrat hat entschieden, Ihnen die Erlaubnis für die Herausgabe einer Zeitschrift zu geben. Und er wünscht Ihnen Gottes ganzen Segen für das schwierige Unternehmen! Allerdings unter einer Bedingung: Sie dürfen keine finanziellen Anleihen aufnehmen und unter keinen Umständen die Kasse der Ordensprovinz belasten.

Er schmunzelt plötzlich und wendet sich an die alten Patres an den Seitentischen: Ich kann zwar selbst nicht gleich dieser M. I. beitreten, aber den älteren Herrschaften unter uns, die weniger zu tun haben, möchte ich eine solche Glaubensübung sehr empfehlen!

Dies sagt er im November 1921. Im Jahre 1924 hat die erbauliche Monatsschrift *Der Ritter der Immaculata* nach enormen Geburtswehen und zäher Anlaufzeit das zwölfte Tausend ihrer Auflage erreicht. Der Provinzial befindet sich im gleichen Raum an der gleichen Stelle und streicht sich mit der gleichen Gebärde über den Bauch, der nicht gleich geblieben, sondern deutlich zugenommen hat. Er blickt gütig auf Maksymilian, der wiederum vor den Provinzialrat berufen ist und dasteht, wieder in seinem alten Habit, mit seiner schäbigen Aktentasche, und einmal mehr die Entscheidung seiner Oberen hört.

Der Provinzialrat gibt Ihnen die Erlaubnis, für Ihre Druckmaschine mit Handantrieb einen Motor zu beschaffen. Allerdings stellen wir die Bedingung: Sie dürfen vom Orden kein Geld dafür haben wollen …

Dann, im Jahr 1925, erreicht der *Ritter* bereits eine Auflage von dreißigtausend. Für seinen expandierenden Verlag bittet Maksymilian seine Oberen um zusätzliche Arbeitskräfte, und wiederum entscheidet das Provinzkapitel darüber.

Der Orden kann Ihnen außer den drei Brüdern, die Sie schon haben, keine weiteren Leute mehr zur Verfügung stellen, verkündet der Provinzial, der noch derselbe ist. Aber wir erlauben Ihnen, selbst Brüder zu werben und aufzunehmen, allerdings nicht mehr als fünf vorerst. Bedingung dabei ist, dass Sie die Kosten für ihre Versorgung selbst tragen. Unser Zugeständnis möge Sie aber nicht verführen, Pater, jemals an so etwas wie einen eigenen Konvent zu denken.

Im Jahre 1927 ist die *Ritter*-Auflage auf über sechzigtausend angestiegen. Maksymilians Klosterdruckerei bedarf dringend einer räumlichen Erweiterung, weshalb im Kapitelsaal wieder einmal die Provinzialräte versammelt sind, nicht mehr ganz dieselben, denn Pater Venantius und Pater Bonaventura sind in der Zwischenzeit zur himmlischen Truppe der M. I. übergewechselt. Aber der einstige Provinzial ist noch da, und er spricht jetzt mit Maksymilian wie mit einem alten Freund.

Ich muss Ihnen mitteilen, dass der Rat es abgelehnt hat, Ihnen für die Vergrößerung Ihrer Druckerei weitere Räumlichkeiten im Kloster zur Verfügung zu stellen. Zwar hätten wir genügend davon, aber unsere älteren Herren, die jetzt in der Mehrheit sind, fühlen sich durch Ihr Unternehmen schon seit Längerem gestört. Als Mitglied der M. I. bleibt mir nichts anderes übrig, als Ihnen dafür zu erlauben, was Ihnen vielleicht viel nützlicher ist: den sofortigen Erwerb eines Grundstücks für ein eigenes Verlagszentrum. Allerdings nur unter einer Bedingung: Sie dürfen die Ordensprovinz finanziell nicht belasten.

Maksymilian vernimmt es gelassen, als wäre dies alles längst vorgesehen. Innerlich freilich überkommt ihn ein zunehmend dankbares Erstaunen über diese wundersame Fügung der Dinge, wie er sie zwar ahnungsvoll wünschte, aber doch nicht erhoffen konnte. Mit einem abwesenden Lächeln verabschiedet er sich von seinem Oberen, drückt seine unverwüstliche Aktentasche an sich, hüstelt leicht und verlässt – zuerst mit zögernden, dann mit immer rascheren und festeren Schritten – den großen Kapitelsaal des Klosters.

Der Mäzen

Auf der Landstraße bei Terezín, etwa vierzig Kilometer östlich von Warschau, rumpelt ein Fuhrwerk den holprigen Weg entlang; ein klappriger Leiterwagen ist es, mit riesigen Rädern und einem alten Gaul davorgespannt. Ringsum flaches Land, Felder, die abgeerntet sind, Wiesen dazwischen, ein endlos weiter Himmel mit einem sonderbar hellen Licht darüber – ungewohnte Gegend für die fünf Minderbrüder, die auf dem Wagen hocken und, weit vom Süden her kommend, schon seit vielen Stunden unterwegs sind. Drei von den Brüdern kauern auf der hinteren Ladefläche und dösen vor sich hin, eingekeilt zwischen allerlei Arbeitsgerät und einem großen, in alte Decken sorgfältig eingeschlagenen Gegenstand. Die andern zwei sitzen vorne auf einem Brett, das quer auf den Seitenwänden aufliegt: Es sind Maksymilian und Bruder Gabriel, die abwechselnd das Fahrzeug kutschieren.

Irgendwann müssen wir irgendwo ankommen, denken die Brüder, und dann müssen wir etwas zu essen bekommen, sonst sterben wir! Sie sind blutjung und hatten zum Frühstück nur ein Stück trockenes Brot und ungezuckerten Kräutertee mit etwas Milch zu sich genommen, was ihren Appetit mehr angeregt als gestillt hat. Seitdem ist ihr Hunger mächtig gewachsen, aber sie halten es gerade noch aus und finden sich drein, ohne zu murren, denn ihr Vertrauen in Maksymilian, ihren hochgeschätzten Oberen, ist grenzenlos; er wird sie – spät, aber doch – auch heute versorgen, wie immer, auch in der Fremde. Ihre Mägen freilich sind weniger willig: Sie rebellieren mit heftigstem Knurren, das nicht nur Maksymilian beunruhigt, sondern auch das Pferd, das die ungewöhnlichen Töne als Befehl missversteht und immer öfter stehen bleibt.

Nur Bruder Gabriel, dem ältesten von den Brüdern, sind die Umstände, in denen sie sich befinden, näher bekannt. Er weiß wohl, worum es geht; doch ermüdet durch die übermäßigen Strapazen dieser Reise von Krakau her, wird auch sein gläubiges Gemüt zunehmend von Zweifeln heimgesucht.

Wie will er denn an ein Stück Land kommen, wenn er kein Geld hat, eins zu kaufen! Auch hat er keinen reichen Mann zur Hand, der gerade stirbt und gläubig genug ist, seinen Grundbesitz uns frommen Minderbrüdern zu vermachen, damit er in den Himmel kommt. Da helfen noch so viele gebetete Rosenkränze nichts und keine Opferfahrten auf diesem Mistwagen, mit dem wir durchs Land rackern und dabei die Sünden der ganzen Welt abbüßen: Ohne irdische Währung kann auch die Immaculata uns kein Grundstück verschaffen! Es ist die Armut, die selbst den himmlischen Mächten ihre Grenzen setzt – unsere verfluchte Armut … Verzeih, Mamusia! Ich werde zwei Rosenkränze extra beten: einen, weil ich geflucht habe, und einen für den Fall, dass es nochmals passiert.

Endlich biegen sie von der Landstraße ab. Ein Feldweg führt direkt zu einem großen brachliegenden Stück Land, das wild von niedrigem Buschwerk und allerlei Kraut überwachsen ist. Dann hält der Wagen, Maksymilian springt ab und geht, nein schreitet etwa die halbe Länge des Grundstücks ab, wobei er umherblickt wie einer, der seinen eigenen Besitz inspiziert. Plötzlich bleibt er stehen und deutet auf eine etwas erhabene Stelle des Bodens. Die Mitbrüder, die ihn vom Wagen aus beobachten, verstehen sofort, eilen mit Spaten, Schaufel, Hacke, herbei und stechen an der von ihrem Oberen bezeichneten Stelle ein Rasenstück aus. Während Bruder Gabriel Wache hält und die Gegend nach etwaigen unliebsamen Beobachtern absucht, graben die anderen ein kleines Erdloch und legen einige Keile aus Hartholz zurecht. Dann holen sie vom Wagen den geheimnisvollen, in Decken gehüllten Gegenstand, dessentwegen diese ganze aufwendige Reise geschieht. Vorsichtig stellen sie das *Ding*, das gut einen Meter in der Länge misst, in die Erdvertiefung, verkeilen die Bodenplatte, enthüllen es nicht ohne Neugier und stehen nun mit großer Rührung davor: Es ist die Immaculata in Form einer funkelnagelneuen Marienstatue, völlig in Weiß und sehr anmutig gestaltet, mit nach unten gestreckten Armen und nach vorn gedrehten Handflächen, von denen Strahlen ausgehen, welche die Gnaden der Gottesmutter darstellen. Natürlich erkennen die Brüder in der Figur die Nachgestaltung der Madonnenerscheinung, wie sie auch auf der M. I.-Medaille aufgeprägt ist, aber so groß und imponierend und ehrfurchtgebietend haben sie sie noch nicht gesehen. Selbst Bruder Gabriel, der in die Unternehmung eingeweiht war und das heimliche Kunstwerk schon länger kennt, ist tief bewegt von diesem Vorgang symbolischer Besitznahme eines Grundstücks durch die Madonna. Möge die Erde sich nicht sträuben gegen das, was der Himmel beschlossen hat, hier und jetzt!, hofft sein frommes Gemüt, indes sein Verstand gewisse Bedenken hegt.

Ob er hier nicht zu weit geht, unser sonst so auf Gehorsam erpichter Oberer? Ohne Wissen und Erlaubnis des Eigentümers auf fremdem Grund eine Statue zu installieren – ob das vor Gott als mutiger Glaubensbeweis oder mehr als schlichte Erpressung Seiner übernatürlichen Hilfe gilt, kann ich als ungeschulter Bruder nicht beurteilen. Ich weiß nur sicher, dass es nach irdischem Recht nicht ganz legal ist. Nur gut, dass das weltliche Auge des Gesetzes nicht so gut sieht wie das himmlische Auge Gottes, dem gewiss nichts entgeht ... auch nicht mein unvollkommener Glaube an den Oberen! Bruder Gabriel lässt vorsichtshalber alle weiteren Gedanken in dieser Sache fallen und wendet sich spontan unverfänglicheren Dingen zu: dem strapazierten Pferd vor dem Wagen, dem er etwas Hafer gibt.

Nicht lange verweilen die Brüder vor Ort: Ihre knurrenden Mägen widerstreben ihrer Andacht und rufen sie zur Nahrungssuche. Maksymilian, den Hut gezogen, steht als Letzter vor der Madonna im Feld.

Wenn es Dir recht ist, nimm dieses Grundstück in Deinen Besitz. Es liegt schon lange brach und wäre für unser Vorhaben gut geeignet. Aber nicht, was ich glaube, sondern was Du glaubst und der HERR durch uns will, möge geschehen.

Als sie dann weiterfahren, sehen die Brüder noch lange die ungemein auffallende, weiß leuchtende Figur, die langsam zwischen den dunklen Fluren entschwindet. Merkwürdiges Bild!, empfinden sie. Sieht aus, als wäre da über Nacht ein weißer Pilz aus der Wiese geschossen. Dass er die Form der Immaculata hat, werden manche Bauersleute bestimmt für ein Wunder halten. Und irgendwie ist es ja wirklich eins ...

Wenig später passieren sie Terezín. Auf der einzigen Straße, die durch den langgestreckten Ort führt, finden sich im Nu etliche Dorfbewohner ein, die das Fuhrwerk mit den schwarz bekutteten Minderbrüdern obendrauf gebührend bestaunen. Die meisten von ihnen fallen ins Knie, bekreuzigen sich und bitten die frommen Männer, die hier selten vorbeikommen, um nachhaltige Fürbitte für Dinge, die sie ihnen in sich übertönenden Stichworten zurufen. Und die jungen Brüder, deren Eingeweide jetzt regelrecht um die Wette knurren, sehen das nicht ungern, und es juckt sie nicht wenig, als Gegenleistung für ihr fleißiges Segenspenden das mäßige Opfer einiger Lebensmittel einzufordern. Doch ein Blick auf ihren Oberen macht ihnen sofort klar, dass die Gunst des Augenblicks nur eine üble Versuchung ist. Also beherrschen sie sich, segnen hoch vom Wagen aus mit gemessenen Gebärden das vorbeiziehende Volk und durchqueren den Ort, ohne anzuhalten.

Und dann geschieht endlich, was mancher Bruder schon nicht mehr für möglich hielt, sie erreichen ihr Ziel: das Schloss des Fürsten Drucki-Lubecki bei Terezín. Das Fuhrwerk der Minderbrüder fährt kühn die breite, mit weißem Kies bestreute Auffahrt zum Palast hinauf und hält mit jähem Ruck vor dem imponierenden Eingang mit der breiten, von Marmorfiguren gesäumten Freitreppe.

Schaut euch nach der Küche um, ruft Maksymilian den Brüdern zu. Er springt vom Wagen, streicht die zerknitterte Kutte glatt, wischt mit dem Ärmel über den staubigen Hut, ordnet die Frisur – was alles mehr symbolische Gesten sind ohne großen praktischen Nutzen – und ergreift seine unabkömmliche Aktentasche. Da merkt er, dass die andern zögern.

In der Tat: Die jungen Brüder hocken auf dem Wagen, rühren sich nicht und blicken nur unsicher um sich. Der unvermittelte Eindruck gediegenen Reichtums schüchtert sie offensichtlich ein und lässt sie die eigene Dürftigkeit peinlich empfinden. Sie haben zwar riesigen Hunger, aber jetzt zögern sie abzusteigen, gleichsam so, als misstraue ihr von Armut und Aufwandlosigkeit geprägter Geist diesem üppigen Ufer weltlicher Pracht und hindere sie, es zu betreten.

Der Fürst hat mir persönlich zugesagt, dass ihr hier zu essen bekommt, ermuntert sie Maksymilian. Also geht schon, sucht den Küchentrakt auf, und verdrückt, so viel ihr könnt! Und vergesst mir den Gaul nicht!

Ohne sich weiter um die Brüder zu kümmern, eilt er, wie von unsichtbaren Energien belebt, die Freitreppe hinauf und ist im nächsten Augenblick als zierlicher schwarzer Schatten hinter der riesigen, von zwei weißen Säulen eingefassten Portaltür des Schlosses verschwunden.

Und endlich überkommt auch die Brüder etwas vom Mut und dem Geruchssinn wahrer Gottessöhne; sie machen sich auf und wittern nach kurzem die Gutsküche, wo sie von den feinfühligen Köchinnen erst gar nicht gefragt werden, wer sie sind und was sie wollen. Sie setzen ihnen einfach dampfende Schüsseln vor, mit Kraut, Kartoffeln und vielen Stücken Schweinefleisch darin, und schauen dann lachend zu, wie die Brüder, nachdem sie das kürzeste Tischgebet, das sie kennen, verrichtet haben, die Schüsseln umgehend leeren – nicht einmal, sondern mehrmals. Doch die Brüder sind jung, und nachdem sie den dringlichsten Hunger gestillt haben, bemerken sie immer deutlicher, dass ihnen das köstliche Essen von lieblichen Mädchen gereicht wird, die ihrerseits nicht gerade schüchtern sind und es mit reizenden Blicken, kokettem Kichern und schwenkenden Röcken gut verstehen, den Appetit der Brüder auf ein Gebiet auszuweiten, das nicht mehr dem Magen zugehört. Bruder Gabriel, durch langjährige Selbsterfahrung belehrt, erkennt jedoch den leidigen Versucher in den Brüdern und begegnet der Gefahr. Auf seine Anordnung hin setzen sich die Brüder mit den Rücken zu den Frauen, die Augen zur Wand gerichtet, wo unübersehbar der Heiland hängt – am Kreuz natürlich, was jeder unguten Lust in einem frommen Herzen sofort den Garaus macht. Solcherart vorerst gerettet, konzentrieren sich die Brüder wieder aufs Essen und verzehren zum Trost noch einige Teller, heilfroh darüber, dass sie kein Gelübde gegen Essen abgelegt haben.

Im weiträumigen, mit geschmackvoll unauffälligem Luxus ausgestatteten Salon des Fürsten hat Maksymilian auf einem breiten Sofa Platz genommen. In mönchischer Bescheidenheit sitzt er am äußersten Rand des aufwendigen Möbels, blickt aufmerksam auf Fürst Drucki-Lubecki, der sich nachdenklich in einem Schaukelstuhl wiegt und dabei eine Zigarre raucht. Der Prinz, der er ist, gibt sich jovial und hat dem Gottesmann gegenüber ein völlig unverkrampftes Verhalten; Maksymilian schätzt, dass sie beide etwa das gleiche Alter haben dürften.

Eigentlich wirkt er ganz sympathisch, stellt Maksymilian befriedigt fest. Für einen Adligen in seiner Stellung, mit großem Vermögen und weitläufigem Besitz hat er ein verständiges Gesicht, mit gewissen Zügen durchaus, die für einen edlen Charakter sprechen – abgesehen natürlich von dem üblichen selbstbewussten Gehabe der meisten reichen Leute …

Der auf seinem Stuhl leicht schaukelnde Fürst wiederum pafft eine Rauchwolke in die Luft und schaut versonnen dem Dunst nach, der langsam zur Decke aufsteigt.

Er gefällt mir eigentlich nicht schlecht! Für einen armen Ordensmann jedenfalls eine erstaunlich offene und geradlinige Person mit durchaus einnehmendem Wesen – abgesehen von der typischen Ausdünstung der meisten Kirchenleute, die glauben, dass Gott immer auf ihrer Seite ist …

Der Fürst denkt es, laut sagt er: Ich glaube, ich weiß, welches Grundstück Sie meinen, Pater. Es liegt nicht weit von der Bahnlinie nach Warschau, eine schwache Stunde von hier. Es wird etwa fünf Morgen haben, vielleicht auch weniger … Wir nützen es kaum, Sie haben recht. Also – wenn Sie es haben wollen, kann ich es Ihnen schon überlassen!

Maksymilian vernimmt es, scheint aber nicht gleich zu fassen, was seine Ohren hören. So sagt er erst einmal gar nichts, errötet nur, und seine Augen beginnen zu strahlen wie zwei Sterne. Schließlich bringt er doch ein Wort heraus und sagt mit vor Gerührtheit bebender Stimme: Ich … ich bin Ihnen zu größtem Dank verpflichtet und versichere Ihnen, dass der ganze Orden Ihre Exzellenz in sein Gebet einschließen wird …

Der Fürst, der zuerst gönnerhaft gelächelt hat, stutzt plötzlich und erkennt das arge Missverständnis.

Natürlich nicht umsonst! Oder haben Sie was anderes gedacht …?!

Maksymilian schüttelt sofort den Kopf; seine Röte bleibt, nur das Sternenlicht seiner Augen verlischt.

Was … was verlangen Sie?

Lubecki steht auf, geht auf und ab, überlegt und zieht dabei mehrmals so kräftig an seiner Zigarre, dass man die Glut knistern hört.

Nun ja, sagt er dann. Ihr Verlag scheint mir eine gute Sache. Ihre merkwürdige Gefolgschaft, diese …

Militia Immaculatae, ergänzt Maksymilian leise. Der Fürst nickt.

… auch Ihr Zeitungskloster, überhaupt Ihre ganzen Vorstellungen und Pläne – ich halte dies alles für notwendige Dinge gegen den moralischen Verfall unserer Zeit! Und sehr wirksam dazu, wie die steigenden Zahlen Ihrer Mitglieder und Zeitungsauflagen beweisen! Sie können mir glauben, Pater, dies ist ganz in meinem Sinne, und ich freue mich aufrichtig darüber!

Der Fürst ist vor Maksymilian stehen geblieben und schaut wohlwollend auf den zierlichen Ordensmann hinunter, der selber noch sitzt, aber jetzt ebenfalls aufstehen will.

Bleiben Sie ruhig sitzen, mein Lieber, und ertragen Sie es, dass man Ihre Sache ein wenig lobt! Ich tue dies nur aus

Eigennutz, denn als vermögender Mann weiß ich, dass sich Besitz nur erhalten lässt innerhalb einer intakten sittlichen Ordnung und eines gewissen Niveaus allgemeiner Volksmoral. Sie darf nicht zu hoch sein, natürlich, sonst schränkt sie die Verwendung des Reichtums zu sehr ein, aber auch nicht so tief, dass es zur Anarchie oder zum Kommunismus führt – was zu befürchten steht, wenn die Entwicklung wie bisher weitergeht.

An seiner Zigarre saugend, geht der Fürst ein paar Schritte auf und ab, und für einen Moment fliegt ihn der Gedanke an, großzügig zu sein und dem andern einfach zu geben, was dieser braucht und doch nicht wird kaufen können zu einem marktgerechten Preis.

Vielleicht kann ich Ihnen entgegenkommen, Pater. An welche Kaufsumme haben Sie denn gedacht?

Er blickt auf Maksymilian, der den Kopf gesenkt hält und schweigt.

Ich meine, verdeutlicht der Fürst, welchen Betrag haben Sie selbst dafür übrig?

Ich bin Franziskaner, Exzellenz. Mein Orden ist in besonderer Weise der Armut verpflichtet, wie Sie vielleicht wissen …

Maksymilian sagt es verhalten, nicht so, dass es irgend provozierend wirken könnte. Dennoch bringt es den Fürst mit einmal in Erregung, weil er spürt, dass der andere nichts bieten will oder nichts zu bieten hat – vielleicht, weil er wirklich nicht das geringste Kapital besitzt.

Sie erwarten doch nicht, dass ich Ihnen das Grundstück schenke, mein Lieber? Einfach schenke? Zur Gänze verschenke?

Ich erwarte nichts, erwidert Maksymilian, aber ich erhoffe alles. Denn das Prinzip der Armut vertraut darauf, dass die meisten unserer Probleme gelöst werden können, wenn diejenigen, die mehr besitzen, als sie nötig haben, jenen abgeben, die weniger haben, als sie brauchen.

Das klingt mir ziemlich kommunistisch, Pater!

Es ist christlich, Exzellenz.

Was ist der Unterschied?

Dass es freiwillig geschieht und auf Gott bezogen ist.

Lubecki schweigt. Er steht am Fenster, blickt hinaus und vergisst zu rauchen.

So wie Sie das erklären, scheint es sehr einfach und eigentlich ganz natürlich. Warum funktioniert es nicht?

Es liegt an uns! Maksymilian steht auf, ergreift seine Aktentasche und nähert sich dem Fürsten. – Es liegt in jedem Moment an jedem von uns, Exzellenz.

Der Fürst wendet sich spontan um und baut sich vor Maksymilian auf.

Dann erwarte ich, wenn ich gebe, was Sie brauchen, dass auch Sie mir leisten, was ich brauche!

Wenn ich kann, Exzellenz.

Sie können! Bestimmt können Sie! Der Fürst blickt sein Gegenüber herausfordernd an, und Maksymilian reagiert entsprechend vorsichtig.

Was meinen Sie?

Mein Vater ist vor vielen Jahren ermordet worden – im Wald in der Nähe dieses Schlosses, erläutert der Fürst. Ich habe an jener Stelle eine Kapelle errichten lassen. Was ich möchte, ist, dass sich Ihr Orden verpflichtet, Messen für ihn zu lesen – jährlich, sagen wir, sechsundzwanzig, zwei davon in der besagten Kapelle, zeitlich unbegrenzt. Dafür bekommen Sie – ebenfalls zeitlich unbegrenzt – das volle Nutzungsrecht auf das von Ihnen gewünschte Grundstück. Ich glaube, damit können Sie wohl einverstanden sein!

Da Maksymilian nicht antwortet, sondern nur stumm vor sich hin starrt, fügt er hinzu: Es entspricht dies doch Ihrer Auffassung: Ausgleich zwischen Bedürfnis und Überfluss, wie es unser beider Lage im Augenblick verlangt.

Ja, gewiss! Nur: Die Entscheidung habe nicht ich zu treffen, sondern das Provinzkapitel.

Maksymilian blickt den Fürsten an, mit leicht schräggestelltem Kopf und einem Ausdruck, der seine widerstreitenden Gefühle zwischen bangem Zweifel und gläubiger Hoffnung wiedergibt. Und plötzlich ist ihm, als stehe er schon vor seinen Oberen im Kapitelsaal und höre ihre Entscheidung, wie sie ihm durch den neuen Provinzial einige Wochen später verkündet wird:

… sind wir der Meinung, dass sich die Ordensprovinz nicht zu unbegrenzten Votivmessen verpflichten kann – nicht für bloße Nutzungsrechte. Wir möchten den Grund, auf dem wir unseren Klosterverlag errichten wollen, selbst besitzen. Auch meinen wir, wer schon glaubt, für Gott und seine Diener etwas geben zu können, der soll ganz geben oder gar nicht. Darauf müssen wir bestehen …

Maksymilian sitzt wieder auf dem Sofa im Salon des Fürsten Drucki-Lubecki, jetzt eineinhalb Monate später, und lächelt Seine Hoheit an, als bitte er um Verzeihung. Eben hat er dem Fürsten den Bescheid seiner Oberen mitgeteilt, in etwas umschriebener und gefälligerer Form freilich, als er ihn selbst vernommen hat. Nun steht er auf, klemmt sein ewiges Requisit, die unverwüstliche Aktentasche, unter den Arm und wendet sich dem Ausgang zu. Der Fürst begleitet ihn, um ihn an der Tür zu verabschieden.

Es tut mir leid, sagt er mit ehrlichem Bedauern. Ich hätte das Prinzip *Austausch*, von dem wir gesprochen haben, gerne mit Ihnen ausprobiert – nicht wegen der Bedürftigkeit Ihres Ordens, sondern Ihrer Sache zuliebe! Aber wie sich zeigt, scheint eure Armut schlechter zu funktionieren als mein Reichtum.

Mit einem Händedruck und einem aufmunternden Lächeln entlässt der Fürst Maksymilian, der nicht mit enttäuschter, aber sehr ernster Miene den Salon verlässt. Gleich danach geht der Fürst zum Fenster und blickt nachdenklich hinunter auf den Vorplatz zur Schlossauffahrt. Unten steht ein Pferdewagen mit einem jungen Franziskaner als Kutscher, der duldsam auf seinen Oberen wartet. Da plötzlich fällt dem Fürst etwas ein, er verlässt rasch den Raum und eilt Maksymilian nach.

Er erscheint in der weitläufigen Treppenhalle des Palastes just in dem Moment, da Maksymilian bereits am unteren Ende der Treppe angelangt und fast den Ausgang erreicht hat.

Herr Pater!, ruft er laut Und als Maksymilian sich umwendet und zu ihm nach oben blickt: Was soll ich denn von Ihrer etwas voreiligen Besitznahme meines Grund und Bodens halten?

Maksymilian antwortet nicht gleich. Dafür macht er ein fragendes Gesicht, über das die ganze Unschuld eines arglosen Gotteskindes ausgebreitet scheint.

Ich meine, von der Madonnenstatue, die Sie auf meinem Grundstück abgestellt haben, verdeutlicht der Fürst. Was soll damit geschehen?

Einen Moment denkt Maksymilian nach. Dann, begleitet von einer Gebärde entwaffnender Großzügigkeit und einem strahlenden Lächeln, ruft er zurück: Lassen Sie sie stehen! Sie gehört Ihnen!

Aber wie komme ich dazu? Der Fürst fragt es abwehrend und mit unverhohlenem Widerwillen; er will sich auf diese Weise nichts schenken lassen, am wenigsten von einem armen Franziskaner. – Ihr Geschenk entspricht nicht unserem Prinzip des gerechten Ausgleichs. Ich konnte Ihnen ja nichts geben!

Vor Gott zählt auch der Wille. Sie waren guten Willens, Exzellenz!

Sie schweigen beide, blicken sich nur an über die ganze Distanz der Treppe hinweg, der Fürst von oben herunter, der andere von unten hinauf. Schließlich kommen sich beide langsamen Schrittes entgegen.

Glauben Sie nicht an sie?, fragt Maksymilian.

An wen …? Der Fürst mimt einen fragenden Gesichtsausdruck.

An die Immaculata. Sie verkörpert Güte, Liebe, Selbstlosigkeit. Die Statue ist das Symbol dafür. Und zugleich ein Bild, ein Vorbild unserer Seele …

Sagt mir nichts! Ich bin nicht religiös, was Statuen und Bilder betrifft. Ich glaube an die Wirklichkeit. Und die Wirklichkeit sind zunächst wir selbst, Sie und ich, zum Beispiel …

Also glauben Sie doch an Bilder, Exzellenz! An das Bild

Gottes nämlich, auf das hin jeder von uns geschaffen ist nach den Worten der Schrift. Die Madonna selbst ist der beste Beweis für die Wirklichkeit, an die Sie glauben …

Der Fürst, irgendwie im Innersten betroffen, fühlt sich plötzlich unangemessen belehrt, ja persönlich angegriffen und reagiert mit einer aufwallenden Emotion, die er nicht verhindern kann. Er wirft Maksymilian einen bösen Blick zu und fährt ihn zornig an.

Ich will sie aber nicht, hören Sie! Machen Sie damit, was Sie wollen, aber behalten Sie sie um Gottes willen!

Um Gottes willen!, wiederholt Maksymilian, mehr für sich, und wendet sich endgültig dem Ausgang zu.

Im gleichen Moment erkennt der Fürst, wie unsachlich, unverständig, ja beschämend unfürstlich er reagiert hat, und empfindet sein Verhalten als sittliches Versagen. Damit gewinnt sein besseres und eigentliches Wesen sogleich wieder die Oberhand. Er hält Maksymilian am Ärmel zurück.

Warten Sie! Ich meinte, behalten Sie die Madonna! Und nehmen Sie das Grundstück, auf dem sie steht, mit dazu! Vielleicht, dass Ihr Orden einverstanden ist, wenn ich auf jede Gegenleistung verzichte …

Der Fürst hat das eigentlich nicht sagen wollen; er wollte nur einen versöhnlichen Abschluss finden, kein Opfer bringen. Doch jetzt, da es so herauskam, fühlt er sich seltsam erleichtert, und es ist ihm, als hätte er etwas gewonnen statt verloren. Ohne ein weiteres Wort zu verlieren, lässt er den Pater stehen und zieht sich in seine Gemächer zurück.

Maksymilian lässt nachklingen, was sein Ohr vernommen hat. Still verweilend in der Mitte der herrschaftlichen Treppe, nimmt er sich Zeit, den unerwarteten Umschwung der Dinge zu fassen. Plötzlich gibt er dem, was in ihm vorgeht, einen spontanen, seit fernen Kindertagen nicht mehr geübten Ausdruck: mit hoch über die Knie gerafftem Habit hüpft er in übermütigen Sprüngen Stufe um Stufe die Treppe hinunter und verlässt mit schwingenden Schritten, getanzt nach einer nur von ihm vernommenen himmlischen Musik, den Palast.

Zurück bleibt eine ältliche Hausangestellte, die den Versuch machte, unter der Treppe Staub zu wischen. Um nicht nur zu hören, sondern auch ein wenig zu sehen, was vorging, streckte sie den Kopf etwas hervor und schaute mit eins, was sie sonst noch nie gesehen hatte: die behänden Waden eines Minderbruders in groben Socken und ausgebeulten Sandalen, die in Augenhöhe an ihr vorüberhüpften.

Jetzt steht sie da und blickt dem Spuk nach, der verschwunden ist und ihr nicht mehr glaubwürdig erscheint.

Ich glaube, ich muss etwas essen! Ich muss jetzt etwas essen!, murmelt sie und schlägt stracks den Weg in Richtung Küche ein.

Der Ort der Unbefleckten

Einige Monate später, so um die Jahreswende 1927/28, steht ein junger Mann namens Eugeniusz Siedlecki auf dem Bahnhof von Szymanów in der Nähe von Terezín. Er ist eben mit dem Zug angekommen; nun blickt er sich um auf der einsamen Station, auf der nur er allein ausgestiegen ist. Die einzigen Leute, die er sieht, sind ein älteres Bauernpaar, das auf einer Wegspur unweit vom Bahnkörper mit dem Transport eines anscheinend gewichtigen Holzschaffs beschäftigt ist.

Der Tag ist eiskalt, ein beißender Ostwind hat überall dicke Schneeschichten angeweht, und der Jüngling beginnt zunehmend zu frösteln – was wohl nicht nur von der Kälte herrührt, sondern auch und vor allem von dem Eindruck tiefster Provinz, in der er hier gelandet ist.

Was er rundum sieht, ist eine einzige weiße Schneefläche, in der er weder Weg noch Straße ausmachen kann, und er hat nicht die geringste Ahnung, wie er seinen Weg finden, sein Ziel erreichen könnte. So nimmt er seinen schweren Koffer und geht erst mal auf die beiden Personen zu, den Bauern und die Bäuerin, die in langsamem Trott durch den Schnee waten und ihr Schaff schleppen.

Wissen Sie, wie ich nach Niepokalanów komme?, fragt er höflich.

Der Bauer, derart angesprochen, lässt das Schaff sofort zu Boden sinken und blickt den Jüngling mit schmalen Augen an. Was er sieht, ist für ihn eine Erscheinung aus einer anderen Welt: angefangen vom eleganten, tailliert geschnittenen Tweedmantel mit dem breiten schwarzen Edelpelzkragen, der hochgestellt ist und auf dem direkt der vornehme, in englischer Form gearbeitete Pelzhut aufzusitzen scheint, bis zu den modischen italienisch anmutenden Stiefeln, zierlich geschmückt mit schwarzen Pelzrändern.

Eindeutig eine völlig verweichlichte Stadtpflanze, denkt der Bauer und klappt den dicken Ohrenschutz seiner turbanähnlichen Pelzkappe in die Höhe, um anzuzeigen, dass er auf Empfang eingestellt ist.

Man hat mir geschrieben, dass es nicht allzu weit vom Bahnhof in östlicher Richtung liegen soll, erklärt sich Eugeniusz näher und deutet mit einer diffusen Handbewegung über die Schneelandschaft hin, wo weit und breit nichts als ein paar bäuerliche Schuppen und Bretterverschläge zu sehen sind.

Kommt drauf an, was Sie suchen, sagt der Bauer.

Niepokalanów!, wiederholt Eugeniusz laut und gedehnt.

Der Bauer, als hätte er nicht recht gehört, wechselt mit seiner Frau einen seltsamen Blick. Als die ihm bestätigend zunickt, huscht über sein Gesicht plötzlich ein Ausdruck von etwas wie Mitleid.

Dort wollen Sie hin? Nach Niepokalanów?, fragt er langsam, als könne er noch nicht recht glauben, was er gehört hat.

Eugeniusz nickt heftig und erläutert mit spontan aufflammender Begeisterung: Das heißt *Ort der Unbefleckten.* Es ist das Kloster, das die weitbekannte Zeitschrift, den *Ritter der Immaculata,* herausgibt!

Der Bauer hört es mit ernstem Gesicht. Was willst du denn dort?

Mitmachen! Eintreten! Ich möchte als Novize im Kloster anfangen. Das heißt, wenn ich aufgenommen werde.

Bist du sicher, dass du in *dieses* Kloster willst?

Deshalb komme ich ja von Lemberg hierher, sagt der Jüngling. Es ist nämlich ein ganz besonderes Kloster, eine neue Art von Zeitungskloster, ein großes wachsendes Verlagsunternehmen, eine Klosterstadt von riesiger Ausdehnung mit einem Heer von jungen, begeisterten Brüdern, die alle Redakteure oder Druckereiarbeiter sind. Ich habe gelesen, dass sie noch mehr Leute dieser Art suchen.

Über das herbe Gesicht des Bauern flackert ein schmerzliches Zucken. Er tritt nah zu seiner stämmigen Frau und sagt mit gedämpfter Stimme: Er ist'n Mann wie ich, Ewa. Ich kann's nicht mit ansehen! Zeig du's ihm! Dann wendet er sich wieder dem Jüngling zu.

Merk dir den Weg, junger Mann! In beiden Richtungen! Von zehn Burschen, die dort hingehen, kommen immer acht wieder zurück. Damit klappt er den Ohrenschutz seiner Kappe herunter, macht kehrt und stapft, der Frau das Schaff und den Jüngling überlassend, durch den Schnee davon.

Die Bäuerin aber blickt den jungen Mann mit mütterlicher Rührung an, wobei sie ihren kurzen stämmigen Arm hebt und kommentarlos auf jene paar Baracken in Sehweite zeigt, die der Jüngling zuerst für bäuerliche Unterstände gehalten hat.

Sie meinen, es liegt dahinter?, fragt Eugeniusz.

Drin, sagt die Bäuerin wie verschämt.

In diesen … Schuppen?

Die Bäuerin nickt. Die Brüderchen sind trotzdem sehr glücklich. Sie singen immerfort.

Ungläubig blickt Eugeniusz Siedlecki auf diese vom Schnee fast zugewehten unansehnlichen Holzgebäude in der Ferne. Er hatte sich aufgrund der wortreichen Beschreibungen im *Ritter der Immaculata*, die er wieder und immer wieder gelesen hat, etwas ganz anderes vorgestellt.

Ich suche eigentlich das Kloster, murmelt er verstört. Niepokalanów, wissen Sie.

Ich führe Sie hin, junger Herr!, sagt die Frau gütig. Wenn Sie nur anpacken wollen, können wir gleich gehen! Sie nötigt ihn mit einer robusten Gebärde, das abgestellte Schaff aufzunehmen. Eugeniusz bemerkt dabei, wie es unter dem Deckel hervordampft, und schnuppert zurückhaltend.

Es ist das Abendessen, junger Herr, erklärt sie im Gehen. Für das Kloster nämlich. Es sind gute Kartoffeln. Frisch gekocht. Sehr mehlig. Die Schweine mögen sie gern. Unsere Hausschweine nämlich. Aber wir kochen immer zu viel und bringen, was übrig ist, dem Kloster. Und die Brüderchen essen alles immer gleich auf, so warm, wie wir es herbringen. Die Kartoffeln nämlich … Etwas vertraulicher fährt sie fort: Wir kochen ja absichtlich zu viel, wissen Sie, weil wir doch den frommen Leuten gern helfen wollen. Sie sind ja so arm, dass sie nicht einmal Zucker in den Kaffee haben, und Butter aufs Brot auch nicht, nur sonntags und an den hohen Feiertagen … Warum gehen Sie denn auf einmal so langsam? Die Kartoffeln werden noch kalt. Dann schmecken sie nicht mehr, und man muss eine Suppe daraus machen, und die Brüderchen haben doch auch kein Salz!

Unter solcherlei Redensarten schleppt die Frau das Schaff mitsamt dem Jüngling, der sich mehr ziehen lässt, als dass er selber geht, durch den knietiefen Schnee. So gelangen sie bald zu der ersten Baracke des Klosters, der Kapelle von Niepokalanów. Vor dem Gotteshaus, unübersehbar, steht eine große Madonnenstatue: Es ist dieselbe, und sie steht auch noch an der gleichen Stelle, wo man sie einst in die Wiese gestellt hat, nur dass sie jetzt auf einem hübschen Sockel montiert ist. Rundherum ist Baustelle, stehen Tragen und Karren, liegen Haufen von Baumaterial und gefrorener Erde, lehnen Arbeitsgeräte an Bretterstapeln. Nur die Brüder sind nicht zu sehen, doch man hört lauten Chorgesang aus dem Innern der Barackenkapelle.

Vor der Statue angelangt, setzt die Bäuerin das Schaff ab, fällt ins Knie und bekreuzigt sich. Dann drängt sie Eugeniusz zu der Türe, die in die Kapelle führt, öffnet sie und schiebt den Jüngling samt Koffer hinein ins dunkle Innere. Sie selbst bleibt draußen, schließt rasch die Tür und lehnt sich dagegen.

Vielleicht ein Neuer für dich, Mamusia! Man muss ihm helfen, dass er nicht zu früh aufgibt! Sie blinzelt der Madonna zu, rammt ihre Stiefel in den Schnee und presst ihr ganzes Gewicht gegen die Kapellentür.

Auf der Innenseite steht Eugeniusz und starrt in die tönende, mit mönchischem Gesang berstend gefüllte Finsternis. Er sieht erst gar nichts und steht bewegungslos im Dunkeln, bis seine vom Schnee geblendeten Augen sich an die Düsternis im Raum angepasst haben. Was er dann wahrnimmt, verschlägt ihm den Atem: Eine kompakte Gruppe von Minderbrüdern kauert, mit dem Rücken zu ihm, auf dem nur mit lockeren Brettern belegten blanken Erdboden; sie knien in doppelter Dreierreihe nach vorn ausgerichtet, zum Altar hin, der aus einer grobgezimmerten umgestülpten Riesenkiste besteht, wie Eugeniusz zu erkennen glaubt. Einzelne Gestalten kann er freilich nicht wahrnehmen, denn die schwarzen Habite der Brüder verschwimmen in der fensterlosen Finsternis zu einer einzigen dunklen Masse, aus der nur die Häupter herausragen: helle, kurzgeschorene Bürstenköpfe, etwa dreißig an der Zahl, die gespenstisch im Raum zu schweben scheinen und singen. Und wie sie singen in der eisigen Luft: aus vollen Hälsen und nicht nur hörbar, sondern sichtbar, denn der gefrorene Atem steht ihnen in Strahlen wie überirdische Trompeten vor den Mündern.

Ernüchtert, ja erschrocken bemerkt der Jüngling die hier herrschende Dürftigkeit. Er hat noch nie in seinem Leben eine so grenzenlose Armut bewusst wahrgenommen und nicht für möglich gehalten. Und auf einmal weiß Eugeniusz Siedlecki, was er wirklich will: nach Hause! Schleunigst von hier verschwinden und nach Hause zurückkehren!

Doch als er die Kapellentür öffnen will, scheint sie zu klemmen. Er drückt mit Kraft dagegen, doch die Tür rührt sich nicht – oder vielmehr, sie scheint manchmal etwas nachzugeben, federt aber dann – seltsam genug – umso stärker zurück. Jetzt stellt der Jüngling seinen Koffer ab und stemmt sich mit der Kraft der Verzweiflung gegen diese furchtbare Tür. Und nun bewegt sie sich doch, aber nicht nach draußen, sondern nach innen, und Eugeniusz wird, zusammen mit Tür und Rahmen, wie mit höherer Gewalt in den Kirchenraum geschoben. In dem nun offenen Ausgang aber erscheint die lächelnde Bäuerin, und sie steht so stämmig da, dass das erstaunliche Türereignis erklärbar wird. In diesem Moment endet auch der Gesang der Brüder. Wie auf Kommando drehen sich alle zum Kapelleneingang und bemerken dort neben der Bäuerin eine ihnen unbekannte Person. Sogleich kommt einer nach dem andern herbei, mustert den Fremdling neugierig und gerät ob dessen vornehmer Aufmachung in zunehmendes Staunen. Und die Brüder denken sich nichts dabei, als sie mit groben Händen den teuren Mantel des Jünglings anfassen und befühlen und bewundernd dessen Qualität feststellen. Auch wird ihm der Pelzhut abgenommen, reihum gereicht und von allen aufprobiert. Einer kniet sogar nieder, beklopft die prächtigen, maßgearbeiteten Winterstiefel und nickt anerkennend.

Prima Größe, glaub ich, sagt er und blickt die Brüder vielsagend an. Können wir alle benützen. Bis auf Pater Samuel und Bruder Melchior mit ihren Riesenfüßen.

Und der Pelzmantel!, sagt ein anderer. Mit dem guten Stück können wir uns in der Stadt wohl sehen lassen, wenn wir Sachen besorgen!

Und da – was hat er wohl da alles drin?, fragt ein Dritter und beäugt neugierig den feinen Lederkoffer. Vielleicht gar seidene Nachthemden und Unterwäsche für uns!

So oder ähnlich äußern sich die Brüder, tun es in aller Unschuld und im Geist einer Gemeinschaft, die schon länger an gemeinsames Eigentum gewöhnt ist. Eugeniusz aber ist zu Tode erschrocken. Er glaubt, unter verkappte Räuber geraten zu sein, und überlegt schon, ob es ratsam ist, um Hilfe zu rufen. Da legt sich ihm plötzlich eine ruhige feste Hand auf die Schulter; ein nicht eben großer, schmächtiger Mann, der sich in nichts von den anderen Brüdern unterscheidet, steht vor ihm und spricht ihn freundlich an.

Was hast du vor, mein Sohn? Kommst du zu uns?

Ja ... Nein!, stottert der Jüngling. Ich will zum Bahnhof!

Der andere begreift. Er sieht und versteht den Jüngling und fasst ihn in ein so gütiges väterliches Auge, dass sich dessen Angst gleich etwas mindert.

Vielleicht bist du schon da, sagt er. Vielleicht geht der Zug, den du erreichen willst, von hier ab ... Komm mit, ich führ dich herum und zeig dir, wo du bist! Hernach kannst du dir alles gründlich überlegen.

Er winkt einem jungen Mitbruder, der von nun an den Koffer des Jünglings trägt. Dann führt er Eugeniusz aus der Kapelle hinaus, um ihm das übrige Kloster zu zeigen, das heißt, jene ersten Gebäude im Barackenstil, die schon von den Brüdern bewohnt und in Betrieb genommen sind. Dabei gelangen sie zuerst in etwas wie einen Unterstand, der an allen Seiten mit Brettern verschlagen ist, und von dem der väterliche Bruder sagt, es sei der *Schlafraum.*

Eugeniusz sieht sich um: Im Licht einer Handlaterne, die der Bruder, der den Koffer trägt, entzündet hat und in die Höhe hält, erblickt er weiter nichts als Stroh, eine mäßig dicke Schicht, die über den ganzen Fußboden ausgebreitet ist. Die einzelnen Schlafplätze der Brüder sind durch grobe Decken markiert; je zwei davon liegen ordentlich zusammengefaltet an den Fußenden, die zu einem schmalen Mittelgang hin ausgerichtet sind. An einer vom Stroh sorgfältig abgegrenzten Stelle in der Mitte steht ein Ofen; er ist selbstgebaut aus Blech und Ziegeln und so konstruiert, dass das Abzugsrohr für den Rauch, um möglichst viel Wärme zu spenden, sich erst nach einer kühnen Spirale durch den ganzen Raum zur Decke hebt und durchs Dach verschwindet. Sonst ist nichts zu sehen als rohe, ungehobelte Bretterwände, die nur dort, wo vielleicht einmal die Fenster sein werden, ausgespart und dann wieder vernagelt wurden, mit Brettern, die statt in horizontaler in vertikaler Richtung verlaufen.

Man schläft hier sehr gut, sagt Maksymilian und hofft, dass sich das düstere Gesicht des Jünglings etwas aufhellt. Doch Eugeniusz tippt nur mit dem Stiefel auf das Stroh, auf eine Stelle, wo die Schicht gerade etwas dünn liegt.

Aber ziemlich hart, glaub ich!, sagt er und schüttelt sich.

Das scheint nur so! Wir arbeiten viel und schwer und schlafen dann so gut, dass das niemand spürt.

Aber ist diese ... diese Schlaffläche nicht zu klein für alle?

Das scheint nur so! Je enger man liegt, desto wärmer ist es. Ein besonderer Vorteil, vor allem im Winter! Nein, wir haben keine Schlafprobleme, versichert der freundliche Bruder durchaus glaubhaft, und Eugeniusz versteht es auf seine Weise: Wo die Umstände so unzumutbar sind wie hier, ist das *Leben* das Problem, nicht der Schlaf, der eher eine willkommene Fluchtmöglichkeit ist.

Und Schränke? Gibt es keine Schränke für die Kleider?, fragt er, und der andere deutet sogleich auf einen einzelnen, roh gezimmerten Spind ganz hinten in der Ecke.

Für alle? Auch für alle? Der Jüngling fragt es, noch einmal verblüfft.

O ja! Es ist voll ausreichend für das, was wir gerade nicht anhaben.

Maksymilian führt den Jüngling hin, um es zu demonstrieren, und öffnet den Spind, der völlig leer ist.

Das hätte ich zu Hause nie gedacht, dass Franziskaner so leben müssen!, entfährt es Eugeniusz aus den Tiefen seiner enttäuschten Seele.

Wir müssen nicht – wir wollen es!, korrigiert ihn der andere, dessen freundliches Gesicht plötzlich einen strengen Zug bekommen hat: Wie sollen wir denn sonst lernen, dass unser Geist unsere körperlichen Umstände zu beherrschen hat, nicht der Körper den Geist. Etwas milder setzt er fort: Aber natürlich ist nicht alles, was du hier siehst, gewollte franziskanische Armut. Viele der Mängel sind unbeabsichtigt und werden im Laufe der Zeit behoben werden!

Währenddessen hat der Bruder mit der Laterne Eugeniusz' Koffer auf dem riesigen Gemeinschaftsbett, welches der Fußboden ist, abgestellt und strahlt den, wie er glaubt, neuen Mitbruder mit einem glücklichen Lächeln an.

Das ist Vorsehung!, sagt er. Da ist noch ein Streifen Stroh frei – mindestens fünfzig Zentimeter. Es ist sogar ein Platz mit frischer Luft! Er deutet auf ein Astloch in der Bretterwand, durch das ein verschämter Lichtschimmer von draußen hereindringt.

Bevor Eugeniusz, geschockt von der Vorstellung, hier schlafen zu müssen, darauf reagieren kann, leitet ihn der andere bereits aus der »Schreckenskammer« hinaus ins Freie. Maksymilian spürt den Punkt, wo diesem Jüngling etwas

Versöhnliches geboten werden muss, wenn er als neuer Sohn gewonnen werden soll. Also lässt er alles Dürftige beiseite und eilt gleich zielstrebig dem Ort zu, der sich schon bei anderen Neuankömmlingen als entscheidend für ihr Bleiben erwiesen hat.

Vor einer Baracke, die stabiler als die anderen gebaut erscheint und offenbar als einzige ein festes Fundament besitzt, gemauert aus richtigen Ziegelsteinen, bleibt Maksymilian stehen. Bedeutungsvoll stößt er die Tür auf und zeigt ihm, was er abwechselnd *das pulsierende Herz von Niepokalanów, die fleißige Wörterpumpe der Madonna, die geistige Trutzburg des ›Ritters der Immaculata‹* nennt.

Es ist die Druckerei des Klosters, in der sich Eugeniusz jetzt befindet, und sie kommt dem, was er sich eigentlich unter Niepokalanów vorgestellt hat, auf einmal ziemlich nahe, ja übertrifft es sogar in gewissem Maß; zwar räumlich etwas beengt, macht es doch den Eindruck eines perfekten, vorbildlich eingerichteten Pressebetriebs mittlerer Größe. Das Glanzstück der Ausstattung ist eine imponierende Druckmaschine, ein schweres, blankgeputztes Ungetüm aus Gusseisen und Stahl, mit einem mächtigen Motor und einer aufwendigen, hochmodernen Riemenübersetzung. Im Augenblick steht sie gerade still und wird von zwei Brüdern für eine nächste Druckserie vorbereitet.

Wie unter Zwang stehend, nähert sich Eugeniusz dem sympathischen Monstrum von Maschine, betastet da und dort die glänzenden Metallteile und vermeint, ihren lebendigen Atem zu spüren, ihren bebenden und stampfenden Rhythmus, wenn sie mit großer Geschwindigkeit und staunenswerter Präzision Blatt um Blatt, Zeitung um Zeitung des *Ritters* ausdruckt in Hunderten, ja Tausenden von Exemplaren …

So steht Eugeniusz wie verwurzelt vor der gewaltigen Druckmaschine und kann sich von ihrem Anblick kaum lösen. Auch Maksymilian ist gerne hier und versteht aus eigener Erfahrung, welches Empfinden in dem Jüngling jetzt vorgeht. Er beobachtet Eugeniusz von der Seite: Dessen gerötetes Gesicht und glänzende Augen lassen keinen Zweifel darüber aufkommen, dass sich das bewährte Phänomen technischer Faszination wieder einmal ereignet hat, hier und jetzt und ganz zugunsten der Mamusia.

Sie druckt den *Ritter* für ganz Polen, erklärt Maksymilian bedeutsam, und Eugeniusz gibt sich gut informiert: zurzeit monatlich achtzigtausend!

Sechzigtausend, korrigiert der andere ehrlicherweise.

Bald werden es mehr, Sie werden sehen!, kontert der Jüngling ergriffen.

Sieht so aus! Maksymilian, von der Begeisterung des andern angesteckt, fasst nun selbst, fast zärtlich, die Maschine an.

Wir werden bald eine zweite brauchen. Eine noch modernere, mit höheren Drehzahlen und größerer Druckkapazität – vielleicht sogar eine *Koenig & Bauer!*

Eugeniusz weiß nicht genau, was eine Koenig & Bauer ist, aber im Munde des Bruders an seiner Seite klingt es ihm wie ein Ding aus dem Himmel. Er wirft noch einen Blick auf die weitere Ausstattung des Raumes, auf die Setzkästen, auf die Falz- und Heftmaschinen, auf diverse andere Geräte und Requisiten für den Druckereibetrieb und natürlich auf eine Menge aufgeschichtetes Papier, auf Stöße von

Zeitungsbogen, teils leere, teils ausgedruckte – blickt also auf das ganze interessante, seltsam anziehende Druckereimilieu und weiß auf einmal wieder, warum er von Lemberg hierhergekommen ist.

Mit einer plötzlichen Bewegung wendet er sich an seinen Begleiter.

Ich würde gerne mitmachen bei dieser großen Sache, sagt er entschlossen. Glauben Sie, dass ich das kann?

Der Freundliche macht jetzt ein ernstes Gesicht: Schon möglich …

Ich meine, ob ich bleiben kann? Ob Pater Kolbe mich aufnimmt?

Schon möglich. Er ist ein gütiger Mann und lässt immer mit sich reden, sagt Maksymilian wie vertraulich. Er weiß aus Erfahrung, dass schwierige Dinge nicht zu leicht beginnen dürfen und dass der Entschluss des neuen Bruders jetzt durch mäßigen Widerstand angeregt und gekräftigt werden muss. So sagt er: Aber du hast gesehen, wie wir leben! Man wird nicht verwöhnt bei uns und braucht großen Glauben, um durchzuhalten.

Ich weiß, sagt Eugeniusz tapfer und wirft, sich zum Trost, noch einmal einen langen Blick auf die Druckmaschine, die ihm ahnungsvoll als Gleichnis für sein künftiges Leben erscheint, für starkes Wollen, gutes Können und fleißiges Tun im Geiste der Immaculata.

Ich glaube, ich habe ihn!, setzt er fort, freilich mit etwas unsicherer Stimme.

Und wenn nicht, werde ich ihn lernen!

Man kann alles lernen, wenn man jung ist, auch Glauben, bestätigt der andere.

Und vielleicht fällt mir diese Lebensweise nicht so schwer, wenn ich immer daran denke, worauf es ankommt!

Schon möglich … Aber was meinst du?

Das asketische Leben. Es handelt sich dabei ja nur um den *Verzicht auf das Unwesentliche, damit das Wesentliche desto besser hervortritt.*

Gut gesagt, nickt der Freundliche anerkennend. Sehr treffend!

Ist nicht von mir, weist der Jüngling das Lob zurück. So stand es in der letzten Ausgabe des *Ritters.* Aber es war mir direkt aus der Seele gesprochen.

Das freut mich. Aber was hältst du für wesentlich? Und was für unwesentlich?

Eugeniusz überlegt, und was er jetzt vorbringt, ist höflich gemeint, aber er glaubt es selbst nicht, wie man spürt.

Unwesentlich? Betten, zum Beispiel. Können sogar schädlich sein, wenn sie zu weich sind und zur Erschlaffung von Körper und Geist führen. Und wozu überhaupt, wenn es doch genug Stroh gibt, das man auf dem Boden ausstreuen kann. Oder Stühle und bequeme Sessel! So etwas verleitet nur zum Hinsetzen und in den meisten Fällen zu unangebrachter Muße. Und gar volle Kleiderschränke! Sind oft ein Zeichen von Luxus und Eitelkeit. Auch Fenster in Wänden sind manchmal ganz unwesentlich und lenken nur ab. Sie ziehen die Sinne nach draußen und erschweren so die rechte Sammlung und Konzentration der Gedanken. Und warme Stuben und üppiges Essen – was soll das? Es hindert meist nur die körperliche Abhärtung und die notwendige Zucht der Triebe und kann leicht zu Völlerei und Neigung zur Wollust verführen!

Hast du das auch im *Ritter* gelesen?, fragt der andere erschrocken.

Nicht im *Ritter.*

Gott sei Dank! Maksymilian atmet erleichtert auf.

Hab ich was Falsches gesagt?, fragt Eugeniusz unsicher.

Im Prinzip nicht. Du hast nur in allem ein wenig übertrieben, beruhigt ihn der andere. Besser ist vielleicht, du fasst zuerst das Wesentliche ins Auge und hältst dich daran. Das Unwesentliche, was immer es für dich ist, enthüllt sich dann ganz von selbst.

Der Jüngling blickt gedankenschwer vor sich hin und sagt nichts.

Du weißt doch, was das Wesentliche ist?

Eugeniusz nickt, dann schüttelt er plötzlich den Kopf.

Ich habe viel darüber gelesen. Vielleicht zu viel. Jetzt weiß ich nur noch, dass ich eigentlich nicht viel weiß …

Damit weißt du etwas sehr Wichtiges!, lacht Maksymilian. Wieder ernst geworden, setzt er fort: Natürlich ist die Immaculata das Wesentliche. Für uns hier. In uns.

In uns? Was meinen Sie?

Die *Unbefleckte Empfängnis* als Ereignis, das in uns stattfinden muss.

In uns selbst?

In unserer Seele, die empfangen soll genau wie die Gottesmutter.

Unbefleckt?

Ohne egoistische Eigeninteressen. Ohne Selbstsucht. Es heißt einfach, nicht mehr sich selbst in den Mittelpunkt stellen, sondern den Geist Gottes, und sich von ihm führen lassen.

Mit Augen, in denen ein Funke ahnenden Begreifens aufglimmt, blickt Eugeniusz den anderen an. Auch dämmert ihm langsam, wen er vor sich hat.

Pater Kolbe?, fragt er vorsichtig. Maksymilian zwinkert nur mit den Augen.

Ich will glauben, dass es so ist, wie Sie sagen, setzt er nach kurzem Schweigen fort. Aber bestimmt ist nicht leicht zu erreichen, was Sie meinen. Vielleicht schaffe ich es nicht …

Vielleicht doch!

Wieso glauben Sie das?

Maksymilian blickt den Jüngling an, aufmerksam, verständig, liebevoll, wie Vater und Mutter zugleich.

Du bist hier, also glaubst du an die Madonna! Also ist sie auch in dir und ist in dir das, was dich von Lemberg hierhergeführt hat. Wie solltest du da nicht schaffen, dich in weiteren Dingen zu überwinden, wenn du dich leiten lässt von etwas, das sich schon jetzt stärker als deine Weltsucht erwiesen hat!

Die beiden treten nun etwas von der Druckmaschine zurück, die eben angestellt wird: Ihr gewaltiges Dröhnen und Stampfen macht plötzlich den Boden, die Wände, die Decke, die ganze Baracke erbeben, und alles scheint in ein seltsames Pulsieren zu geraten, in eine Art rhythmisches Schwingen, in einen lebendigen Tanz der Dinge, in den Eugeniusz unwiderstehlich mit einbezogen wird.

Wir müssen jetzt zum Essen!, ruft Maksymilian dem Jüngling zu und versucht die Maschine zu übertönen. Das Refektorium ist erst zur Hälfte fertig und liegt noch ein wenig im Freien – da werden die Kartoffeln rasch kalt!

Er geht dem jungen Mann voran, bleibt aber noch einmal

vor dem Ausgang stehen und deutet kommentarlos auf die Innenseite der Tür, wo ein großes Diagrammblatt befestigt ist. Es zeigt die Entwicklung der Druckerei anhand einer Grafik, welche die jährliche Auflagensteigerung des *Ritters* veranschaulicht.

Und Eugeniusz ist sofort fasziniert von dieser Linie, die, stetig ansteigend, den unaufhaltsamen Erfolg des Verlags in mathematisch nüchternen Koordinaten zum Ausdruck bringt: beginnend mit den ersten Anfängen in Krakau im Jahre 1922 mit einer Auflage von fünftausend für die erste Nummer und vorerst abbrechend mit sechzigtausend für die letzte Monatsnummer 1927.

Etwas wie Stolz auf dieses großartige und erfolgreiche Werk erfasst Eugeniusz, ganz so, als wirkte er schon von Anfang an dabei mit. Ja, er fühlt sich mit einmal so zugehörig zu allem und so angeregt davon, dass er seiner regen Fantasie die Zügel schießen lässt: Vor seinem inneren Auge bewegt sich die Linie schon über die Gegenwart hinaus, in die Zukunft hinein, in wilden Sprüngen steigend Jahr für Jahr.

Diese Zukunftslinie und ihr möglicher Verlauf, so kühn der Geist des Jünglings sie auch entwirft, sollte von der Wirklichkeit allerdings noch übertroffen werden. Die folgenden Daten bis zum Jahre 1939, der Auflösung des Verlags bedingt durch den Zweiten Weltkrieg, zeigen die tatsächliche Entwicklung des Unternehmens.

	Ritter der Immaculata (Polen)	(Japan)	*Kleiner Ritter*	*Tageblatt*
1922	5 000			
1923	5 000			
1924	12 000			
1925	30 000			
1926	45 000			
1927	60 000			
1928	143 000			
1929	152 000			
1930	343 000	35 000		
1931	434 000	30 000		
1932	600 000	50 000		
1933	688 000	60 000	31 000	
1934	730 000	60 000	130 000	75 000
1935	717 000	65 000	149 000	135 000
1936	742 000	65 000	146 000	
1937	754 000	65 000	173 000	228 000
1938	1 000 000	70 000	170 000	
1939	1 000 000	70 000	175 000	276 000

Außerdem: *Kleines Ritterchen* 1938: 30 000
1939: 39 000

Niepokalanów

Die Druckfabrik

Eine ungewöhnliche Erfolgsspur, die Sie in unserer Branche gezogen haben – das muss Ihnen sogar die Konkurrenz zugeben!

Der Herr in dem leger-eleganten Sommeranzug mit dem breitkrempigen weißen Hut blickt auf das Auflagendiagramm an der Tür der Druckerei von Niepokalanów im Jahre 1939. Als Reporter der größten Warschauer Tageszeitung kann er gut abschätzen, welche Leistung sich hinter diesen schlichten Linien verbirgt, die zeigen, wie sehr sich der Verlag mit seinen verschiedenen Zeitschriften und Zeitungen entwickelt hat. Und in der Tat, das ungewöhnliche, an ein Wunder grenzende Wachstum des Unternehmens imponiert dem Zeitungsmann nicht wenig, obwohl er es nicht verstehen kann.

Wie hat der das nur gemacht?, fragt er sich und blickt von der Seite auf den bärtigen Gottesmann, der ihn durch das Gelände von Niepokalanów führt und jetzt neben ihm steht, in der großräumigen Druckerei des Klosters, damit er hier das *pulsierende Herz von Niepokalanów fühlen* könne – wie der Pater sich ausdrückt.

Er sieht nicht aus wie ein Unternehmer, denkt der Reporter, wirkt nicht vital und energisch, eher dürftig und kränklich, blickt meistens wie verlegen zu Boden und streicht immerfort seinen langen Bart, der ihn wie einen alten Mann aussehen lässt, obwohl er nicht viel älter sein kann als vielleicht fünfundvierzig …

Zusammen mit seinem Pressefotografen folgt er Maksymilian in die riesige Maschinenhalle, die sich vor ihnen auftut und wirklich staunenswert bestückt ist.

Wie hat der zierliche Pater das alles wohl zustande gebracht? Dem Zeitungsmann geht es nicht in den Kopf. Wenn man ihn fragt, wird er vermutlich behaupten, mit Gottes gnädiger Hilfe! Aber vielleicht kann ich den wahren Grund herausfinden …

Sie gehen an mehreren modernen Rotationsmaschinen vorbei, die in vollem Betrieb sind und ihre rasenden Rhythmen in einem imponierenden Furioso in den Raum hämmern. Mit einem Wink weist der Reporter seinen Fotografen an, ein paar Aufnahmen zu machen.

Er darf doch fotografieren?, fragt er.

Maksymilian nickt zustimmend. Dann schmunzelt er und streicht sich schon wieder den Bart.

Ich glaube nicht, dass der Eigentümer etwas dagegen hat!

Sie meinen – der Orden?

Ich meine die Immaculata!

Der Zeitungsmann fasst es als Scherz und möchte höflich auflachen, merkt aber rechtzeitig, dass der Pater sein Wort völlig ernst meint. Er weiß daher nichts zu erwidern und blickt angestrengt auf den Fotografen, der eben dabei ist, eine Aufnahme einzurichten, und seine Geräte in Stellung bringt. Dazu hat der wendige, hemdsärmelige Mann seine Plattenkamera gerade vor dem Paradestück der Druckerei aufgestellt, dem doppelt mannshohen, etwa zehn Meter langen Rotationsgiganten der deutschen Firma Koenig & Bauer. Im Moment steht die Maschine still und wird von einigen Minderbrüdern eben für den nächsten Druckgang vorbereitet. Mit professionellem Geschick stellt der Fotograf seine Szene, regt die ernsten Brüder zu einem fröhlichen Lachen an und drapiert sie malerisch im Bild, vor dem gewaltigen Zahnradgetriebe der Druckwalzen, auf der Galerieleiter, auf der Wartungsbrücke usw., bevor er seine Aufnahme macht.

Dem beobachtenden Reporter fällt dabei plötzlich etwas auf, was er bisher noch nicht beachtet hat: die ungewöhnliche Hagerkeit der Brüder, ihr unansehnliches Äußeres, ihre schäbigen, offensichtlich vielfach geflickten Habite, ihr Schuhwerk, das schief- und ausgetreten und eigentlich nicht mehr tauglich erscheint. Er neigt sich zu Maksymilian und spricht ihn verhalten an, so, als dürfe es niemand sonst hören.

Ihre Brüder sind dünn wie Bohnenstangen und tragen ausgebesserte Kutten und übel geflicktes Schuhwerk, aber Sie besitzen die teuersten Druckmaschinen, die heute zu kriegen sind!

Maksymilian blickt den Zeitungsmann an, dann nickt er beifällig und – natürlich – streicht sich wieder den Bart.

Sie beobachten sehr genau! Sonst sagt er nichts.

War eigentlich als Frage gemeint, verdeutlicht der Reporter. Er fühlt, dass der andere ihn schon verstanden hat, aber vielleicht nicht gern darauf eingehen will.

Wie soll man das verstehen: diesen großzügigen Aufwand bei den Maschinen, bei der ganzen überkompletten Ausstattung Ihrer Druckerei, und gleichzeitig diese Knausrigkeit bei den Menschen, die hier arbeiten? Wie rechtfertigen Sie das?

Vor wem?

Der Reporter lächelt etwas anzüglich: Vor Ihrem eigenen christlichen Gewissen!

Einen Moment überlegt Maksymilian, dann neigt er sich zum Ohr des anderen, als verrate er ihm ein Geheimnis.

Durch ihren Unterschied!

Versteh ich nicht!

Die Maschine druckt umso mehr und ist umso besser, je aufwendiger und teurer sie ist – ihr Ziel liegt in ihrer Leistung. Dagegen der Mensch: Er ist umso vollkommener, je mehr er Aufwand meidet – sein Ziel liegt in seiner geistigen Entwicklung, also in ihm selbst.

Das soll das Ziel sein? Der Reporter deutet auf die ärmlichen Gestalten der Brüder. Solche Armut, solche Selbstkasteiung?

Wir sagen christliche Askese. Und wir meinen damit jene heilsame Härte gegen uns selbst, die aus dem Gewissen kommt und unser Triebleben ordnet. Aber es ist eigentlich nur Mittel, nicht Ziel.

Führt denn so etwas überhaupt zu einem Ziel?

Zu unserer Heiligung! Das heißt, zur Ausrichtung unserer Seele auf Gott!

Nicht auf die Immaculata?

Sie ist Vermittlerin des Ganzen, sowohl als Vorbild wie als Schauplatz des Geschehens …

In diesem Augenblick flammt das Blitzlicht des Fotografen auf und zuckt über die fotogene Szene: die heiteren und gelösten Gesichter der Brüder vor der gewaltigen

Druckmaschine, deren riesige Getriebezahnräder sich eben zu bewegen beginnen. Unter ihrem zunehmenden, ohrenbetäubenden Dröhnen versorgt der Fotograf nun rasch seine belichtete Platte, schultert die Stative mit Kamera und Blitzapparatur und folgt den anderen nach, die bereits dabei sind, die Druckerei zu verlassen.

Die Stadt der Ameisen

Pater Maksymilian, flankiert vom Reporter auf der einen, vom schnaufenden und in der Sommerhitze schwitzenden Fotografen auf der anderen Seite, geht rasch und zielstrebig durch die breite, gepflasterte Hauptstraße der Klosterstadt Niepokalanów. Zwischen den schier endlosen Reihen barackenartiger Gebäude sieht man emsige Minderbrüder speziellen Aufgaben nachgehen, vor allem Botengänger, welche die Verbindung zwischen den einzelnen Abteilungen des Klosterbetriebs besorgen, aber auch Brüder der Transportabteilung, die irgendwelche Dinge liefern oder abholen oder auch Baumaterial zu Baustellen bringen und dazu meist die Schienenwagen der internen Kleinbahn benützen.

Wie in einem Ameisenbau!, geht es dem Fotografen durch den Sinn, während er auf die eiligen Brüder starrt, die irgendwo auftauchen, den Besuch kaum beachten und woanders gleich wieder verschwinden.

Schwarze Ameisen!, denkt er weiter. Möchte da nicht dazugehören! Er schüttelt sich, angewidert von der spürbaren äußeren und inneren Zucht, in die alles hier wie in ein gewaltiges Joch eingespannt erscheint. Nein, nichts für individuellere Naturen wie mich! Überhaupt nichts für Künstler und andere vernünftige Menschen!

Natürlich schüttelt er sich nur innerlich. Äußerlich lauscht er dem Vortrag des Paters, der seinen Gästen knapp, aber instruktiv erklärt, was sie eben sehen.

In diesem Teil sind die verschiedenen Werkstätten untergebracht, die für unsere Selbsterhaltung notwendig sind, sagt Maksymilian und deutet auf eine Gruppe niedriger Bretterbauwerke, die seitlich vor ihnen aufgetaucht sind. Hier die Schneiderei, dann die Schuhwerkstatt, dahinter die Schlosserei. Das Sägewerk dort drüben, im Anschluss dann gleich die Zimmerei und die Schreinerei sind für unsere Bautätigkeit besonders wichtig – wie Sie sehen, sind Holzbauten unser eigentlicher Stil!

Barackenstil! Dem Reporter zuckt es um die Mundwinkel. Laut sagt er: Warum bauen Sie eigentlich keine vernünftigen Häuser mit stabilem Mauerwerk und festen Fundamenten?

Abgesehen von den Kosten: Feste Bauten hemmen den Aufschwung.

Wieso? Andere Klöster und Stifte machen es doch auch. Ihre Häuser gleichen nicht selten Burgen und Schlössern!

Maksymilians Blick schweift über die Reihen seiner Baracken hin: Auch wir haben eine Burg – in uns, eine Seelenburg! Was das Äußere betrifft, so genügen uns Baracken vollständig und kommen unseren Bedürfnissen sehr entgegen, denn sie sind rasch und billig gebaut, sind schnell umgebaut, erweitert, neuen Bedürfnissen angepasst oder auch abgerissen und verbessert wiederaufgebaut. Nie behindern sie das Wachstum, und sie brauchen kaum Wartung. Das entspricht ganz dem franziskanischen Prinzip, leicht, gehorsam, flexibel zu werden und beständig innerlich zu wachsen.

Niepokalanów will sich entwickeln und in der Verwandlung leben, statt hinter schweren Mauern zu erstarren und im Gefühl äußerer Abgesichertheit innerlich zu sterben.

Sie sind weitergegangen, um eine Ecke gebogen, und Maksymilian zeigt in eine neue Richtung.

Aber sehen Sie dort! Das Maschinenhaus unserer Energiezentrale! Wir erzeugen nämlich allen Strom, den wir brauchen, selbst! Und das nur mit zwei Generatoren – allerdings nicht die kleinsten ... Rechts davon sehen Sie das Feuerwehrhaus mit drei großen neuen Löschfahrzeugen!

Nicht zu übersehen! Prächtige Modelle! Der Reporter murmelt es und schaut auf die sorgsam geputzten, imponierenden Fahrzeugkolosse, die vor ihren Unterständen in Bereitschaft stehen und in der Sonne glänzen.

Verstehen Sie denn etwas davon?, fragt Maksymilian. Er wirkt auf einmal begeistert wie ein Kind. Die Wagen sind komplett mit allem ausgerüstet, für jede Art Brandfall geeignet. Wollen Sie die Wagen näher ansehen?

Der Reporter winkt ab: Ich glaube Ihnen auch so! Bei Ihrem Holzbaustil brauchen Sie natürlich die beste Feuerwehr der Welt!

Vielleicht glauben Sie es nicht, aber für uns selbst haben wir sie noch nicht gebraucht. Dafür fahren wir viele Einsätze für die Bevölkerung in der Umgebung. Unlängst zum Beispiel war ein Großbrand bei Warschau – ziemlich weit von hier. Trotzdem waren wir schneller dort und mit mehr Löschkapazität an der Brandstelle als die Feuerwehren der Stadt. Als die ankamen, hatten wir das Feuer schon längst unter Kontrolle. Es stand sogar ein großer Bericht darüber in Ihrer Zeitung!

Maksymilian sagt es und strahlt den andern mit unverhohlenem Stolz an, wie einer, der eben die Erde umkreist hat und irgendwie ein Echo erwartet. Doch der Reporter bleibt völlig unberührt, zieht nur sein Taschentuch aus der Hosentasche, entfaltet es langsam und wischt sich sorgfältig die Schweißperlen von der Stirn. Er kann sich keinen Reim auf diesen barttragenden Gottesmann machen, der sich das eine Mal gelassen gibt wie ein chinesischer Weiser, das andere Mal leidenschaftlich wie ein mittelalterlicher Glaubenseiferer, ein drittes Mal so einfältig und naiv wie ein Kind, das im Sandkasten Feuerwehr spielt.

Was mich interessiert, sagt er, sind ein paar sachliche Informationen bezüglich der Organisation.

Die ist wie überall: Dem Brandmeister untersteht ein Löschtrupp, eine Löschstaffel und der Löschzug …

Nicht von der Feuerwehr, unterbricht der andere geduldig. Von Niepokalanów! Er holt sein Notizbuch aus dem Jackett, blättert darin, liest in einigen bereits gemachten Aufzeichnungen:

Insgesamt besteht Ihr Kloster aus sechsundvierzig Gebäuden, in denen zurzeit siebenhundertvierundsechzig Brüder leben und arbeiten – ist das richtig?

Ich weiß nicht, woher Sie die Auskunft haben, aber vielleicht stimmt sie. Ich dachte, wir seien erst siebenhundertsechzig in fünfundvierzig Häusern, lächelt Maksymilian.

Der Reporter lächelt mühsam zurück.

Jedenfalls ist es das derzeit größte Kloster Europas. Und Sie haben es innerhalb von zwölf Jahren aufgebaut. Wie macht man das? Wie setzt man etwas so Gigantisches um?

Man betet, dass es funktioniert, sagt Maksymilian und kräuselt seinen Bart.

Unsicher blickt ihn der andere an. Glaubt er wirklich, dass ich das glaube? Ist er so naiv, oder stellt er sich nur so? Jedenfalls bohrt der Zeitungsmann weiter.

Was ich meine, ist kein Geheimnis: Sie sind nicht gesund. Es gibt Mediziner, die behaupten, Ihre Tuberkulose sei schon so weit fortgeschritten, dass –

Ich weiß, fällt ihm Maksymilian ins Wort. Ich kannte einen Arzt, der mich besonders gründlich untersuchte. Er billigte mir gerade noch drei Lebensjahre zu. Das war vor zwanzig Jahren. Ich konnte ihm leider nie sagen, dass er sich irrte, denn er ist inzwischen gestorben.

Aber wie ist das möglich?

Dass er starb?

Dass Sie leben! Der Reporter lässt nicht locker. Dass Sie mit Ihren beschränkten Kräften ein Unternehmen zum Erfolg führen konnten? Wie erklären Sie sich das?

Gar nicht. Es genügt mir, dass ich es kann.

Aber *dass* Sie es können, dafür muss es doch eine Erklärung geben?

Sie sind während des Gesprächs weitergegangen, nun bleibt Maksymilian abrupt stehen mit einer Gebärde, als wolle er dem anderen eine vertrauliche Mitteilung machen.

Wissen Sie, der Erfolg, den Sie erklärt haben wollen, besteht gar nicht in dem, was Sie hier sehen. Er liegt nicht in großen Arealen mit vielen Neubauten, nicht in teuren Maschinen und hohen Auflageziffern! Er liegt in unseren Herzen. Wahrer Fortschritt geschieht innen, nicht außen – er ist geistig, oder er ist nicht vorhanden.

Mag sein, dass man das so sehen kann, erwidert der Pressemann mit einer Miene, die nur schlecht seine Zweifel verbirgt. Er stellt plötzlich den Kopf schräg, als suche er den Pater zu einem Eingeständnis zu bringen.

Neben Ihrer etwas sehr mystischen Auffassung haben Sie nicht auch ein sehr einfaches und probates praktisches Rezept für Ihren Erfolg?

Wie meinen Sie?

Ihre Brüder arbeiten ohne Lohn und weit unter dem Existenzaufwand, den der heutige Mensch mit Recht beansprucht. Zusammen mit laufenden Spenden, die sie vornehmlich von der armen Bevölkerung bekommen, ist es Ihnen möglich, Ihre Zeitungen praktisch kostenlos zu verschenken und damit jede Konkurrenz auszuschalten. Ich will nicht so weit gehen und Ihnen unlauteren Wettbewerb vorhalten, aber Sie machen sich den Erfolg doch ein wenig leicht, glaube ich!

Glauben Sie? Maksymilian blickt zu Boden, als denke er nach oder schäme sich. Mit einmal lächelt er jovial und zwinkert dem anderen zu: Wenn es so leicht ist, dann machen Sie es doch ebenso! Es steht jedem frei, nicht wahr?

Mit raschen Schritten geht er voran und lässt den anderen zurück. Der Zeitungsmann steht unschlüssig da und weiß nicht recht, was er sich notieren soll; die Antworten des Paters scheinen ihm ganz und gar nicht für seine Leser geeignet. Schließlich steckt er resigniert sein Schreibzeug weg und folgt Maksymilian mit langen Schritten.

Im Missionsseminar

Unsere erste Missionsniederlassung sollte in Asien sein. Wir mussten uns also einschiffen, vier Brüder und ich, und machten uns auf die Reise nach China, erklärt Maksymilian dem Reporter, nachdem sie einen Barackenbau betreten haben, den der Pater als den *langen Arm von Niepokalanów* bezeichnet und der sich mit etwas ungelenker Aufschrift über der Tür als *Missionsseminar* ausweist.

Wann war das? Der Pressemann fragt es und blickt interessiert auf eine stark vergrößerte Fotografie an der Wand. Das Bild, sauber gerahmt und ausstellungsmäßig aufgemacht, zeigt vier junge Minderbrüder in ihrer schwarzen Tracht auf dem Deck eines Frachtschiffes, im Hintergrund die endlose Weite des Ozeans. Als fünfte Gestalt erkennt der Reporter den Pater; er lehnt inmitten seiner Brüder mit dem Rücken an der Reling – alle merkwürdig bleich und trotzig-tapfer lächelnd, so als hätten sie ein gefährliches Abenteuer vor sich oder einen Anfall von Seekrankheit hinter sich oder beides, wie man will.

Das war, antwortet Maksymilian nachsinnend, als Niepokalanów so weit aufgebaut war, dass ich glaubte, für ein paar Jahre fortgehen zu können. Mein Bruder übernahm damals die Leitung des Klosters. Das war 1930 – also vor neun Jahren!

Er geht ein paar Schritte weiter entlang der Bildwände in dem großen Seminarraum und zeigt auf ein anderes Foto: wieder die gleichen Brüder, diesmal in einer chinesischen Großstadt. Eng zusammengerückt posieren sie für die Aufnahme, umflutet und eingezwängt von einem dichten Strom asiatischer Gestalten in einer turbulenten Geschäftsstraße.

Unser Ziel war Shanghai, erklärt Maksymilian. Wir versprachen uns dort die Unterstützung einiger europäischer Missionare und Kirchenleute, die in jenem Gebiet einen guten Stand haben … Er schweigt plötzlich und geht weiter.

Und?, fragt der Reporter. Haben Sie Hilfe bekommen?

Es war nicht nötig. Wir änderten unsere Pläne.

Soll das heißen, Sie mussten wieder gehen? Warum?

Ist das so wichtig? Wenn die Vertreter unserer Religion im Ausland sich anfeinden und sich um Missionsgebiete streiten wie gierige Hühner ums Futter, spricht man am besten nicht darüber. In unserem Fall wirkte die göttliche Vorsehung gerade durch das Versagen jener Leute.

Inwiefern?

Weil wir eben nicht nach China, sondern nach Japan sollten. Wir ließen also unsere ursprünglichen Pläne fallen und richteten uns nach den Umständen, die sich plötzlich ergaben. So landeten wir in Nagasaki, wo wir auch sofort die Erlaubnis erhielten, uns niederzulassen und zu arbeiten.

Weil es die *Vorsehung* so wollte? Der Reporter sagt es mit unverhohlener Ironie.

Natürlich. Was glauben denn Sie?

Ich glaube an die Freiheit des Menschen, an seine Fähigkeit zur Selbstbestimmung, nicht an die Vorbestimmtheit aller Dinge durch einen übermächtigen Willen. Denn was wäre dann der Mensch? Eine Marionette, nichts weiter. Ich glaube nicht, dass Ihnen, wäre es so, das wirklich behagte, Pater.

Bestimmt nicht!, räumt Maksymilian ein. Aber das Thema Vorsehung ist schwierig. Vielleicht verstehen Sie nicht recht, was damit gemeint ist. Im Geist des Evangeliums, meine ich.

Nun, was denn?

Vorsehung meint, dass in allem, was geschieht, ein Sehen ist – ein Voraussehen auf das hin, was gut für eine Sache wie auch für uns selber ist. Sie bedeutet, dass da Augen sind, die mehr sehen, als wir sehen, die sehen, wie wir wirklich sind, und vor-sehen, was wir nach Gottes Willen sein sollen – und irgendwann sein werden.

Wenn aber nicht geschehen kann, was diese *Vorsehung* vorsieht, weil wir sündigen Menschen bekannterweise ihrem Willen oft nicht entsprechen?

Geschieht sie trotzdem. Auch wo wir widerstreben und sie verfehlen, baut sie das Ergebnis in die nächste Forderung mit ein, die sie uns stellt. Vorsehung hört nie auf – Sie können es mir glauben!

Maksymilian zeigt nun auf eine ziemlich unterbelichtete Fotografie, die ihn und drei seiner Brüder in einem primitiven Bretterunterstand zeigt, sitzend vor einer offenen Feuerstelle, eingemummt in Wintermäntel, dicke Schals und Wollmützen. Die Essstäbchen in ihren groben Händen wirken wie Zahnstocher in den Pranken von Bären.

In Japan begannen wir wieder in äußerster Armut, genau wie hier. Im ersten Winter konnten wir uns noch nicht einmal Bestecke leisten und mussten mit den landesüblichen Stäbchen essen – wir verhungerten fast, bevor wir das lernten!

Stand denn kein Geld für diese Gründung zur Verfügung?, fragt der Journalist. Ihr Stammhaus hier müsste damals doch schon Gewinne gemacht haben.

Schulden, meinen Sie wohl, korrigiert ihn Maksymilian. Ich hatte immer Schulden, damals wie heute, nur heute, entsprechend dem raschen Wachstum Niepokalanóws, zehnmal mehr.

Schulden?, fragt der andere und ist überrascht.

Es ist kein Geheimnis, Sie können es ruhig erwähnen: etwa dreihunderttausend Zloty zurzeit – ungefähr.

So viel? Der Reporter staunt immer mehr und fällt ein wenig aus der üblichen skeptischen Berufsdistanz heraus. Die Offenheit des Paters imponiert ihm irgendwie.

Meine Devise ist, erläutert Maksymilian den prekären Umstand: kein Gewinn, kein Ansammeln von äußeren Werten. Alles muss im großen Kreislauf bleiben und Frucht bringen, ähnlich wie in der Natur. Deshalb investiere ich in der Regel stets mehr Kapital in das Unternehmen, als ich hereinbekomme.

Muss eine Kunst sein: etwas aufzubauen nicht mit dem, was man hat, sondern mit dem, was man nicht hat! Der Pressemann sagt es nicht ohne Bewunderung für diese ungewöhnliche Risikofreudigkeit des Gottesmannes.

Nicht Kunst – Glauben!, erwidert Maksymilian und sagt es sachlich und nüchtern wie ein Finanzmann. Ich glaube einfach an die jederzeit unerschöpflichen Kassen der Vorsehung – mit ihrer viel stabileren Währung als die Goldbarren der ganzen Welt!

Der Pater ist weitergegangen und nun fast am Ende der Baracke angelangt. Jetzt bleibt er vor einer der letzten Fotografien stehen; sie bietet eine Totalansicht des japanischen Klosterverlags *Mugenzai no Sono* und zeigt einen vielgliedrigen Gebäudekomplex auf dem Hang eines Hügels unweit von Nagasaki. Im Vordergrund steht die Besatzung des Klosters: eine Gruppe von etwa dreißig Minderbrüdern, von denen etwa zwei Drittel Japaner sind.

Unser japanisches Niepokalanów!, sagt Maksymilian nicht ohne Stolz.

Der Reporter schaut das Bild an, und eine zunehmende Hochachtung vor der ungeheuren Leistung, die hinter dem Ganzen steckt, steigt in ihm auf.

Haben Sie noch weitere solcher Niederlassungen geplant?, fragt er.

Mit spontaner Begeisterung nimmt Maksymilian sein Lieblingsthema auf: Aber natürlich! Ich werde meine Zeitschrift schon sehr bald in Indien herausbringen. Und unbedingt in China, trotz, oder besser gesagt: gerade wegen der Schwierigkeiten dort. Und eines Tages wird der *Ritter* gewiss auch in türkischer, persischer, arabischer und hebräischer Sprache erscheinen. Dann wird die Aktion der Militia Immaculatae die Hälfte der Erdbevölkerung umfassen – ein Ziel, das sich durchaus erreichen lässt!

Er bemerkt den Gesichtsausdruck des Zeitungsmannes, der mit einmal wieder skeptische Distanz verrät, was ihn selbst etwas ernüchtert.

Doch wage ich nicht sicher zu sagen, ob dies der Vorsehung entspricht. Sie wirkt ja nicht nur durch die Pläne, die ich mache, sondern auch durch das Vermögen und die Kraft, die nötig ist, sie zu vollbringen. So gesehen ist Vorsehung eigentlich auch das, was wir Gnade nennen.

Mag sein, Pater. Jedenfalls hat Ihr missionarischer Ehrgeiz Weltformat – im buchstäblichen Sinn.

Buchstäblich nach dem Wort Jesu: Gehet hin und lehret alle Völker –

Ich weiß, ich weiß!, wirft der Reporter rasch ein. Er ist sicher, dass der andere an Größenwahn leidet, kann aber nicht umhin, ihn als Menschen zunehmend sympathisch zu finden. Mit gewohnter Anzüglichkeit im Ton schneidet er noch ein Thema an, das er persönlich für ein heißes Eisen hält.

Ich kenne aber auch ein anderes Wort Jesu, wonach das Reich Gottes *nicht von dieser Welt* ist, sondern *inwendig* in uns; es kann also nicht durch äußere Mission und Expansion errichtet werden. Die Frage ist: Soll der wahre Jünger Christi, statt angriffslustig zu agieren und weltweit zu missionieren, nicht mehr nach innen streben und einfach nur *Salz der Erde* sein?

Überrascht darüber, dass sein kritischer Begleiter sich offenbar schon mit dem Evangelium beschäftigt hat, blickt ihn Maksymilian mit neuen Augen an. Vielleicht könnte er noch bekehrt und von seiner Zweiflernatur erlöst werden, denkt er flüchtig.

Sie haben vollkommen recht! Nur – vielleicht muss das Salz verteilt werden, damit die Welt Geschmack annimmt und möglichst viele Menschen nach innen gehen.

Der Reporter zückt sein Notizbuch und grinst: Ist das eine neue theologische Definition für *Mission*?

Ich würde sagen, lächelt Maksymilian, es ist ein altes Suppenrezept aus der christlichen Küche!

Wobei die Köche nicht einsehen wollen, dass andere Religionen in anderen Kulturen vielleicht auch sinnvolle Wege zu Gott sind!

Aber ja! Sinnvoll ist alles, was zu Gott führt. Doch wie zwei Augen besser sehen als eines, so kann das Christentum andere Religionen sehr befruchten. Vielleicht ist Mission einfach das zweite Auge, das den Blick des Gläubigen auf die Wahrheit ergänzt und vertieft.

Mit innerem Erstaunen hat der Reporter zugehört. Des Paters unorthodoxe Formulierungen hält er nun doch für leserwirksam und er notiert sie fleißig.

Würden Sie das auch vor Ihrer obersten Ordensleitung im Vatikan vertreten, Pater?

Warum nicht?

Ich meine, würden Sie das genau so sagen, ohne eine Rüge oder gar den Ausschluss aus dem Orden befürchten zu müssen?

Gewiss, mein Lieber! Maksymilian legt dem Journalisten vertraulich die Hand auf den Arm.

Das sind doch alles Italiener! Die verstehen kein polnisches Wort! – Sagt es und läuft weiter, und, schulterzuckend, folgt ihm der Pressemann.

Nur dessen Fotograf bleibt noch zurück. Er hat endlich ein lohnendes Objekt gefunden, etwas verborgen in einer Nische. So steht er hinter seiner Kamera, das schwarze Tuch übergeworfen, und blickt durchs Objektiv auf die doppelt handgroße Statue der Madonna des Hauses und eine vergoldete japanische Buddhafigur, die – zufällig oder nicht – eng beieinanderstehen und ein seltenes und fotogenes Bild west-östlicher Eintracht vermitteln.

Die gestörte Sendung

Das turmartige Bauwerk mit dem kleinen, rasenbewachsenen Vorplatz ist vollständig aus Ziegeln gebaut und überragt die umliegenden Holzgebäude um ein ganzes Stockwerk. Auf dem flachen Dach ist eine merkwürdige Drahtverspannung montiert, die schon von Weitem auffällt und sich beim Näherkommen als Antenne entpuppt, meterhoch und irgendwie utopisch kühn in den Himmel ragend.

Maksymilian und die Presseleute nähern sich dem Haus, das in ruhigerer Lage mehr am Rand des Klosters liegt. Der Reporter, etwas mitgenommen von der Hitze und dem mühsamen Fußmarsch durch die Barackenstadt, bleibt stehen und fächelt sich mit dem Hut etwas Kühlung zu.

Wohl der Rundfunksender hier, witzelt er, und Maksymilian freut sich, dass der andere das gleich erkannt hat.

Sie haben recht: *Die Stimme von Niepokalanów!*

Der Zeitungsmann vergisst zu fächeln.

Sie betreiben wirklich einen Sender? Wozu denn?

Weil es mehr und mehr Menschen gibt, die lieber Radio hören als lesen. Es ist bequemer, es ist modern. Zudem wirken Informationen über den Lautsprecher auf viele Leute unmittelbarer, aktueller und daher überzeugender als über die Zeitung.

Aber doch nicht religiöse Belehrung!

Warum nicht?

Meinen Sie im Ernst, ein technisches Medium wie der Rundfunk sei ein angemessenes und würdiges Mittel, um Gott zu preisen?

Nicht weniger als eine Zeitung. Alles, was taugt, die Menschen zu unterhalten und zu zerstreuen, taugt auch fürs Gegenteil: sie zu sammeln und zum Wesentlichen hinzuführen! Da ist nichts abzulehnen, wenn es nur Gott dient!

Der wird bestimmt noch in die Kinematografie einsteigen!, denkt der Pressemann, während er dem anderen nachfolgt, der schon vorangegangen ist, zu einer kleinen, reichlich mit schalldämpfendem Material verkleideten Eingangstür.

Bevor er öffnet, sagt Maksymilian vertraulich: Ich denke sogar daran, Kino zu machen! Ab dem kommenden Jahr will ich die Produktion religiöser Filme vorbereiten. Er zeigt dabei auf einen Wiesengrund, der sich im Anschluss an das Sendegebäude bis zu einem fernen Zaun hin erstreckt.

Hier werden die Aufnahmestudios stehen! Und natürlich werde ich die besten Schauspieler engagieren, die fähigsten Leute der Kulturszene in Polen. Die künstlerische Qualität eines religiösen Films soll unbedingt das Niveau der besten üblichen Streifen erreichen.

Sie wollen wirklich Filme machen? Das übliche Kinopublikum will doch nur lachen oder sich spannend unterhalten. Kino ist und bleibt ein bloßes Unterhaltungsmedium, wie jeder weiß.

Gewiss, erwidert Maksymilian und zupft seinen Bart. Aber ist nicht unser ganzes Leben Unterhaltung – entweder mit unserem weltlichen Ich oder jenem besseren Teil in uns, der zum Ebenbild unseres Schöpfers bestimmt ist? Daher glaube ich, dass Kino ein sehr nützliches Medium sein kann, wenn es erst in die Hände von sozial gesinnten Menschen gelangt. Es kann dann nicht nur dem ethischen Fortschritt der Menschheit dienen, sondern auch der Verbreitung und Vertiefung unseres christlichen Glaubens.

Rasch öffnet er die Tür, lässt den Reporter und im Gefolge den Fotografen eintreten und bedeutet ihnen, indem er den Finger an die Lippen legt, sich von jetzt an möglichst still zu verhalten. Dann steigt er vorsichtig eine enge Treppe hinauf und bleibt vor einer weiteren Türe stehen.

Wir betreten jetzt den Senderaum, flüstert Maksymilian. Bitte beachten Sie: Wenn irgendwo ein rotes Licht leuchtet, wird gerade gesendet, und dann gilt absolutes Schweigegebot!

Lautlos schlüpfen sie in ein fensterloses Zimmer, das nur von einer einzelnen nackten Glühbirne erhellt wird. Die Wände rundum sind mit geräuschdämpfenden alten Teppichen verhängt. Etwa in der Mitte des Raumes steht ein Tisch, auf dem ein schweres, kompliziert erscheinendes Sendeaggregat aufgebaut ist. Auf dem Hocker davor sitzt ein junger Bruder mit großen Kopfhörern; er hält mit gestrecktem Arm ein riesiges Tellermikrofon in den blechernen Lautsprechertrichter eines Plattenspielers, dem geistliche Musik entströmt.

Unbemerkt vom diensttuenden Rundfunkbruder blicken sich die Presseleute um, vorsichtig und lautlos, denn über ihren Köpfen brennt unübersehbar ein rotes Licht. Maksymilian freilich, der genau darunter steht, kann es nicht sehen und hat das irrige Empfinden, der Bruder prüfe eben erst die Geräte, bevor er auf Sendung geht.

Maria!, grüßt er laut. Dann zeigt er den Zeitungsleuten nicht ohne Stolz den Sendeapparat und fährt munter fort: Unser Kurzwellensender SP3 – der *Kehlkopf der* M. I.! Er funktioniert großartig und gleicht technisch vieles aus, was unserer Aufnahmemethode vielleicht noch fehlt …

Er starrt plötzlich auf den Sendebruder, der aufgesprungen ist, blitzschnell das Mikrofon aus dem Trichter zieht und mit seinem Habit abdeckt. Dann steht er da, mit Augen, sehr groß und sehr starr auf seinen Oberen gerichtet, wobei er verzweifelt auf die rote Lampe über ihm deutet.

Maksymilian begreift sofort seinen Fauxpas. Er gibt dem geplagten Bruder mit einer Gebärde tiefer Zerknirschung zu verstehen, wie leid es ihm tut. Etwas beruhigt, wickelt der Bruder sein Mikrofon wieder aus, taucht es vorsichtig in den Grammofontrichter und setzt mit verantwortungsvoller Miene seine archaische Musikübertragung fort.

Auch der Reporter ist erleichtert. Mitfühlend bei allem, was Massenmedien betrifft, drängt er zur Tür, um weitere Störungen möglichst zu vermeiden. Ohnehin dämmert ihm allmählich, was Niepokalanów ist: ein einzigartiger Organismus, in dem das Mögliche unmöglich und das Unmögliche möglich ist.

Maksymilian will ebenfalls gehen, doch liegt ihm sein Versagen noch auf dem Herzen, und es überkommt ihn das spontane Bedürfnis, sich zu erleichtern und den Bruder zu versöhnen. Noch immer unter der roten Lampe stehend, vergisst er sie in seiner reuigen Aufwallung und ruft dem Bruder impulsiv zu: Tut mit leid, Bruder Kasimir! Ich habe nicht aufgepasst und bin in deiner Schuld. Verzeih mir bitte!

Mit neuerlichem Entsetzen wirft es den jungen Bruder herum; mit doppelter Geschwindigkeit reißt er das Mikrofon an sich und presst es an die Kutte. Dann stößt seine Hand mit dem ausgestreckten Zeigefinger zum zweiten Mal in Richtung der roten Warnlampe und erstarrt zu einem Mahnmal. Doch umsonst: Der Obere wartete keine Reaktion ab und hat schon fluchtartig den Raum verlassen.

So atmet Bruder Kasimir endlich auf, wischt sich den Angstschweiß von der Stirn und bringt sein Mikrofon wieder und noch einmal und endgültig in Anschlag. Mit etwas zitternder Hand hält er es in die große geduldige Tüte des Lautsprechertrichters – da hört er über dem Ton seiner Kopfhörer ein scharfes Klicken im Raum. Er dreht sich um und starrt mit schreckgeweiteten Augen in die dunkle Ecke des Zimmers: Dort, hinter einem seltsamen Gestell, versteckt unter einem schwarzen Tuch, bewegt sich etwas – ohne Zweifel ein menschliches Wesen! Im gleichen Moment flammt das Blitzlicht des tüchtigen Fotografen auf.

Der gerechte Obere

Und dann, später am Tag, besichtigen sie das größte Gebäude der Klosterstadt – kein irgendwie besonderes Bauwerk, nur eben länger und breiter und höher als die umliegenden Baracken und im unteren Teil aus festem Mauerwerk gebaut. Innen besteht es aus einer einzigen riesigen Halle, die in der Länge wohl gut an die fünfzig Meter misst, und vielleicht zwanzig oder mehr in der Breite – so schätzt der Reporter und stellt fest, dass es das einzige Gebäude in Niepokalanów ist, das sich wohltuend vom üblichen Barackenstil abhebt und wirklich großzügig ist.

Es wirkt fast wie ein richtiges Haus!, sagt er zum Pater neben ihm und verbirgt nicht sein Erstaunen darüber.

Ja, ja! Sie treffen den wunden Punkt, erwidert Maksymilian mit düsterer Miene. Unser großmächtiges Refektorium! Es wurde errichtet, als ich in Japan war und es nicht verhindern konnte. Jetzt denken manche, die das sehen: Ach, diese armen Minoriten! Sie richten sich's im Irdischen genau wie die Weltlichen ein! In solch prächtigen und großartigen Hallen ist auch franziskanische Armut leichter zu leben!

Nun, so unbescheiden finde ich es hier auch wieder nicht, sagt der Reporter und lässt seinen Blick über die langen, einfachen Esstische mit ihren blankgescheuerten

Holzplatten wandern; sie stehen, mit schlichten Sitzbänken auf jeder Seite, in mehreren Reihen und ziehen sich vom Haupteingang durch die ganze Länge der Halle bis zum Küchentrakt auf der anderen Seite. Im Augenblick sind die Gedecke aufgelegt: pro Platz ein Blechteller, ein Emaillebecher, ein Löffel, ein Stück Brot. Die Zeitungsleute sehen es und hoffen im Stillen, sie kämen nicht gerade zum Abendessen und würden aufgefordert, diese sicherlich karge Kost zu sich nehmen zu müssen!

Vielleicht ist Ihre Auffassung von Armut und Askese doch etwas zu streng, meint der Reporter vorsichtig, doch Maksymilian reagiert empfindlich.

Nicht eng genug, dass nicht unsere Hauptübel immer wieder durchschlüpften: die Fresssucht, die Habsucht, die Geltungssucht. – Sehen Sie diesen Fall zum Beispiel! Da möchte sich einer aufgrund von Eigenbesitz über die andern stellen …

Maksymilian zeigt auf einen sehr jungen Bruder, der eben das Refektorium betritt, zusammen mit anderen Brüdern, die jetzt in größeren Gruppen hereinkommen und ihre Essplätze aufsuchen. Der junge Mann sticht durch seine adrette und gepflegte äußere Erscheinung aus den anderen heraus, vor allem sein Habit, der zwar schwarz ist wie die Kutten aller anderen, aber doch irgendwie herausfallend und anders.

Maksymilian und der Zeitungsmann beobachten ihn, wie er, bei seinem Essplatz in nächster Nähe angelangt, die Bank untersucht, ob sie auch sauber ist – vorsorglich wischt er sie mit einem mitgebrachten Tuch gründlich ab, bevor er Platz nimmt.

Bruder Stefan!, ruft ihn Maksymilian an.

Der elegante Minderbruder eilt sofort herbei, grüßt den Reporter beflissen mit dem Gruß des Hauses und blickt dann seinen Oberen fröhlich an.

Woher hast du denn diesen hübschen Habit?, fragt Maksymilian, und er sagt es so, dass der andere es für verhaltene Bewunderung nehmen kann und sich auch sofort geschmeichelt fühlt.

Von meinen Eltern, Pater Guardian!, antwortet er. Aus bestem englischem Tuch! Nach Maß gemacht vom Hausschneider meiner Familie. Ich habe ihn schon zur Profess bekommen, trage ihn aber selten, nur manchmal zum Essen und an den Feiertagen, aber nicht bei der Arbeit.

Er ist nahe an seinen Oberen herangetreten und hält ihm den feinen Stoff seiner Kutte zum Anfühlen hin. Maksymilian ignoriert die Geste und sieht sich um. Sein Blick fällt auf einen anderen Bruder, der auf die Szene aufmerksam geworden ist und aus einiger Entfernung zusieht. Es ist Bruder Martin, ein junger Bursche etwa gleichen Alters und gleicher Statur wie Stefan, jedoch viel unansehnlicher im Äußeren; ein mageres knochiges Gesicht und grobe, schwielige Arbeitshände ragen aus einer zerknitterten, ausgebleichten, schon ziemlich abgetragenen Kutte hervor. Gemessen an der makellosen Erscheinung Stefans wirkt er armselig und nimmt sich wie ein Wesen zweiter Klasse aus. Als der Obere ihm zuwinkt, kommt er sofort und stellt sich neben Stefan. Und nun fällt auch dem Reporter die krasse Diskrepanz zwischen den beiden Minderbrüdern auf, wobei seine Sympathien natürlicherweise mehr dem kultivierteren Typus zuneigen.

Einen Moment lang mustert Maksymilian die beiden unterschiedlichen Gestalten. Dann bekommt sein Gesicht, ansonsten eher gütig im Ausdruck, einen harten Zug.

Tausche deinen Habit mit dem seinen!, fordert er Stefan auf.

Bruder Stefan glaubt, nicht recht gehört zu haben, und blickt seinen Oberen fragend an.

Tausche mit ihm!, wiederholt Maksymilian. Der Befehlston in seiner Stimme ist eindeutig und lässt kein Missverständnis zu.

Aber … aber warum denn? Bruder Stefan weicht erschrocken einen Schritt zurück.

Du weißt es!, sagt der Obere knapp und fixiert ihn scharf. Wir haben das Thema schon einmal besprochen! Also tausche!

Einen Augenblick lang – einen langen Augenblick – kämpft der junge Bruder mit sich selbst. Dabei blickt er um sich und starrt auf einige andere Brüder, die jetzt näher gekommen sind und den Vorfall verfolgen. Aber ihre Gesichter zeigen mehr Neugierde als wirkliche Teilnahme, jedenfalls wenig Verständnis für ihn, eher das Gegenteil – so empfindet er. Und da steigt etwas wie Trotz in ihm auf, ein störrischer Eigensinn, der ihn hindert, über seinen weltlichen Schatten zu springen und dem höheren Wesensteil seines Selbst im Bilde des Oberen zu entsprechen.

Ich kann nicht!, sagt er fast weinerlich. Er deutet auf Bruder Martins schäbigen Habit. Ich kann das nicht anziehen! Ich lasse keine Maskerade mit mir machen!

Überlege es dir, bis nach dem Essen.

Bruder Stefan blickt seinen Oberen abweisend an. Sein

Herz ist mit einmal von Misstrauen erfüllt, von allen Zweifeln an seiner mönchischen Berufung, die er längst überwunden glaubte. Er senkt den Blick und schüttelt kaum merkbar den Kopf.

Nein. Ich kann nicht. Ich will nicht …

Dann geh zu deinen Eltern zurück! Hol deine Sachen! Noch vor acht geht dein Zug nach Szymanów!

Stefan nickt. Doch plötzlich scheint es, als könne er nicht fassen, was er hört. Er möchte irgendetwas erwidern, doch er weiß nicht was, bringt nichts heraus, steht nur da und ist wie gelähmt.

Geh! Geh schon!, wiederholt Maksymilian und sagt es mit einer sonderbaren Stimme, die auf den andern wirkt wie ein tödlicher Stich.

Zutiefst betroffen wendet sich Stefan ab, geht langsam auf das helle Rechteck des weit geöffneten Ausgangs zu, hindurch zwischen den Mitbrüdern, die das Geschehen beobachtet haben. Einige von ihnen sehen betroffen aus und fühlen sich für einen Augenblick an seine Stelle versetzt, an die Stelle dessen, der fast drei Jahre lang ihr Weggenosse gewesen ist und nun gehen muss.

Auch der Reporter ist von dem Vorfall bewegt und offenbar peinlich berührt. Er wendet sich spontan Maksymilian zu.

Ist das klug?, sagt er mit gedämpfter Stimme. Ich meine, ihn gleich wegzuschicken wegen Schwächen, die wir doch alle haben!

Er geht nicht, weil er Schwächen hat, erklärt Maksymilian laut und für alle hörbar. Er geht, weil er sie nicht einsehen und ändern will.

Aber doch nicht wegen einer lächerlichen Kutte!, kontert der Reporter, nun ebenfalls laut und mit spürbarer Erregung.

Unsere Habite sind nicht lächerlich! Jedenfalls nicht für uns in Niepokalanów!, sagt Maksymilian und blickt den andern an mit Augen, die dem Zeitungsmann den unpassenden Ausdruck sofort bewusst machen und ihn befürchten lassen, möglicherweise noch die Gastfreundschaft des Hauses zu verlieren.

Verzeihen Sie – aber so meinte ich es nicht! Ich meinte –

Ich weiß schon, lenkt Maksymilian ein. Sie meinten das scheinbar unangemessene Verhältnis zwischen Vergehen und Strafe, zwischen Schuld und Buße. Bedenken Sie aber, was unser Habit wirklich bedeutet! Er ist ein äußeres Zeichen für unsere Gleichheit vor Gott, für unsere brüderliche Verbundenheit und Liebe. Wenn sich nun einer mit einem besseren Kleid über die anderen setzt, verleugnet er nicht nur den Geist seines Gelübdes, sondern auch die Verantwortung, die er für seine Mitbrüder trägt. Denn wer sich hervortut und besser dünkt, macht die anderen schlechter und verleitet sie, wenn auch nicht bewusst, zu Unzufriedenheit und neidvollen Wünschen. Und solche Gefühle sind eine Realität. Sie zerstören letztlich unseren Glauben, den eigenen ebenso wie den der anderen.

Ich gebe zu, so tiefschürfend habe ich die Sache nicht betrachtet, räumt der Reporter ein und gibt sich gelehrig, was Maksymilian nicht ungern wahrnimmt.

Anders als die Weltmenschen leben wir Brüder eben nicht nur für uns selbst, sondern jeder auch für den anderen – und durch beides hindurch für Gott! Das ist unser

Habitus, innerlich, und das bedeutet unser Habit nach außen.

Maksymilian geht nun – und in seinem Gefolge die Presseleute – zwischen den Tischreihen zur Hallenmitte, wo eine Art Kanzel mit Mikrofon und Leselampe aufgebaut ist. Unmittelbar daneben steht eine Madonnenstatue, ähnlich oder gleich jenen, die der Reporter bisher in sämtlichen Räumen und Gebäuden Niepokalanóws gesehen hat; hier freilich erscheint sie in ihrer stattlichsten, überlebensgroßen Ausgabe und steht auf einem Piedestal, so erhaben, dass man sie von jedem Punkt des Saales aus sehen kann. Sanftmütig und mit himmlischer Güte blickt sie von da oben herunter auf die vielen Brüder, die eben an den Tischen zu ihren Füßen Platz nehmen.

Unterdessen ist fast die gesamte Belegschaft im Refektorium erschienen, die Bänke an den endlosen Tischreihen sind voll belegt, und ein diffuses Geräusch vom Geklapper des Blechgeschirrs durchzieht die Halle. Der Reporter, höchst verwundert über die außerordentliche Disziplin der weit über siebenhundert Brüder in diesem einzigen Raum, begreift hier langsam Sinn und Notwendigkeit einer gewissen Strenge, ohne die die Führung eines solchen Klosters kaum möglich erscheint. So zollt er dem bärtigen Pater zunehmende Hochachtung, wenngleich ihn der Vorfall mit Stefan noch bewegt und ihm nicht ganz verständlich ist. Als Maksymilian dann die Presseleute einlädt, am Gästetisch Platz zu nehmen und etwas zu essen, folgen sie der Einladung, und der Reporter versucht vorsichtig eine Klärung seiner noch offenen Fragen.

Wenn ich recht verstehe, geht es Ihnen darum, jede individualistische Neigung Ihrer Brüder auszumerzen und sie alle gleich zu machen. Halten Sie das für ein Ziel christlicher Entwicklung?

Nicht unbedingt. Aber vergessen Sie nicht, wo wir sind! Niepokalanów ist eine Schule für Menschen, die vollkommen werden wollen. Mag sein, dass wir das letztlich nicht erreichen, nicht alle, dennoch müssen wir konsequent auf das Höchste zielen, um wenigstens das Mögliche zu schaffen.

Was ist das Mögliche?

Weitgehend frei zu werden von den bekannten menschlichen Eigenheiten wie Egoismus, Eitelkeit, allerlei triebhaften Begierden, vor allem aber von Eigensinn und Individualismus, der gegen das Kollektiv gerichtet ist.

Halten Sie das Kollektiv für so viel wichtiger als den Einzelmenschen?

Das Kollektiv stellt das Ganze dar, der Einzelne ist ein Teil davon. Urteilen Sie selbst, was wichtiger ist: der Teil oder das Ganze.

Aber ohne den Teil ist das Ganze nicht ganz.

Sehen Sie! Daher ist es wichtig, dass der Teil sich zum Ganzen bekennt – der Bruder zur Gemeinschaft der Brüder – und sich entsprechend anpasst.

Wenn Sie *ihm* das so erklärt hätten, hätte er vielleicht verstanden – ich meine Bruder Stefan. Und vielleicht hätte er auch eine zweite Chance verdient.

Hätte er bekommen, wenn er seinen Fehler eingesehen und gehorcht hätte! Allerdings muss ein Oberer seine Anweisungen nicht unbedingt begründen – ähnlich wie ein Offizier keine Verpflichtung hat, seinen Soldaten die

Befehle zu erklären, die er gibt. Am wenigsten in Kampfsituationen. Wenn da nicht Gehorsam und Vertrauen herrschen, kann die stärkste Armee nicht siegen. Und wir Brüder befinden uns im Kampf, täglich, stündlich, und unser hartnäckigster Gegner sind wir selbst.

Also müssen wir, Ihrer Ansicht nach, eigentlich uns selbst besiegen? Was gewinnen wir dabei?

Uns selbst. Nach jedem Sieg uns selbst auf einer höheren Stufe.

Bis wir schließlich im Himmel angekommen sind!, lächelt der Reporter und gibt sich scherzhaft verständig.

Einverstanden. Wenn Sie darunter verstehen, dass wir fähig geworden sind zur Liebe und Ganzhingabe an Gott und die Menschen. Das nämlich sind die Pfeiler jener Brücke, die in den Himmel führt oder – wenn Sie wollen – zur Verwirklichung des Bildes Gottes in unserer Seele.

Klingt sehr erbaulich! Aber geht ein Oberer auf dieser Brücke, der sich anmaßt, einen Bruder aus der Gemeinschaft auszustoßen nur wegen eines kleinen Vergehens? Was gilt hier mehr: Gerechtigkeit oder Liebe?

Irgendetwas in Maksymilian erregt sich heftig und will scharf erwidern, doch er behält die Emotion unter Kontrolle. Die beiden sehen sich an und ahnen, jeder für sich, dass ihre Begegnung kein Zufall ist. Dann steht Maksymilian auf.

Wir haben Schweigepflicht beim Essen, sagt er. Ich glaube, wir sollten uns an die Hausordnung halten. Er geht zu seinem Essplatz, genau unter der Madonna. Als er dort angekommen ist, erheben sich plötzlich sämtliche Brüder im Saal, was ein kurzes, kräftiges, etwas nachkleckerndes

Geräusch von rückenden Bänken verursacht. Dann wird es vollkommen still.

In diesem Moment ertönt die Stimme des Lektors von der Kanzel, verstärkt und vervielfältigt von etlichen Lautsprechern, die in der Halle montiert sind. Er liest einen bestimmten Absatz aus dem Johannesevangelium, den bevorzugten Vers des Hauses, in den alle Brüder in einem gewaltigen Chor mit einstimmen: Gott ist die Liebe, und wer in der Liebe bleibt, der bleibt in Gott, und Gott bleibt in ihm …

Arbeit nach innen

Die Presseleute stehen wieder vor einem Holzbau. Er unterscheidet sich kaum von den anderen Barackenbauten rundum, ist allerdings mit einem niedlichen Turm versehen, durch dessen Schallöffnungen man eine Glocke hängen sieht. Mit einer knappen Handbewegung lädt Maksymilian die Gäste ein, zum Abschluss ihrer Klosterführung noch die Kapelle zu besichtigen – die *Seele von Niepokalanów*, wie er sagt. Doch der Reporter zögert. Er gibt seinem Fotografen ein Zeichen, sich zu verabschieden und mit seinen Gerätschaften schon zum Klosterbahnhof voranzugehen; sie wollen den letzten Abendzug nach Warschau nicht versäumen.

Vielleicht können wir es jetzt kurz machen, Pater, sagt der Zeitungsmann zu Maksymilian. Ich habe vor, über Niepokalanów ausführlich zu berichten, vor allem über seine Bedeutung als größtes Verlagsunternehmen Polens, und darüber hinaus natürlich als größte europäische Klosterorganisation. Was meine Leser weniger interessiert, ist das religiöse Leben hier und der spirituelle Überbau, den Sie dem Ganzen geben.

Unterbau!, korrigiert Maksymilian.

Meinetwegen, grinst der Reporter und zögert noch immer, die Kapelle zu betreten. Nehmen Sie es mir nicht übel, aber Ihr Kloster interessiert mich wirklich nur, weil hier erfolgreich Zeitung gemacht und wirklich gearbeitet wird. Alles andere, ich sagte es schon –

Maksymilian unterbricht ihn: Ich weiß! Also kommen Sie!

Er nötigt den anderen, ins Innere der Kapelle zu treten, indem er ihn kurzerhand vor sich herschiebt und dann hinter ihm die Türe schließt.

Aber ich sage Ihnen doch …

Dass Sie nur an unserer Arbeit interessiert sind. Auch hier wird gearbeitet. Von der ganzen Belegschaft. Dreieinhalb Stunden täglich, die Überstunden nicht gerechnet. Also kommen Sie schon!

Maksymilian dirigiert den Reporter weiter ins Innere des Gotteshauses, bis zum Mittelgang, der am anderen Ende direkt auf die Apsis stößt. Und der Reporter lässt sich führen, obwohl ihm äußerst unbehaglich zumute ist, wie immer, wenn er als Freidenker zu massiv mit dem konfrontiert wird, was er unter *Kirche* versteht.

Ich denke, hier wird gebetet, nicht gearbeitet, sagt er indigniert, und der Pater antwortet: Gebet *ist* Arbeit. Arbeit am inneren Menschen.

Sie gehen jetzt durch die Mitte zwischen den Doppelreihen der Kirchenbänke nach vorn zum Altar. Maksymilian wirkt mit einmal sehr aufgeräumt, ist redselig und spricht immer weiter, unbeschwert vom Missmut des Reporters.

Sie dürfen mir glauben, dieser Ort hier ist in Wirklichkeit der wichtigste Arbeitsplatz von ganz Niepokalanów! Die Krankenstation ausgenommen, die unsere eigentliche

Energiezentrale ist, weil sie Tag und Nacht arbeitet. Ja gewiss, nach unserer christlichen Einsicht in die Wahrheit leisten die kranken Brüder die allerwichtigste Arbeit. Durch ihr Leiden und ihre Opfer liefern sie den spirituellen Strom für unser Unternehmen, damit aller äußerer Erfolg auch ein innerer und geistiger ist. Wenn Sie in unseren Glauben erst tiefer eindringen, dann werden Sie ein großes Geheimnis erkennen: Seit Christi Tod leidet niemand nur für sich allein! Und niemand betet für sich allein! Denn durch und in Christus sind wir alle verbunden, auch die, die nicht an ihn glauben. Verstehen Sie: Es ist wie mit der Luft, die wir atmen und die uns alle verbindet, auch wenn wir sie nicht sehen und uns dessen nicht bewusst sind.

Der Reporter versteht nichts. Er versteht nicht, weil er es nicht verstehen will und überhaupt nur zur Hälfte zuhört. Mit der anderen Hälfte seiner Aufmerksamkeit nimmt er gewohnheitsmäßig die wichtigsten Details seiner Umgebung wahr, vorab die obligate Niepokalanów'sche Madonna, die, fast lebensgroß, vorne neben dem Altar steht, sowie ihr Pendant auf der anderen Seite des Opfertisches, die Statue des Ordensvaters Franziskus. Zu Füßen der beiden Hausheiligen ist ein großzügiges, auffallend üppiges Arrangement buntester Sommerblumen ausgebreitet, was den Reporter sichtlich belebt. Entsprechend weniger angesprochen ist er von dem überrealistischen Bilderzyklus der Passion, womit die Bretterwände der Kapelle ringsum geschmückt sind. Er wagt nicht, dies Werk künstlerisch zu orten, er stellt nur fest, dass es, wie alles Religiöse in dieser Klosterstadt, seinen Inhalt in stark gefühlsbetonten Formen zum Ausdruck bringt.

Christentum in saftigen Dosen!, denkt der Pressemann. Vielleicht ist das polnisch, vielleicht überhaupt slawisch, in jedem Fall typisch katholisch! Solche Kunst zielt aufs unbewusste Gefühl und will es überzeugen, mehr oder weniger gewaltsam …

Hören Sie, Pater! Ihre religiösen Auffassungen in Ehren, aber sie sind mehr etwas für glaubenswillige Menschen, zu denen ich nicht gehöre. Ich bin ein weltlicher Journalist. Mir kommt es nur auf Tatsachen an, auf einleuchtende und überprüfbare Fakten. Für irgendwelche theologische Überzeugungsversuche bin ich nicht anfällig!

Das müssen Sie gar nicht sein, antwortet Maksymilian verständig. Um zu begreifen, was hier geschieht, genügt Ihr gewöhnlicher Hausverstand. Hören Sie nur zu! Es ist alles ganz einfach!

Der Pater weist den Reporter mit einer jovialen Geste in eine Kirchenbank und nimmt neben ihm Platz. So sitzen sie knapp nebeneinander, ausgerichtet zur Apsis nach Osten, und sprechen miteinander: ein Bild merkwürdiger Eintracht der Gegensätze.

Alles, was Sie bis jetzt gesehen haben, sagt Maksymilian und hält den Kopf ein wenig in der Manier eines Beichtvaters seitlich zum Reporter geneigt, ich meine, Niepokalanów als vielleicht Gottes größter Ameisenbau, besteht gewiss aus einigen handfesten Tatsachen in Ihrem Sinne: aus einem Klosterbetrieb im Umfang einer kleinen Stadt, aus vier Zeitungen und noch weiteren Druckerzeugnissen, die zum Teil in Millionenauflage herauskommen – aus einigen *einleuchtenden und überprüfbaren Fakten* also, wie sie ein tüchtiger Zeitungsmann wie Sie ja wohl zu schätzen weiß.

Aber Sie sehen von den zwei Seiten einer Sache eben nur eine – die äußere. Es ist nicht die wesentliche, denn sie besitzt den empfindlichsten Nachteil, den es gibt …

Maksymilian schweigt plötzlich. Der Reporter, der nun doch aufmerksam zuhört, wartet, dass der Pater fortfährt.

Was meinen Sie? Welchen Nachteil?

Ihre Tatsachen sind irdisch und vergänglich, mein Lieber!

Der Reporter glaubt zu verstehen: Sie denken an Hitler? Sie vermuten, dass es Krieg geben wird und Ihr Unternehmen gefährdet ist?

Ich weiß es nicht. Es sieht mir manchmal so aus. Manchmal auch wieder nicht – man muss ja hoffen können! Aber wahrscheinlich sind Sie besser über die gegenwärtige Lage informiert als ich.

Ich sehe die Dinge ebenso, wie die politische Redaktion meiner Zeitung sie sieht, und auch unsere Regierung. Hitler hat es nicht auf uns, sondern auf Russland abgesehen. Er wird die britische Garantieerklärung für unsere Unabhängigkeit respektieren und Polen in Frieden lassen. Vielleicht, dass er uns bittet, ihm den Durchzug seiner Truppen nach Osten zu gewähren, aber uns anzugreifen und die Engländer herauszufordern, das hieße für ihn, einen Weltkrieg zu riskieren – und dazu müsste er größenwahnsinnig sein!

Und wenn er das ist?, meint Maksymilian ahnungsvoll.

Der Reporter lächelt unbekümmert; es ist ein Lächeln, in dem sich das ganze enorme patriotische Selbstbewusstsein Polens zu spiegeln scheint.

Vergessen Sie nicht, Pater: Wir haben selbst eine schlagkräftige Armee. Sie hält die Deutschen an den Grenzen auf – wenigstens so lange, bis die britischen Streitkräfte uns zu Hilfe kommen.

Das wird sich wohl etwas hinziehen!

Der Reporter nickt: Die Briten können nur mit ihrer Flotte anrücken, über die Ostsee, und von Norden her eingreifen. Er gibt sich mit einmal nachdenklich und mitfühlend.

Die Frage ist wirklich: Was wird aus Ihren Plänen, wenn es Krieg geben sollte? Was wird aus Niepokalanów, wenn Hitler wirklich käme und schneller hier ist als die Engländer?

Wenn die überhaupt kommen wollen! Politik misst sich selten moralisch, sondern diplomatisch und taktisch.

Ich verstehe Ihre Sorgen, Pater. Wahrscheinlich müssen wir mit allem rechnen.

Sehen Sie, das ist es, was ich meine!, sagt Maksymilian. Wenn alles, was Sie heute mit Ihren Augen gesehen haben, zugrunde gehen sollte, bleibt das, was Sie nicht gesehen haben, das Wesentliche, Niepokalanów in unseren Herzen. Sie begreifen jetzt: Es geht um den Punkt in unserem Leben, wo nicht mehr das wichtig ist, was wir geschaffen haben, sondern das, was wir durch unser Schaffen geworden sind – wo sich enthüllt, dass alles Außen nur ein Mittel zu einem Innen ist, zu dem Funken in uns, der Gott ist. – Deshalb ist unsere Kapelle hier der wichtigste Ort!

Entgegen seiner bisherigen Skepsis ist der Pressemann nun merkwürdig angerührt. Die letzten Worte des Paters haben ihn unwillkürlich bewegt, ja tief ergriffen. Er spürt ein seltsames Würgen im Hals, wünscht sich, er wäre weit weg von hier und doch wieder nicht – so abstoßend und zugleich einnehmend empfindet er die Situation.

Sie – Sie sind wirklich unwiderstehlich religiös, sagt er nach einer kleinen Pause und spürt, wie die Stille und Stimmung des Gotteshauses eine übrige Wirkung tut.

Nicht ich, die Wahrheit ist unwiderstehlich! Er, der von sich sagt, er ist die Wahrheit, zieht uns unsichtbar an und gewinnt unser Herz durch Hingabe. Er nährt uns durch sich selbst – wie der Pelikan, der, sich opfernd, seine Jungen rettete.

Sie meinen diesen legendären Vogel, der seine Jungen mit seinem eigenen Blut nährte?

Maksymilian nickt erfreut. Ein altes christliches Symbol! Sie kennen es! – Vielleicht ein Zeichen, dass Sie verstehen, was ich meine. Er erhebt sich, tritt aus der Bank heraus und reicht dem Reporter die Hand.

Ich habe Ihnen gezeigt, was zu sehen ist. Schreiben Sie darüber! Und vielleicht auch über das, was nicht zu sehen ist, aber zu glauben! – Jetzt entschuldigen Sie mich bitte, ich habe noch zu *arbeiten!*

Der Pater wendet sich um und geht nach vorn. In der Bank vor der Madonna sinkt er ins Knie und fällt sogleich in konzentrierte Andacht.

Still im Mittelgang verharrend, beobachtet ihn der Zeitungsmann. Erst nach einer geraumen Weile wendet er sich um und verlässt lautlos den Ort.

Was der Führer befiehlt …

August 1939. Es ist ein heißer Tag gegen Ende des Monats, als um die Mittagszeit ein Konvoi von fünf Mercedes-Benz-Automobilen über die schmale Bergstraße kriecht, die vom Obersalzberg bei Berchtesgaden zum Kehlsteinhaus hinaufführt. Die Wagen fahren knapp hintereinander und in langsamem Tempo wegen der starken Steigungen und engen Kurven, in denen sich die kühn geführte Trasse in die Höhe schwingt, vorbei an schaurigen Abgründen und überhängenden Felswänden, durch mehrere enge Tunnels hindurch, die an den senkrecht abfallenden Felsabstürzen an der Südwestflanke des Kehlsteins in den Berg gesprengt sind.

Die Verdecke der feudalen Wagen sind zurückgeklappt, um den Passagieren ein ungehindertes Bergerlebnis zu gewähren, was freilich durch die mittägliche Hitze und das gleißende, die Augen stark blendende Höhenlicht etwas beeinträchtigt ist. Dennoch blickt man fleißig um sich, gilt es doch, die außergewöhnliche und wunderbare Lage von Hitlers *Adlerhorst*, seinen stolzen Bergfried und Lieblingsaufenthalt in den Berchtesgadener Alpen, standesgemäß zu würdigen.

Es sind vier Generäle und fünf Stabsoffiziere des Oberkommandos der deutschen Wehrmacht, die diese kernige

Bergfahrt pflichtbewusst genießen, wenn auch auf etwas unterschiedliche Art. Einer von den älteren Militärs zum Beispiel, der im vordersten Wagen sitzt, blickt während der ganzen Fahrt nur starr auf den Teppich des Wagenbodens. Während er Kurve um Kurve mannhaft mit seiner Übelkeit ringt, wünscht er von Herzen, der Führer hätte sie doch in seinen Berghof auf dem viel tiefer gelegenen Obersalzberg beordert. Dieser General kauert in der Tat in einem solchen Zustand im Fond, dass er nicht einmal mehr die Höflichkeit aufbringt zuzuhören, was ein strammer und blutjunger SS-Begleitoffizier ihm zuruft; der Mann steht vorne neben dem Fahrer, hält sich an der Windschutzscheibe fest und spricht, mit dem Rücken zur Fahrtrichtung, über einen Handlautsprecher auf die Gäste ein.

Sie fahren auf einer Straße, meine Herren, doziert er, die als ein Meisterwerk im Straßenbau gilt. Sie ist sechseinhalb Kilometer lang, führt durch fünf Tunnels hindurch und hat eine Reihe von gefährlichen Abschnitten …

Wir spüren das, mein Junge, wir spüren alles!, murmelt der ältere General und schließt fest die Augen.

… sie wurde von dreitausend Arbeitern gebaut, die dreizehn Monate lang Tag und Nacht, und sogar winters, mit dem Berg kämpften, um ihm dieses gewaltige Werk abzuringen …

Wie viel Gefallene?, fragt der ältere General dazwischen – fragt es aus Gewohnheit vielleicht oder Ironie, er weiß das selbst nicht so genau.

Etwas irritiert blickt ihn der SS-Offizier an.

Sie meinen Arbeitsunfälle?

Nur die tödlichen.

Wüsste nicht, dass die gezählt wurden, sagt der SS-Mann. Es waren ja hauptsächlich Italiener. Italienische Straßenbauspezialisten. Ein Geschenk Mussolinis an den Führer!

Dann erklärt er weitere Einzelheiten der Straße und der Gebirgslandschaft ringsum, nennt vielerlei Namen und Höhenmeter der Gipfel, und, auf derartig präzise Weise belehrt, erreichen die Militärs endlich den über siebzehnhundert Meter hoch gelegenen Parkplatz des Führerdomizils.

Hier werden Wagen und Fahrpersonal zurückgelassen, und der Begleitoffizier führt die Gäste zu einem gewaltigen Eingangstor im Felsmassiv; es ist von zwei mächtigen Doppeltüren aus Bronze verschlossen und von SS-Posten bewacht, jungen, großen, speziell ausgesuchten Leuten, wie man sie überall im Sperrbezirk um das Hitler-Domizil antrifft.

Bedient von den Wachleuten, öffnen sich die tonnenschweren Portale und geben einen Stollen frei, der weit ins Berginnere hineinführt – eine Strecke von genau einhundertvierundzwanzig Metern, wie der zahlenbeflissene Begleitoffizier präzise angibt. Ziemlich fröstelnd in der plötzlichen Kühle des Berginneren begeben sich die Gäste zu einem Kabinenaufzug in der Mitte des Berges. Der steht dem Aufwand des Gesamtmilieus in nichts nach: Die Kabine ist ein großer quadratischer Luxusraum, vollkommen mit polierten Messingtafeln verkleidet, mit venezianischen Spiegeln an den Wänden über einigen Sitzgruppen von grünen Lederfauteuils. Bevor die Militärs sich darauf niederlassen können – nach dem obligaten Bestaunen des »großartigen Geschmacks« der Ausstattung –, hat der Aufzug seine Höhenfahrt schon bewältigt.

Einhundertvierundzwanzig Meter in fünfundvierzig Sekunden, sagt der SS-Mann und deutet dabei auf seine Armbanduhr, so als wolle er damit seine Aussage, seine Uhr und die Perfektion des Aufzugs gleichzeitig bezeugen.

Als sie aussteigen, befinden sie sich schon direkt im *Adlerhorst*, im Innern eines gedrungenen, aus Granitblöcken gefügten, festungsartigen Bauwerks auf dem schmalen Gebirgskamm des Kehlsteins.

Genau eintausendachthundertvierunddreißig Meter über dem adriatischen Meeresspiegel, erklärt der SS-Offizier.

Der ältere General sieht eine Möglichkeit, den Zahlenhengst etwas zu bremsen.

Sie sind doch ein deutscher Offizier, Mann!, sagt er, und als ihn der andere etwas irritiert anblickt: Warum beziehen Sie sich auf ein italienisches Meer?

Weil … weil …

Weil wir mit Italien verbündet sind, meinen Sie?

Jawohl, Herr General! Das genau wollte ich sagen! Der junge Offizier atmet erleichtert auf. Dann führt er die hohen Gäste in den großen, nun wirklich eindrucksvollen Konferenzraum des Hauses.

Ein im Weltraum schwebendes Schiff, verankert auf einem Berg, geht es dem General durch den Sinn, als sie in das Halbrund einer Halle von mindestens fünfundzwanzig Metern im Durchmesser eintreten. Die Wände sind unverputzt und zeigen Mauern aus großen grauen Granit- und rötlichen Sandsteinblöcken, so gefügt, dass sich ein interessantes Muster ergibt. Sie tragen ohne Mittelpfeiler eine durchgehende Decke aus schweren Eichenbalken. Fünf übergroße Fenster erlauben einen grandiosen Rundblick auf die ganze alpine Szenerie des Berchtesgadener Landes; wie aus einer Flugzeugkanzel blickt man nach Süden, Westen und ein Stück nach Norden zugleich, auf die höchsten Gipfelregionen der Hochalpen, auf die Wälder und Wiesen der kleineren Vorberge, auf die Dörfer und Städte in den Talböden und in der fernen Ebene des Salzburger Beckens.

Könnte die Gralsburg Monsalvatsch sein! Oder Athos, wo die Koinobiten ihren Gott suchen, denkt der General, während der Begleitoffizier wieder zu dozieren beginnt.

Der Kamin hier wird Sie interessieren, sagt er so laut und unvermittelt, dass es die Militärs förmlich herumwirft, vom imposanten Gebirgspanorama zum nicht weniger imposanten Inneren des Raums. Da steht ein großer runder Tisch von gut vier Metern im Durchmesser, um den zwölf bequeme Sessel gruppiert sind, wobei das Ganze vor einem monumentalen Kamin plaziert ist.

Er misst genau fünf Meter in der Breite und besteht aus rotem italienischem Marmor, mit Bronzekacheln ausgelegt, wie Sie wohl bemerken. Es ist ein Geschenk Mussolinis an unseren Führer!

Kaum gesagt, zeigt der SS-Offizier bereits auf den weitläufigen Teppich zu ihren Füßen, der, in einem einzigen riesigen Stück geknüpft, fast die gesamte Fußbodenfläche einnimmt. – Dieser echte Orientteppich ist ebenfalls ein Geschenk an den Führer – vom japanischen Kaiser Hirohito. Er wiegt genau zehn Zentner und vier Kilo!

Der Kaiser?, fragt der ältere General naiv, und alles lacht.

Der Teppich!, erwidert der SS-Mann und errötet leicht.

Ich habe ihn selbst gewogen, bevor er ausgelegt wurde. Mit Erlaubnis des Führers!

Wie viele Knoten hat er denn? Der General fragt arglos, aber der SS-Mann blickt ihn plötzlich misstrauisch an.

Der Führer?

Der Teppich!, versichert der General. Der wirkliche Wert eines Teppichs bemisst sich ja weniger nach Kilogramm als nach der Dichte der Knoten. Sie wissen so viel, Sie sollten das auch noch wissen!

Unsicher schaut der junge Offizier in die Gesichter der umstehenden Generalstäbler, die ihn alle sehr ernst ansehen. Dann blickt er den riesigen Teppich mit neuen Augen an und beginnt eine interessante Bereicherung seines Zahlenbestands zu wittern.

Kann man die denn zählen – all diese Knoten?

Nur wenn Sie Zeit haben, meint der General, worauf alle intensiv auf den Teppich blicken – die hohen Gäste, um ihr Lachen zu verbergen, der Jüngling, um vielleicht eine neue Aufgabe abzuschätzen.

Sie können sich aber das Auszählen sparen, wenn Sie die Zahl errechnen. Sie kennen das Gewicht des Teppichs. Wenn Sie es durch das Gewicht eines Knotens teilen, haben Sie die Anzahl!

Das Gewicht *eines* Knotens?

Reißen Sie einen aus, und holen Sie eine Apothekerwaage! Der General befiehlt es fast, doch der SS-Mann besinnt sich.

Sie scherzen, Herr General. Ausreißen! Niemals würde der Führer erlauben, so gewaltsam vorzugehen!

Das Schmunzeln, das sich auf den Gesichtern der Gäste

eben breitmachen will, erstarrt plötzlich, als Hitler vor ihnen steht; in seiner raschen Manier tauchte er unvermittelt aus der einige Stufen tiefer gelegenen Teestube auf. In seiner Begleitung befinden sich der Reichsaußenminister und der Leiter der Parteikanzlei – beides den Gästen bereits bekannte Figuren. Ihre auffallend düsteren Mienen lassen die Militärs allerdings befürchten, dass wahrscheinlich eine ungemütliche Stunde bevorsteht.

Der Führer selbst macht zunächst einen aufgeräumten Eindruck. In seinem zivilen beigefarbenen Zweireiher, nur mit einem kleinen Parteiabzeichen am rechten Revers, wirkt er freundlich und entspannt. Er reicht jedem die Hand, drückt sie kräftig, fragt lächelnd, wie der Flug von Berlin her war, und hört interessiert die Antworten an. Dennoch spüren die Generale, dass sein joviales Gehabe täuscht und ihre überraschende Beorderung hierher natürlich einen besonderen Grund hat.

Mit einer einladenden Geste fordert Hitler die Herren auf, am Tisch Platz zu nehmen. Er selbst bleibt stehen und befiehlt dem SS-Begleitoffizier mit einem knappen Wink zu verschwinden. Dafür erscheinen jetzt zwei Ordonnanzen, die schmucke Jacken in der Art einer weißen SS-Uniform tragen; sie fragen dezent nach etwaigen Wünschen der Gäste, werden aber vom Führer mit einem scharf gesagten »Später!« ebenfalls fortgeschickt.

Und jetzt, nachdem alle Anwesenden in die weichen Sessel gesunken sind, kommt Hitler zur Sache; er tut es, indem er vor dem Kamin auf und ab geht und sein Thema völlig monologisch behandelt, wobei er zunehmend ins allbekannte Pathos seiner Volksreden gerät.

Ich habe Sie auf den Adlerhorst kommen lassen, meine Herren, weil das, was ich Ihnen zu sagen habe, vorerst nur Sie etwas angeht und noch geheim bleiben muss. Außerdem passt der Ort gut zum Thema unseres Gesprächs, wie Sie gleich merken werden. Hitler deutet ein Lächeln an, das alle irgendwie nachahmen, bis auf den älteren General. Wenn er »unser Gespräch« sagt, dann meint er bestimmt einen schwierigen Befehl, denkt er flüchtig. Dann fährt der Führer fort:

Ich nehme an, Sie haben schon gehört, dass Chamberlain vor wenigen Tagen die britische Unabhängigkeitsgarantie für Polen durch einen regulären Beistandspakt bekräftigt hat. Es ist eine Frechheit und ganz klar als Drohung für uns gedacht, denn er weiß genau, dass wir Polen brauchen und haben müssen, um an Danzig und den deutschen Osten zu kommen. Wir lassen uns aber nicht bedrohen! Im Gegenteil, wir drehen den Spieß um und nutzen den Vorteil, der sich aus der Lage ergibt. Denn man rechnet jetzt damit, dass wir aus Angst vor den Engländern Polen nicht angreifen werden. Aber man irrt sich! Wir werden es tun! Deshalb sind Sie hier, meine Herren: Ich bitte Sie, Ihre Heeresgruppen umgehend für einen Blitzangriff nach Osten, vorerst gegen Polen, bereitzustellen! Und zwar sofort!

Die Generäle sind bleich geworden und wagen nicht, sich Blicke zuzuwerfen, geschweige denn, etwas zu erwidern. Nur der ältere von ihnen spricht aus, was sie alle denken.

Wir müssen das doch erst besprechen! So ein Vorgehen braucht etwas Zeit, es muss militärisch geplant und strategisch vorbereitet werden, vor allem wegen der Briten –

Sieg ist die einzige Strategie, um die Sie sich kümmern

sollen!, unterbricht ihn Hitler scharf. Ihre Armeen haben ab sofort an den Grenzen bereitzustehen! Wir werden von Ostpreußen und Schlesien im Westen, von der Slowakei im Süden in einem konzentrischen Angriff gegen Warschau vorstoßen – zur gegebenen Stunde und nach Plänen, die vorbereitet sind und die ich Ihnen aushändige, bevor Sie gehen. Und was die Briten betrifft, machen Sie sich keine Sorgen! Ich kenne sie! Die kämpfen hart, wenn es um ihre eigenen Vorteile geht, aber nicht für andere, am wenigsten für die Polen. Man wird uns vielleicht eine diplomatische Protestnote schicken, wenn es hoch kommt, doch da haben wir Polen längst in der Tasche …

Meine Herren! Der Zeitpunkt ist gekommen, um für das deutsche Volk und die arische Rasse neuen Lebensraum in Besitz zu nehmen. Wir haben dabei nichts und niemanden zu fürchten, am wenigsten die Engländer, die uns nicht ungern als Bollwerk gegen Russland begreifen werden. Der Vorteil unserer Feinde liegt nur in ihrer Menschenmasse und in der Zeit, die wir ungenützt verstreichen lassen. Denn jetzt ist unsere Rüstungsüberlegenheit am größten, und unsere Stärken kennt man noch nicht: unsere Schnelligkeit, unsere Unberechenbarkeit, unsere erbarmungslose Härte. Denken Sie doch an Dschingis-Khan, meine Herren! Sein Wille und sein Ziel waren ihm alles. Dafür hat er Millionen Frauen und Kinder in den Tod gejagt, bewusst und mit unbeschwertem Geist. Heute sieht die Geschichte in ihm nur den großen Feldherrn und Staatengründer! Darum ist es mir gleichgültig, was diese schwache westeuropäische Zivilisation über mich denkt und wofür diese dekadente jüdisch verseuchte Kultur mich hält: Ich gebe Ihnen den Befehl loszuschlagen und lasse jeden füsilieren, der ein Wort der Kritik äußert. Und beachten Sie: Unser Kriegsziel besteht nicht nur im Erreichen bestimmter Linien, sondern in der physischen Vernichtung des Gegners. Deshalb habe ich auch meinen Totenkopfverbänden befohlen – einstweilen nur im Osten –, unbarmherzig und mitleidlos Mann, Weib und Kind jüdischer und polnischer Abstammung und Sprache zu exekutieren. Nur so gewinnen wir den Lebensraum, den wir für die Zukunft der Herrschaftsrasse des germanischen Menschen brauchen. Und ich versichere Ihnen, die Zeit wird kommen, da wird die Menschheit unser mutiges Vorgehen zu schätzen wissen und uns umso dankbarer sein, je strenger wir diese völkische Auslese durchgeführt haben …

... und Gott zulässt

Niepokalanów, September 1939. An einem bestimmten Tag zu einer bestimmten Stunde herrscht Stille in der Klosterstadt. Die Arbeit ruht, die Maschinen stehen still, die Kleinbahn fährt nicht, und niemand ist auf den Straßen zu sehen. Sämtliche Minderbrüder haben sich im Refektorium versammelt und lauschen der Ansprache ihres Oberen, seinen wahrscheinlich letzten Worten an sie für lange Zeit – vielleicht für immer, wie viele der Brüder befürchten. Mit ernsten Gesichtern blicken sie also auf Maksymilian, der auf der Lesekanzel zwischen den Statuen der beiden Hausheiligen steht und seine Rede hält.

Wie ihr wisst, befindet sich unser Land seit einigen Tagen im Kriegszustand. Unsere Armee, die auf den Angriff Hitlers nicht vorbereitet war, wurde gestern an der Bzura geschlagen. In der Nacht auf heute konnten die Deutschen in der Gegend von Plock die Weichsel überschreiten, und nun rücken sie auf Warschau vor. In Kürze werden sie hier sein, in Niepokalanów, vielleicht schon morgen ...

Er hält inne und blickt von der Kanzel auf die vertraute Gemeinschaft der Brüder, die so vieles mit ihm durchgestanden. Wie erstarrt stehen sie da, manche sitzen, manche weinen still vor sich hin, die meisten blicken unverwandt auf ihren Oberen.

Wir müssen unsere Arbeit daher für unbestimmte Zeit unterbrechen. Ich stelle es euch frei, hier im Kloster zu bleiben oder – auf Rat unseres Provinzoberen – euch zum Sanitätsdienst beim Roten Kreuz zu melden. Am sichersten wird aber sein, wenn ihr in eurem Elternhaus Unterschlupf findet. Dort könnt ihr die Zeit der Unsicherheit abwarten und wiederkommen, sobald … sobald …

Er kämpft einen Moment lang, um die Stimme zu halten und das Würgen in seiner Kehle zu überwinden.

Ihr dürft nicht traurig sein, meine Kinder, wenn wir jetzt getrennt werden. Erinnert euch, was ich oft gesagt habe: Niepokalanów ist nicht bloß ein geografischer Ort mit Häusern und Maschinen – es ist überall! Es ist überall dort, wo immer einer von uns hingeworfen wird. Jetzt wird es sich zeigen, wie weit wir zu dem geworden sind, was wir hier so lange eingeübt haben: zu Menschen, die nicht nur durch ihre Arbeit, sondern durch ihr Dasein überzeugen. Man kann auch sagen, als Teil eines Ganzen haben wir versucht, von außen nach innen zu leben. Nun kommt es darauf an, dass das Ganze in uns ist, so sehr, dass jeder Teil selbst zum Ganzen wird …

Maksymilian hat, während er sprach, seine Brüder immer verschwommener gesehen. Nun holt er sein Taschentuch heraus, schnäuzt sich und wischt wie von ungefähr über seine feuchten Augen.

Und fragt nicht, warum das so sein muss, warum Gott es zulässt – fragt das nicht, denn es gibt keine Antwort darauf. Macht es so wie ich! Immer, wenn mir etwas zustößt, das mir unbegreiflich ist – und das war oft in meinem Leben der Fall –, dann genügt es mir, von ganzem Herzen nichts zu wissen, um desto besser glauben zu können! Dann vergesse ich alles Beiwerk von Hoffnungen und Wünschen, die ich noch habe, und glaube nur noch eins: dass Gott die Liebe ist und die Liebe Gott ist und dass alles, was auch geschehen mag, zu unserem Besten dient. Und wenn unser Herz erst weit genug geworden ist, um sie ganz zu fassen, dann werden wir diese Liebe auch verstehen und sie selber sein.

Mit diesem Glauben, meine Kinder, sind wir stark. Mit diesem Bewusstsein sind wir unbesiegbar. Mit dieser Liebe stehen wir in der Wahrheit, die niemand auf der ganzen Welt verändern kann! Versprecht mir eins: sie immer zu suchen und ihr zu dienen. Ihr findet sie an jedem Ort …

Der Sturz des Pelikans

Die Verhaftung

Das hagere Bauernpaar, ein abgearbeiteter älterer Mann und seine etwas jüngere, knapp vor ihm gehende Frau, stapft am staubigen Rand der Landstraße in Richtung Terezín, als es eine Staubwolke auf sich zukommen sieht.

Schau!, sagt die Frau mit Angst in der Stimme und bleibt stehen. Sie sehen, wie zwei schwere Automobile in rascher Fahrt ihnen entgegenkommen.

Gott verdamm mich! Der Mann blickt sich um. Doch da ist weit und breit nichts, wo sie verschwinden könnten, um nicht gesehen zu werden.

Diese Teufel!, sagt der Mann und sagt es mit Hass. Schau nicht hin, Frau! Lass sie einfach vorbeifahren, und schau sie in keinem Fall an! Beachte sie nicht mehr als den Staub zu deinen Füßen! Zeig ihnen, was die für jeden echten Polen sind: Spottgeburten des Satans, gestopft in schwarze Uniformen!

Ich schau sie nicht an, sagt die Frau. Aber hör auf zu keifen, und geh weiter!

Und dann sind sie da und halten gegenüber dem Bauernpaar an: zwei graue Limousinen mit dem gefürchteten POL-Kennzeichen neben dem Nummernschild. Aus dem heruntergelassenen Fahrerfenster des ersten Wagens brüllt eine Stimme, die Motorengeräusche übertönend: Niepokalanów?

Natürlich blicken die Bauersleute jetzt hin, reagieren aber nicht weiter; erst als der Fahrer ihnen herrisch winkt, näher zu kommen, treten sie zögernd an die Wagen heran. Im Innern bemerken sie uniformierte Männer mit glattrasierten, bewegungslosen Gesichtern unter den Stahlhelmen der Totenkopf-ss.

Geht's hier nach Niepokalanów?, fragt der Fahrer wiederum. Der Bauer, bleich und ziemlich eingeschüchtert, deutet schweigend mit weit ausgestrecktem Arm in die Richtung, wo nach wenigen Kilometern, wie er weiß, die Klosterstadt liegt. Neben ihm steht die Bauersfrau, murmelt irgendein Stoßgebet und bekreuzigt sich fortwährend. Die SS-Leute sehen es und amüsieren sich köstlich darüber. Dann fahren die Wagen weiter und verschwinden rasch in der Ferne.

Bevor das Paar weitergeht, schaut die Frau den Mann mit einem abfälligen Blick an, den dieser sogleich richtig einschätzt.

Ich habe kein Wort mit ihnen gesprochen, Frau, verteidigt er sich.

Aber du hast den Weg gezeigt!

Was hätte ich denn tun sollen! Hätte ich nicht gehorcht, wer weiß, ob sie uns dann nicht gleich erschossen hätten!

Du hättest in die falsche Richtung zeigen und sie täuschen können.

Dann hätte ihnen ein anderer den rechten Weg gezeigt. Sie wären in jedem Fall wiedergekommen, verlass dich drauf! Diese SS-Kerle täuscht man nicht so leicht.

Es geht nicht um die Deutschen, es geht um dich, Leszek. Du bist eine Laus, sagt sie und geht weiter.

Er ist zuerst wütend, spuckt mehrmals kräftig aus und blickt dorthin, wo die Wagen verschwunden sind. Plötzlich seufzt er tief und schlägt sich auf die Brust.

Sie hat recht, Gott weiß!, murmelt er. Wir sind alles Feiglinge! Haben immer Angst um uns selbst, wie die Tiere. Darum hat der Teufel auch leichtes Spiel mit uns. Und darum ist er auch der Herr der Welt, wie der Pfarrer sagt. Der sagt auch, was der Mensch wirklich ist: ein Sünder, ein Feigling, einer, der immer sein Paradies verdirbt – einer wie ich! Aber wer hat gemacht, dass der Mensch so ist, wie er ist? Doch nicht ich! Also frag nicht mich, Frau, sondern den lieben Gott. Aber vielleicht weiß der auch nicht viel und glaubt nur an uns, so wie wir an ihn glauben sollen …

Er bemerkt jetzt erst, dass seine Frau schon weit voraus gegangen ist, und folgt ihr eilig nach.

Die Gestapofahrzeuge erreichen nach kurzer Fahrt Niepokalanów. Vor der Einfahrt in den Klosterbereich, der durch ein einfaches Holztor versperrt ist, halten die Wagen, und noch bevor sie ganz zum Stehen gekommen sind, springt ein SS-Scharführer heraus und geht mit raschen Schritten auf das Pförtnerhaus zu.

Der Pförtner, der alte Bruder Peregryn, sieht ihn nicht kommen und bemerkt auch die Autos nicht. Abgewandt von seinem Guckfenster sitzt er in der Pförtnerloge und nimmt in andächtiger Versunkenheit sein spätes Mittagessen zu sich, eine graue Suppe in einem blechernen Napf. Tief hat er sich darübergebeugt und schöpft sich Löffel für

Löffel in den Mund, genießerisch schlürfend und schmatzend und nichts weiter wahrnehmend als den Geschmack seines bescheidenen Essens.

Er erschrickt auch nicht, als jetzt die Türe aufgerissen wird und die dunkel drohende Silhouette des SS-Mannes im Türrahmen steht – erst mal nur dasteht und schaut und nichts sagt. Nein, Bruder Peregryn erschrickt nicht mehr leicht in seinem Alter und dreht sich nur langsam nach dem ungestümen Besucher um. Er hat ja viel Zeit in diesen Tagen, in denen in Niepokalanów nicht mehr gearbeitet wird, und er ist bemüht, die Menschen immer ein wenig warten zu lassen und so seinen Zeitvorrat mit ihnen zu teilen. Er isst also seine Suppe weiter, blinzelt den anderen nur an, so über Suppennapf und löffelnder Hand hinweg, und mustert ihn mit der ganzen Ruhe und Gelassenheit eines frommen alten Gottesmannes: Sein Blick fängt unten an, bei den polierten Schaftstiefeln, tastet sich über das schwarze Nappa des langen Ledermantels nach oben und erfasst zuletzt den Stahlhelm mit dem schaurigen Emblem der Totenkopf-ss darauf … In diesem Moment gleitet dem Bruder der Löffel aus der Hand und plumpst in den Napf.

Wo ist der Klostervorsteher?, fragt der Scharführer, nachdem er sich in der düsteren Logenkammer kurz umgesehen hat.

Bruder Peregryn macht ein Gesicht, als verstünde er nicht, was der andere sagt.

Ich sehe, du verstehst nicht Deutsch, sagt der SS-Mann scheinbar verständig. Und das ist ja auch kein Wunder, denn du hast es wahrscheinlich nie gelernt?

Stimmt! Ich habe es nie … Der Bruder sagt es in gutem

Deutsch, erkennt jedoch sofort seinen Fehler und beißt sich auf die Zunge. Der Uniformierte grinst.

Also: Wo ist er? Raus damit!

Wer denn?

Dein Oberer! Wir möchten ihn sprechen.

Der alte Bruder scheint es nun doch zunehmend mit der Angst zu bekommen, denn der Suppennapf in seiner Hand beginnt bedenklich zu zittern.

Sie meinen …

Kolbe, Maximilian! Wo ist er?

Vielleicht im Kloster, murmelt Bruder Peregryn; er zuckt gleichzeitig mit den Schultern und setzt ohne Absatz hinzu: Vielleicht aber auch nicht.

Wo dann? Antworte! Der Scharführer ist sichtlich am Ende seiner Geduld. Er tritt jetzt nahe an den Bruder heran, der zwar nicht zurückweicht, aber nicht verhindern kann, dass seine Beine unter der Kutte in mächtigen Eigenbewegungen zu schlottern beginnen.

Vielleicht doch im Kloster!, gibt er kleinlaut zu.

Nochmals rückt der SS-Mann näher; er steht nun fast auf Tuchfühlung vor dem Alten und fixiert ihn drohend.

Los, rede! Wie kommen wir zu ihm?

Durchs Tor. Aber das ist zu, glaub ich …

Bruder Peregryn haucht das aus wie seinen letzten Atemzug, wobei er seine Hand unwillkürlich in den Suppentopf getaucht hat und nach dem versunkenen Löffel fingert. Der SS-Mann sieht das und kann sich nun nicht mehr beherrschen.

Dann mach's auf!, brüllt er abrupt. Mach sofort das Tor auf … Seine Stimme baut plötzlich merkwürdig ab, versickert gewissermaßen unter dem Umstand, dass dem Alten vor Schreck der Napf aus der Hand gefallen und seinen Uniformmantel völlig mit Suppe besudelt hat. Beide blicken auf das Missgeschick, beide zitternd, der eine vor Wut, der andere vor Schreck. Doch Bruder Peregryn fasst sich sogleich, nimmt geistesgegenwärtig sein Mundtuch ab und hält es dem andern hin.

Der Wasserhahn ist draußen. Er läuft noch, glaub ich …, sagt er hilfreich.

Der SS-Mann starrt auf den Bruder, der irgendwie in heiliger Unschuld vor ihm steht. Dann reißt er ihm fluchend das Tuch aus der Hand und verlässt eilig die Pförtnerloge, um sich draußen zu reinigen.

Kaum ist er weg, greift Bruder Peregryn blitzschnell zum Telefon, steckt eine Verbindung und flüstert in die Sprechmuschel: Sie sind da, Pater Guardian! An der Pforte! Was soll ich tun? – Gut. Ich lass sie herein. Aber verstecken Sie sich! Sie kommen gleich! Er legt den Hörer vorsichtig auf, ergreift einen großen Schlüssel und schlurft hinaus, um das Tor zu öffnen.

Während ihrer langsamen Fahrt durch die Hauptstraße von Niepokalanów passieren die Gestapowagen verschiedene Barackengebäude, die alle einen unbelebten Eindruck machen und verlassen scheinen. Niemand ist in dem ganzen Gelände zu sehen, bis auf zwei Brüder, die in einiger Entfernung einen großen Korb mit Kleidern schleppen; sie lassen ihre Last im Stich und verschwinden sofort, als sie den Konvoi kommen sehen. Erst als sich die Fahrzeuge dem Zentrum des Klosters nähern, kommt ihnen ein einzelner

Bruder entgegen. Mitten auf dem Weg gehend, angetan mit einem frisch gebügelten Habit und mit einem Köfferchen in der Hand, kommt er direkt auf die Wagen zu.

Der SS-Scharführer, der außen auf dem Trittbrett des ersten Fahrzeugs steht, macht eine Geste in der Art, wie man Ungeziefer verscheucht. Der Bruder bleibt stehen und lächelt freundlich, geht aber nicht aus dem Weg.

Gelobt sei Jesus Christus …

Scher dich weg, Mann!, fährt ihn der Scharführer an.

… und die Immaculata!, beendet der Bruder seinen Gruß, geht aber noch immer nicht zur Seite. Die Wagen müssen daher anhalten, der Scharführer springt ab und sticht auf den Bruder zu.

Scher dich sofort weg!, brüllt er. Dann fällt ihm etwas Besseres ein: Zeig uns, wo wir deinen Oberen finden!

Was soll ich zuerst tun? Der Bruder lächelt noch immer.

Der Uniformierte versteht nicht, was die Frage soll, und fühlt sich gefoppt. Er packt den anderen an seiner Kutte und schüttelt ihn.

Wo ist Kolbe? Maximilian Kolbe?

Hier, sagt der Bruder.

Das wissen wir, du Idiot! Aber *wo* hier? Das Kloster ist groß.

Vor Ihnen! Maksymilian zeigt – letzter Klarheit wegen – mit dem Finger auf sich selbst.

Jetzt hört der SS-Mann mit Schütteln auf und lässt den anderen los. Er weicht etwas zurück und taxiert den Bruder genauer, kommt aber nicht ganz klar. Nach dem Steckbrief der Gestapo soll Kolbe einen Bart tragen, aber der hat keinen. Auch sonst sieht er nicht aus wie der Herr eines

Riesenklosters. Trotzdem: Sein Gesicht hat etwas Glaubhaftes …

Du meinst, du bist … Sie meinen, Sie selbst sind …?

Ich bin …!

Der Scharführer macht kehrt und geht rasch zum zweiten Wagen zurück, dessen Fondfenster heruntergekurbelt ist.

Er ist es selbst!, sagt er zu dem Gestapomann in Zivil, der drinnen sitzt und das Ganze beobachtet hat. Der nickt nur, dann reißt der Scharführer den Schlag auf, und im gleichen Augenblick, da der Zivilbeamte aussteigt, quellen auch die anderen Insassen aus den Fahrzeugen, sämtlich uniformiert und im schwarzen Lederzeug der Totenkopf-Brigaden. Nur die beiden Fahrer sind einfache Heeresgefreite der Wehrmacht; sie bleiben mit teilnahmslosen Gesichtern in den Wagen sitzen, während die anderen sich vor Maksymilian aufpflanzen.

Sie heißen Maximilian Kolbe?, fragt der Zivilbeamte.

Ja.

Ich habe einen Schutzhaftbefehl gegen Sie.

Schutzhaft? Was heißt das?, fragt Maksymilian.

Eine Maßnahme der Geheimen Staatspolizei zur Abwehr reichsfeindlicher Bestrebungen.

Wie begründet sich die?

Wenn Sie es genau wissen wollen: durch Erlass des Reichsministers vom 28. Februar 1933, zum Schutz des deutschen Staates und aller sich zu ihm bekennenden Völker.

Und inwiefern betrifft das mich?

Nach dem Ergebnis der staatspolizeilichen Ermittlungen

haben Sie sich konspirativer Tätigkeit schuldig gemacht. Ihr Kloster ist ein Stützpunkt des polnischen Widerstands und dient einigen Angehörigen des politischen Untergrunds als Unterschlupf. Damit gefährden Sie den Bestand und die Sicherheit des Reiches im Rahmen des zitierten Erlasses.

Der Zivilbeamte hat Maksymilians Frage in routinemäßigem Tonfall und mit deutscher Gründlichkeit beantwortet, was seine Begleiter nickend bestätigen.

Maksymilian ist verblüfft. Die plumpe Kaltblütigkeit, mit der man diese fadenscheinige Beschuldigung gegen ihn erhebt und rechtlich abzudecken sucht, macht ihm klar, dass hier reine Willkür herrscht, gespielt nach selbst gemachten Regeln. Da ist kein höheres Gewissen, vor dem sie das Gefühl haben müssten, sich irgendwie zu verantworten. Damit wiederum ist ihnen ohne jede Selbsthemmung alles möglich.

Er blickt die SS-Männer reihum an: Es sind Gesichter, die sich völlig im Recht glauben und die Anklage gegen ihn für bewiesen und schwerwiegend halten. Nur einer von ihnen, ein Sturmscharführer, scheint wie unbeteiligt; er steht verkehrt herum, mit dem Rücken zu Maksymilian, hat seine Hände hinten zusammengefasst, wobei seine nervösen Finger die ganze Ungeduld unter seiner äußeren Gelassenheit verraten. Er dreht sich unvermittelt herum.

Es ist ganz in Ordnung mit Ihrer Verhaftung, Sie dürfen uns das glauben!, sagt er zu Maksymilian. Dann zum Zivilbeamten: Zeigen Sie ihm schon den Haftbefehl!

Der Zivile zieht ein Papier aus der Innentasche seines Trenchcoats, entfaltet es penibel und hält das mit dem Briefkopf, dem Stempel und einer Unterschrift der Warschauer

Gestapozentrale ordentlich versehene Schriftstück dem Pater hin, damit er es prüfe. Doch der beachtet es nicht.

Wollen Sie sich nicht erst überzeugen, ob der Verhaftungsgrund überhaupt zutrifft? Ich führe Sie gern durch Niepokalanów, meine Herren. Sie können alle Gebäude und sämtliche Räume sehen – die meisten stehen leer, weil wir ja nicht mehr arbeiten dürfen. Auch können Sie alle Unterlagen in der Verwaltung einsehen. Was Sie feststellen werden, ist nur, dass wir hier ein Lazarett eingerichtet hatten – für deutsche Soldaten! Es wurde dann aufgelöst, als sich die Front nach Osten verschob. Bitte kommen Sie, und prüfen Sie das selbst!

Unsicher, ob man der Einladung folgen soll, wirft der Zivilbeamte einen fragenden Blick auf den Sturmscharführer, doch der schüttelt kategorisch den Kopf. Also steckt der Zivilbeamte den Haftbefehl wieder ein und wendet sich an Maksymilian.

Gewiss, wir sehen uns Ihr Kloster noch an und prüfen alles, wie Sie sagen – nur etwas später. Ihre Führung ist dazu nicht nötig. Auch bekommen Sie selbstverständlich die Möglichkeit, sich zu verteidigen und Ihre Unschuld zu beweisen, in Warschau, bei Ihrem Verhör durch die Gestapo. Dabei können Sie auch eventuelle Verdienste vorbringen, wie dieses Lazarett, das Sie erwähnten …

Er will noch etwas sagen, wird aber vom Sturmscharführer unterbrochen, dessen Blick auf Maksymilians Köfferchen gefallen ist.

Was hat er eigentlich in diesem Koffer?, fragt er argwöhnisch, und der Zivile gibt die Frage mit einer auffordernden Geste an den Pater weiter.

Ein paar Sachen fürs Gefängnis, antwortet Maksymilian. Wollen Sie sie sehen?

Er sagt das verbindlich, und was er sagt, so spürt man, ist wahr. Auch erkennt man, dass er klar durchschaut, was mit ihm geschieht, und sich längst auf alles vorbereitet hat. Und auf einmal ist alles nur noch schlechte Fassade, die ganze Verhaftung, die Beschuldigung, das Papier mit Stempel, die zwei Wagen voller SS-Leute: Vor der offenen widerstandslosen Haltung des Paters wirkt alles lächerlich und wie ein Schlag in die Luft – so jedenfalls empfindet das der Sturmscharführer und geht mit einmal äußerst missgelaunt zu seinem Fahrzeug und steigt ein.

Kommen Sie mit! Sie sind verhaftet!, sagt der Zivilbeamte jetzt rasch. Er führt Maksymilian zu dem anderen Wagen und lässt ihn im Fond einsteigen, wo ihn zwei Uniformierte in die Mitte nehmen.

Dann wenden die Fahrzeuge und fahren den Weg zurück, wobei sie wieder an den zwei Brüdern mit dem Kleiderkorb vorbeikommen; sie laufen nun nicht mehr weg, sondern stehen bewegungslos da und starren auf die vorbeifahrenden Gestapowagen. Vielleicht ahnen sie, was geschehen ist, denn sie blicken ihrem Oberen nach, den sie schemenhaft erkannten; sie blicken ihm lange nach und schauen noch immer, als die schweren grauen Limousinen schon längst an der Pforte vorbei und auf der Straße in Richtung Warschau unterwegs sind.

Das Verhör

Etwa vierzehn Tage später, in einer Großraumzelle im berüchtigten Pawiak in Warschau, geschieht dann der Vorfall mit dem Rosenkranz. Maksymilian ist einer von sechsundzwanzig Häftlingen, die hier einsitzen und seit Tagen, einige seit Wochen, darauf warten, verhört zu werden. Die Gefangenen tragen ihre Zivilkleidung, denn eigentlich sind sie nur in Untersuchungshaft und dürfen die vage Hoffnung haben, vielleicht wieder freizukommen. Die meisten von ihnen sind Personen aus den gehobenen Kreisen Warschaus, wie man ihnen ansieht, Angehörige der polnischen Intelligenz, der jüdischen Geschäftswelt, der Lokalpolitik, der Bildungs- und Kunstszene.

Maksymilian ist der einzige Pater und Priester in der Zelle. In seinem schwarzen Habit, den er in der Manier der Franziskanerminoriten noch korrekt mit der seitlich gebundenen weißen Kordel mit den drei Gelübdeknoten und der daran befestigten, lang herabhängenden Rosenkranzschnur trägt, hebt er sich auffallend von den anderen ab, was aber – trotz vielleicht manchem religiösen Vorurteil bei dem einen oder anderen – niemanden stört.

Diese Männer haben sich in der Zeit, in der sie hier sind, längst verständigt und von sämtlichen Standpunkten aus die Lage beurteilt, in der sie sich befinden. Und jedem von ihnen ist klar, dass nur das Verhör, das jedem von ihnen bevorsteht, noch eine gewisse Chance bietet, vielleicht davonzukommen.

So durchwarten sie die leeren Stunden, Tage, Nächte, manchmal stehend oder auf den Pritschen sitzend und liegend, dann wieder auf und ab gehend in der Zelle. Und immer wieder hören sie die harten Stiefeltritte der Wachleute auf dem Steinboden draußen im Flur; sie holen Gefangene zum Verhör, zumeist aus irgendwelchen Nachbarzellen, aber manchmal auch einen von ihnen – wie jetzt wieder, als sie das Klirren von Schlüsseln und das Entriegeln ihrer Zellentür vernehmen. Und seltsam genug: In diesem Moment gewinnen diese an sich banalen Geräusche für jeden Gefangenen eine ganz unsinnige Bedeutung.

Dann steht der Aufseher vor ihnen, und der zweite wartet draußen auf dem Flur und blickt in irgendwelche Listen.

Der erste, ein Rottenführer der Waffen-ss, pflanzt sich wichtigtuerisch vor den Inhaftierten auf und schaut sich bedächtig um. Vielleicht ist er Mitte zwanzig oder noch nicht ganz. Er scheint nicht unintelligent, wenn auch ungebildet, und so, wie er dasteht und in provokativer Haltung seinen Auftritt genießt, könnte man meinen, er habe ganz persönlich etwas gegen diese Häftlinge, von denen viele promoviert, jedenfalls aber eine höhere Schulbildung genossen haben.

Kolbe! Zum Verhör!, sagt er endlich, unnötig laut, da ohnehin alle gespannt hinhören. Dann wartet er, bis sich aus der Gruppe die Gestalt Maksymilians löst und nach vorn kommt.

Als der SS-Mann erkennt, dass es ein Pater ist, den er

abzuholen hat, setzt er ein Gesicht auf, als habe er einen besonderen Geruch in die Nase bekommen. Er lässt den anderen herankommen, und in dem Moment, als der Pater ihn passiert und zur Türe gehen will, ergreift er blitzschnell dessen seitlich baumelnden Knotenstrick und reißt ihn zurück wie einen Gaul. Dann fasst er nach dem Rosenkranz, betrachtet mit geheucheltem Interesse das Kruzifix am Ende der Perlenschnur und hält es dem Pater unter die Nase.

Du glaubst daran?, fragt er, und es hört sich wie eine Drohung an.

Ja. Der andere nickt verhalten.

Da holt der Uniformierte aus und versetzt Maksymilian eine kräftige Ohrfeige. Dann hält er ihm das Kreuz noch einmal hin.

Du glaubst noch immer?

Als der Pater wiederum bejaht, trifft ihn ein Faustschlag mitten ins Gesicht und bringt ihn zum Wanken. Da hält ihm der SS-Mann den Gekreuzigten zum dritten Mal vors Gesicht, fragt aber nicht mehr.

Maksymilian nickt; auch er sagt nichts mehr, aber er nickt und blickt dabei dem anderen direkt in die Augen.

Jetzt lässt der Aufseher den Rosenkranz los und schlägt mit beiden Fäusten zu; es sind etliche gezielte Hiebe auf Kopf und Hals, die Maksymilian zum Taumeln bringen, aber nicht zum Fallen; zäh hält er sich aufrecht und wendet dem anderen immer wieder sein ungeschütztes Gesicht zu und versucht ihn anzusehen. Als ihm nach einem weiteren Schlag plötzlich Blut aus der Nase quillt, hört der Aufseher abrupt zu schlagen auf, vielleicht, weil er sich nicht blutig machen will.

Jetzt glaubst du nicht mehr!, sagt er zu Maksymilian und grinst. Jetzt, wo deine Muttergottes dir helfen soll und es nicht tut!

Der junge SS-Mann wischt sich mit seinem Taschentuch über die Hände und meint den Pater genügend belehrt. Da zupft ihn dieser am Arm.

Doch, sagt er. Doch! Sie hilft immer!

Im Nu schießt da ein unbändiger jähzorniger Hass in dem anderen hoch. Blindwütig stürzt er sich auf den Pater und will ihn gänzlich niederschlagen, da unterbricht ihn ein scharfer Anruf. Der zweite Aufseher, ein Unterscharführer, ist in die Zelle getreten und reißt den Untergebenen zurück.

Bist du verrückt, Kamerad?

Der verdammte Pfaffe!, sagt der Rottenführer. Er hat mich herausgefordert! Da wollte ich ihn ein bisschen –

Aber doch nicht vor dem Verhör! Nicht *davor*, du Idiot! Los, hilf ihm! Er kann ja kaum gehen … Und putz ihm das Blut vom Gesicht!

Wieso denn ich? Soll doch der Sanitäter kommen!

Weil der Obersturmführer wartet, Kamerad – jetzt wartet! Es ist deine Sache, ihn sofort vernehmungsfähig zu machen! Das ist ein Befehl!

Er geht hinaus auf den Flur und lässt den Rottenführer allein zurück. Der blickt auf den Pater, der mit geschlossenen Augen an der Wand lehnt, bleich und blutig im Gesicht. Als der SS-Mann auf ihn zugeht, knicken Maksymilians Knie plötzlich ein, und er rutscht langsam zu Boden.

Verdammt noch mal, murmelt der Aufseher und wird nun selber bleich und wirkt ziemlich hilflos. Er beugt sich nieder, tätschelt die Wangen seines Opfers, hebt einen Arm hoch, der wieder niederfällt …

Gleich ohnmächtig werden! Der SS-Mann schüttelt den Kopf. Hab dir doch nur einen kleinen Klaps gegeben, mehr zum Spaß … Er schaut sich hilfesuchend in der Zelle um und gewahrt die anderen Gefangenen; sie sind während der Schlägerei zurückgewichen, in den entferntesten Winkel der Zelle, und blicken von dort ängstlich zu ihm herüber. Der Uniformierte steht auf.

Warum hilft mir denn keiner?, ruft er den Häftlingen zu, und als die nicht reagieren, schreit er: Kommt sofort her, ihr Hunde! Er ist doch einer von euch, ihr müsst ihm jetzt helfen! Als sich die Gefangenen noch immer nicht rühren, geht er auf sie zu.

Da sieht man, was ihr Polen taugt, ihr verdammten Akademiker und Juden! Viel Wissen im Hirn, viel Habgier in der Brust, aber Angst im Hintern! Wundert mich gar nicht, dass ihr eingelocht seid und der Führer euch weghaben will.

Der SS-Mann unterbricht sich unvermittelt, weil ihm etwas einfällt. Er geht rasch zur Zellentür, wirft einen Blick hinaus in den Flur, wo sein Vorgesetzter im Augenblick nicht zu sehen ist. Dann eilt er zu Maksymilian, kniet vor ihm nieder und zieht aus seiner Uniformjacke eine flache Taschenflasche aus Messing heraus. Flink beträufelt und bestreicht er Stirn, Schläfen, Nase und Halsschlagader des Paters mit polnischem Wodka. Als Maksymilian sich zu regen beginnt, flößt er ihm tropfenweise etwas von dem hochprozentigen Lebenselixier ein.

Musst das nicht übelnehmen, Pater, murmelt er. War nicht so gemeint, ist nur mit mir durchgegangen, ungewollt. Hätte auch gar nicht passieren müssen, wenn du nicht so stur gewesen wärst. Wie kann man sich nur so verbeißen und sich einsetzen wollen für einen Rosenkranz, für so ein albernes Ding für alte Muttchen! Musst dir das abgewöhnen, wenn du gesund bleiben willst hier bei uns ... Nun mach schon, komm zu dir! Ist doch nicht so schlimm, wie's aussieht – ist nie so schlimm! Und wer weiß, vielleicht kommst du sogar frei. Wie sollen wir dich aber verhören, wenn du schon vorher schlappmachst. Also komm, steh jetzt auf, ich helf dir ...

Wenig später bewegen sie sich vorsichtig den Flur entlang zum Verhörzimmer: Maksymilian, der in kleinen Schritten leicht wankend vorwärtsgeht, geführt und fürsorglich gestützt vom Aufseher. Der Flur ist breit und sehr lang und hat auf einer Seite schmale vergitterte Fenster, eingelassen in eine dicke Mauer. Durch sie blickt man auf den Hof des Pawiak, des alten polnischen Staatsgefängnisses, das jetzt die Zentrale der Gestapo ist. Hier herrscht reges Treiben, Gestapofahrzeuge fahren ein und aus, Lastkraftwagen der deutschen Wehrmacht bringen oder holen Häftlingsgruppen, dazwischen bewaffnete SS-Leute in schwarzen und grünen Uniformen, die die Gefangenen beaufsichtigen. Über all dem aber sieht man den Ausschnitt eines novembergrauen, schwer lastenden Himmels.

Als die beiden im Vorraum des Verhörzimmers ankommen, möchte sich Maksymilian auf eine der Wartebänke setzen, die links und rechts neben einer gepolsterten Türe aufgestellt sind. Doch der Aufseher lässt das nicht zu. Im Gegenteil, er stellt den Häftling vor der Türe hin und lässt ihn versuchsweise ein wenig los, um zu sehen, ob er sich schon allein aufrecht halten kann.

Es geht schon, sagt Maksymilian und steht, nicht ohne Anstrengung, gerade wie eine Kerze.

Gut, sagt der Aufseher befriedigt. Just in diesem Moment knicken die Beine des Häftlings ein, und er stürzt gegen die Tür, doch der andere fängt ihn auf.

Reiß dich zusammen, Pater!, schimpft er gedämpft. Wenn du jetzt einen siechen Eindruck machst, bist du erledigt. Der Obersturmführer ist hundertprozentig auf Linie, er kann nichts Schwaches vertragen, überhaupt nicht! Also steh gerade! Komm, wir versuchen es noch mal.

Er stellt den Häftling wieder hin, lässt ihn dann wieder los, und jetzt hält er sich schon besser und sicherer aufrecht, wie man sieht.

Geht es?, fragt der Aufseher, und als Maksymilian antworten will, unterbricht er ihn: Sag kein Wort! Das schwächt nur, und reden kannst du da drin noch genug. Jetzt steh nur, sonst gar nichts! Und *bleibe* stehen!

Und in der Tat: Der Häftling gehorcht, er steht, er steht noch immer, er wankt nicht mehr, er bleibt wirklich und endgültig stehen.

So ist's gut!, sagt der Aufseher erleichtert. Er blickt den andern mit einmal milde an, und etwas wie Anteilnahme scheint ihn zu überkommen.

Hör meinen Rat, Pater: Wenn du da drin bist, sei nicht stur! Hab keine eigene Meinung und keinen eigenen Willen, das mag man hier nicht! Gib nach, wenn es ums Leben geht – und hier geht's immer ums Leben!

Als der SS-Mann jetzt an der Türe horcht und anklopfen will, wird diese von innen aufgerissen; ein Häftling, von seinem Aufseher brutal gestoßen, stürzt heraus und klammert sich, um nicht zu fallen, an Maksymilian. Einige Momente lang ringen beide ums Gleichgewicht, taumeln gemeinsam durch den Raum, bis sie in einer Ecke Halt finden und endlich Stand gewinnen. Als sie sich voneinander lösen, erkennen sie sich sofort: Maksymilian den Reporter und dieser den Guardian von Niepokalanów, der ihn vor wenigen Monaten durch sein Kloster geführt hat.

Der Herr sei mit dir!, flüstert Maksymilian.

Der Reporter lächelt mühsam.

Ich bin nicht religiös, wie Sie wissen.

Er ist trotzdem mit Ihnen!

Der Reporter schüttelt den Kopf. – Ich merke nichts davon. Deshalb bin ich Sozialist. Ich glaube daran, dass wir die Welt selbst verändern müssen, ohne Gott!

Das glauben die hier auch! Sie sehen, was dabei herauskommt – ohne Gott!

Der Zeitungsmann versteht und ist für einen Moment nachdenklich. Dann sagt er rasch:

Jedenfalls bin ich einig mit Ihnen, dass wir für etwas Höheres leben sollen, für ein Ideal, dem wir uns aufopfern. Leider schaffte ich es nicht, auf kleiner Flamme zu verbrennen, ich konnte den Mund nicht halten …

In diesem Augenblick wird er von hinten gepackt und zurückgerissen. Maksymilians Aufseher zerrt den Reporter wütend von seinem angeschlagenen »Schützling« weg.

Lass ihn los, du Hund!, sagt er und hebt die Hand, um dem Journalisten eins zu versetzen. Doch der fällt ihm abwehrend in den Arm.

Beruhigen Sie sich! Ich werde in wenigen Minuten erschossen!

Der SS-Mann starrt den Häftling an, dann lässt er den Arm sinken und wendet sich dem Pater zu. Während er ihn behutsam vor sich herschiebt, durch die Türe ins Verhörzimmer hinein, wird der Reporter vom anderen SS-Mann abgeführt, den langen Flur zurück bis zu einem Gang, der zur Exekutionskammer führt.

Im Verhörraum stehen der Häftling und sein Aufseher vor dem Tisch des leitenden Verhöroffiziers, eines SS-Obersturmführers; er dürfte Anfang der Dreißig sein, hat ein schmales Gesicht mit hoher Stirn, darüber dünnes und so fahles Haar, dass man ihn auf den ersten Blick für glatzköpfig hält. Auch die Brauen über den wasserhellen, etwas eng zusammenliegenden Augen sind kaum sichtbar. Trotz des überheizten Raums hat der Offizier seine Uniformjacke korrekt bis oben hin zugeknöpft und sitzt in einem pompösen Sessel vor einem ebenso aufwendigen Tisch – vielleicht noch Einzelstücke des Originalmobiliars aus der langen Vergangenheit des altehrwürdigen Gefängnisses. Hinter dem Offizier, an der Wand befestigt, ein Bild Adolf Hitlers über zwei gekreuzten Flaggen mit dem Hakenkreuz und dem Emblem der Waffen-ss.

Ein kleinerer Tisch mit Schreibmaschine steht an der Fensterwand des großen Zimmers; an ihm sitzt ein sehr junger Rottenführer in dr Funktion eines Sekretärs. Im Augenblick tut er nichts und hat sich in seinem Drehsessel so gedreht, dass er die Rückseite einer Zeitung lesen kann, die ein anderer weit ausgefaltet vor sich hält. Es ist der Gestapo-Zivilbeamte, der Maksymilian verhaftet hat, und der nun neben dem Fenster steht, mit der Schulter an die Wand gelehnt, und Zeitung liest. Er nimmt den Eintritt des neuen Häftlings nicht wahr und blickt erst auf, als dessen Name genannt wird.

Kolbe, Maksymilian, Herr Obersturmführer!

Der Aufseher hat sich etwas über den Tisch gebeugt und sagt das merkwürdig leise und gedämpft, als wolle er seinen Häftling nicht irgendwie erschrecken und etwa sein labiles Standvermögen psychisch unterminieren. Er geht auch nicht, wie sonst üblich, gleich zur Türe zurück, nimmt dort Haltung an und wartet so das Verhör ab, sondern bleibt in Tuchfühlung mit seinem Häftling und steht dabei so knapp und konturengleich bei ihm, dass es aus der Sicht des Verhöroffiziers so erscheint, als ragten zwei Köpfe aus dem schwarzen Habit des Paters: ein unrasierter bleicher, mit Blutspuren unter der Nase, und ein rötlich-runder mit Stahlhelm schräg darüber.

Sind Sie seine Mutter?, fragt der Obersturmführer ironisch den Aufseher. Der versteht gleich, was der Vorgesetzte meint, und zieht sich bangen Gemüts zur Türe zurück.

Also Sie sind der Herausgeber des *Ritters*, wendet sich der Verhöroffizier jetzt an Maksymilian, Verleger und Chefredakteur dieser kuriosen Blätter! Er mustert den Pater interessiert. Ich meine, Sie waren es. Leider mussten wir Ihre Arbeit unterbrechen, denn Sie haben in Ihren Zeitungen etwas hetzerische und deutschfeindliche Propaganda betrieben, hauptsächlich in Ihrem *Tageblatt*. Sie haben darin einige Artikel abgedruckt, die eindeutig gegen das Reich und seine Wehrmacht Stellung beziehen. – Ich habe diese gewissen Ausgaben hier und kann sie Ihnen als Beweis vorlegen.

Er öffnet zwei, drei Schubladen seines Schreibtischs, holt etliche Zeitungsexemplare heraus und wirft sie über den Tisch hin auf die Seite des Häftlings.

Ich habe nie gegen jemanden hetzerisch geredet oder geschrieben, sagt Maksymilian und ignoriert die Zeitungen vollständig. Auch nicht gegen die Deutschen!

Vielleicht nicht Sie selbst, Pater, aber Ihre Redakteure, für die Sie verantwortlich sind, erwidert der andere.

Auch meine Redakteure sind Minderbrüder wie ich selbst. Unsere Lebenshaltung verbietet uns jegliches Verhetzen und Verurteilen. Der Geist, aus dem wir schreiben und handeln, gebietet uns, mehr *für* etwas zu sein als *gegen* etwas.

Der Offizier lacht spöttisch und deutet auf die Zeitungen, die auf dem Tisch liegen.

Muss ich Ihnen wirklich vorlesen, was in Ihren Zeitungen steht? Es sind die letzten Ausgaben vor Polens Befreiung. Sie warnen darin immer wieder vor einer deutschen Aggression und rufen die Bevölkerung auf, endlich *aufzuwachen* und die drohende Kriegsgefahr ernst zu nehmen. Kurz, Sie schürten mit Ihren Artikeln das polnische Nationalgefühl und setzten sich für eine mentale Haltung ein, die eindeutig gegen uns und unsere Intentionen gerichtet war.

Sie war nicht gegen die Deutschen, sie war nur gegen den Krieg gerichtet, wirft Maksymilian ein.

Das ist es! Sie sprechen noch immer von Krieg! Das ist falsch. Wir kamen nach Polen, um Ihre Regierung aus den Fängen des internationalen Judentums loszueisen, das heißt, aus dem Wirtschafts- und Finanzeinfluss des kapitalistischen Westens. Außerdem sichern wir Ihr Land vor der russischen Bedrohung von Osten. Wir kamen als Befreier und Beschützer!

Maksymilian reagiert nicht auf diese Worte. Stattdessen versucht er, die Dinge aus dem Geist des Ganzen zu erklären, wobei er sich auf einmal sichtbar belebt; das Gesicht überzieht sich mit einer leichten Röte, die starre verkrampfte Haltung lockert sich, die Hände beginnen in kleinen prägnanten Gesten seine Worte zu unterstreichen.

Ich kann nur sagen: Meine Zeitungen dienten dem allgemeinen Wohl der Menschen, dem Frieden und dem Verständnis zwischen den Völkern, zwischen den Menschen untereinander und zwischen den Menschen und Gott. Ich behandelte immer nur menschliche und menschheitliche Fragen, und ich behandelte sie nie politisch, sondern ethisch, philosophisch, theologisch. Wenn Sie meine Zeitungen als Ganzes beurteilen, und nicht nur nach einzelnen Worten in den letzten Ausgaben, dann werden Sie zugeben, dass es mir stets nur auf den religiösen Aspekt der Themen ankam –

Religiös!, unterbricht ihn der Verhöroffizier und verzieht leicht den Mund. Das ist ein dehnbarer Begriff. Was verstehen Sie darunter?

Maksymilian tritt nah an den Tisch heran, hinter dem der SS-Führer sitzt, beugt sich etwas vor und blickt dem anderen direkt in die Augen. Dann spricht er mit einer leisen, merkwürdig suggestiv wirkenden Stimme.

Sie und ich – wir alle hier in diesem Raum – werden in fünfzig Jahren nicht mehr leben, spätestens! Dann haben alle Probleme des Hier und Jetzt ein Ende, und es bleibt nur noch die Frage, ob und wo wir dann sind, und in welchem Zusammenhang das steht mit dem Leben, das wir hier geführt haben. Jede Stunde, jede Minute nähern wir uns diesem Zeitpunkt – dem Augenblick der Wahrheit! Das, zum Beispiel, ist ein Thema, wie ich es häufig in meinen Zeitungen behandelt habe.

Für einen Moment ist es still. Alle im Zimmer haben zugehört und sind irgendwie – vielleicht von einem bestimmten Wort, vielleicht von einem bestimmten Ton in der Stimme des Paters – seltsam berührt worden. Dann lässt der Zivilbeamte, der am Fenster steht, plötzlich seine Zeitung sinken, drückt sie dem Sekretär in die Hand und geht auf Maksymilian zu.

Mag sein, Sie haben sich wirklich nur um Gott und um *Sitte und Moral,* wie man das nennt, gekümmert und darüber geschrieben. Aber diese Begriffe sind relativ, und wir kennen den Zusammenhang zwischen religiöser Beeinflussung und politischer Auswirkung sehr genau – wir kennen ihn so gut, wie die Kirche selbst ihn kennt und seit je in ihrem Sinne benützt. Auch Sie haben mit Ihren Zeitungen – wenn auch mehr indirekt und mittelbar – den polnischen Nationalismus und Patriotismus unterstützt und damit den Widerstand gegen das Reich. Da Sie so für die Wahrheit sind, werden Sie das wohl nicht abstreiten!

Der Gestapomann ist in einem Bogen hinter dem Rücken des Häftlings herumgegangen und blickt ihn nun von der Seite an. Der aber lässt den Kopf sinken; ihm ist endgültig klargeworden, dass hier alles, was und wie er es auch sagt, umgedeutet und gegen ihn verwendet wird – kein seriöses Verhör ist gemeint, sondern ein Spiel, eine Selbstdemonstration und Selbstrechtfertigung der Macht, deren Bedürfnis, im Recht zu sein, mit dem Unrecht wächst, das sie schafft. Maksymilian blickt vor sich auf den Boden und sagt nichts mehr.

Der Zivilbeamte registriert die Resignation des Paters nicht ohne Genugtuung und ändert jetzt seine Haltung. Er gibt sich plötzlich jovial, legt dem Häftling sogar für einen Moment die Hand auf die Schulter und lächelt fast freundlich.

Dennoch glauben wir Ihnen, Pater, und wollen Ihren guten Willen nicht bezweifeln. Auch nicht Ihre Fähigkeiten als Herausgeber und Zeitungsmann. Wir schätzen Ihre Tüchtigkeit! Und wir würden das sogar noch mehr tun, wenn Sie uns einen Beweis Ihrer völkerverbindenden Haltung geben könnten!

Der Gestapomann spricht nicht weiter. Er ist zu einem der Fenster gegangen, blickt interessiert in den Hof hinunter und scheint das Verhör vergessen zu haben. In der Pause, die nun eintritt, regt sich in Maksymilian mit einmal eine verschwommene Hoffnung, eine vage aufkeimende Zuversicht, vielleicht bald nach Niepokalanów zurückkehren und wieder arbeiten zu können. Er blickt auf den Zivilbeamten, der abwesend scheint, dann auf den Obersturmführer.

Was meint er?

Sie haben einen deutschen Namen, sagt der Obersturmführer bedeutsam. Ein gutes Omen! Wenn Sie dazu noch Deutscher wären, könnte ich Sie entlassen! Sofort!

Wie … Wie soll das gehen?

Ganz einfach!, schaltet sich jetzt wieder der Zivilbeamte ein und stellt sich vor Maksymilian auf. Das Reichssicherheitshauptamt bietet Ihnen die deutsche Staatsangehörigkeit an. Sie sind frei, wenn Sie annehmen! Und Sie können ab sofort wieder Ihren Verlag betreiben und Ihre Zeitung herausgeben. Natürlich unter gebührender Berücksichtigung der deutschen Interessen. Aber das sind ja dann auch die Ihren – wenn Sie wollen!

Während der Beamte die Reaktion des Paters beobachtet, hat der Obersturmführer einen fix und fertig vorbereiteten Ausweis zur Hand genommen und blättert darin.

Sie haben Glück!, sagt der SS-Offizier. Ihr neuer Ausweis ist schon da. Sie können ihn gleich mitnehmen. Er lautet auf den Namen Kolbe, Maximilian. Beruf: Redakteur und Verleger. Staatsangehörigkeit …?

Er schweigt und fordert Maksymilian mit kühl-lauerndem Blick auf, zu antworten und sich zu bekennen. Auch der Aufseher und der Sekretär, und natürlich der Gestapo-Zivilbeamte, blicken jetzt auf den Pater und scheinen für diesen Moment an seinem Schicksal persönlich interessiert.

Für ihn aber, den es eigentlich betrifft, rückt alles plötzlich in weite Ferne: der Schreibtisch vor ihm, der Offizier dahinter, die gekreuzten Flaggen und das Hitler-Bild darüber, die starrenden Gesichter der anderen, seine eigene Körperlichkeit – rückt in die Ferne nicht zeitlich und räumlich, sondern auf geistige Art, die, auf einer anderen Bewusstseinsebene, zugleich äußerste Nähe ist. Dem Einzelnen entrückt, dem Ganzen ganz nah, mitten im Geschehen und doch himmelweit darüber, so erfährt Maksymilian eine seltsam unberührte Seelenlage, in der alle Gegensätzlichkeit und Streitbarkeit der Welt aufgehoben scheint. Nur einen Augenblick lang dauert das nach der gewöhnlichen Zeit, dann ist der Pater wieder der Häftling Kolbe, der eine Frage zu beantworten hat.

Pole, sagt er. Und er sagt es so, als ginge es nur um eine formale Feststellung seiner Personalien. Dann, als der SS-Offizier den Ausweis zuklappt und den Häftling noch einmal anblickt, noch einmal und endgültig eine Entscheidung fordernd, lächelt Maksymilian.

Pole, wiederholt er.

Da zieht der andere den Papierkorb ein wenig unter dem Tisch hervor, hält den Ausweis demonstrativ darüber, zerreißt ihn mit einer symbolträchtigen Geste und lässt die Teile fallen. Im gleichen Moment stellt der Sekretär seine übliche Routinefrage.

Liquidieren?

Der Verhöroffizier legt zuerst die Akte weg, die vor ihm auf dem Tisch liegt, ergreift eine neue und schlägt sie auf.

Auschwitz, sagt er dann. Der Nächste!

Jetzt reißt der Aufseher die Tür auf und will seinen Häftling hinausführen. In diesem Augenblick hört man, gedämpft, doch gut vernehmbar, den Widerhall eines Schusses von irgendwo. Maksymilian hält inne, schließt die Augen, murmelt etwas wie ein Stoßgebet, dann stößt ihn der Aufseher ins Vorzimmer hinaus, wo schon ein anderer Aufseher mit dem nächsten Häftling wartet.

Der KL-Häftling

In der Nacht ist der erste Schnee gefallen, dünn, trocken, nicht sehr viel bei der niedrigen Temperatur, aber genug, um den Appellplatz des Lagers mit einer geschlossenen weißen Schicht zu bedecken; sie liegt nicht hoch, die Holzpantinen der Häftlinge, die auf dem Platz angetreten sind, sinken gerade nicht so tief ein, dass ihre Füße im Schnee stehen. Aber es ist kalt an diesem Dezembertag 1940, und sie frieren natürlich, die dastehen und Neuankömmlinge sind im Stammlager des Konzentrationslagers Auschwitz. Eigentlich heißt es ja Oświęcim, nach der nahen Stadt, von der das Lager nur wenige Kilometer entfernt liegt – in der Gabelung der Flüsse Weichsel und Sola in der südwestlichen Ecke Polens.

Von dem Platz aus, an dem Maksymilian steht, eingereiht in eine Gruppe von vielleicht dreihundert Mithäftlingen, kann er recht gut einen der Wachtürme sehen, von denen das Lager umgeben ist; es sind stabil gebaute, quadratische Holztürme, in Stockhöhe allseitig mit großen Sichtfenstern versehen, hinter denen dann und wann die Silhouetten der Wachmänner zu sehen sind. Eine Betonmauer, übermannshoch, die oben mit einer Stacheldrahtbespannung abschließt, verläuft wenige Meter hinter der Linie der Wachtürme. Davor befindet sich der Bereich der doppelreihig gezogenen, elektrisch geladenen Zaunanlage, und wiederum davor, auf der Lagerinnenseite und als erste Stufe des Sicherungssystems gedacht, der Warnzaun; er ist nur hüfthoch und in Abständen mit kleinen Schildern versehen, die einen Totenkopf zeigen mit der Warnung: HALT! STOI!

Maksymilian sieht das, nimmt alles um sich herum genau wahr, aber es bewegt ihn nicht, nicht mehr. Vielleicht, weil er kraftlos ist in diesem Moment, unsäglich müde und erschöpft, vielleicht auch, weil er es schon bis zur Verzweiflung durchgekostet hat, dieses denkende, fühlende, entsetzliche Umkreisen und Erkennen seiner neuen Situation – in der vergangenen Nacht und den Tag davor, während des Transports hierher.

Sie waren gestern am Vormittag vom Pawiak zum Bahnhof in Warschau gebracht und dort in Güterwagen verladen worden, siebzig bis achtzig Gefangene in einen Waggon, Männer und Frauen, Polen und Juden gemischt. Man konnte darin nicht umfallen, so dichtgedrängt standen sie, aber dadurch ließ sich die Kälte gerade ertragen, weil jeder Waggon gewissermaßen ein Organismus war, der in sich lebte und pulsierte und sich durch sich selbst wärmte. So standen sie stundenlang auf einem Abstellgleis und mussten auf einen Zug mit Häftlingen aus dem Osten Polens warten, an den sie angehängt wurden.

Als es Abend wurde, waren sie dann endlich unterwegs; das Fahren wurde von allen als Erleichterung empfunden, obwohl ihnen jetzt zunehmend der Hunger zu schaffen machte. Seit dem Vorabend hatten sie ja nichts mehr zu essen bekommen, und man sagte ihnen auch, warum: damit beim Transport möglichst keine Ausscheidungsbedürfnisse entstünden. Sie entstanden aber doch, denn einige Gefangene reagierten auf die Unterkühlung und die ganze unerträgliche Situation mit heftigem Durchfall. Nach einiger Zeit war die Luft in den Waggons fast nicht mehr zu atmen; ein unbezwinglicher Drang, sich zu übergeben, plagte fast alle, und vielen gelang es nicht, sich zu beherrschen; so, wie sie gerade standen, übergaben sie sich auf den Nebenmann. Natürlich war es nicht viel, was sie von sich gaben, hauptsächlich Magensäure, aber die roch scharf und ätzend. Dies, und auch die zunehmende Erschöpfung der psychischen Kräfte während dieser endlos scheinenden Fahrt, führte zu immer heftigeren Reaktionen und tätlichen Angriffen, wenn jemand seine Ausscheidungen nicht mehr zurückhalten konnte, sich erbrechen musste oder nur einfach aus Übermüdung und Schwäche zu Boden sank und so mehr Platz beanspruchte als die anderen, die standen.

In den folgenden Nachtstunden nahm dann die allgemeine Demoralisierung noch zu, und einige verloren jede Selbstbeherrschung: Zur gleichen Zeit, da besonders geschwächte Häftlinge erdrückt oder regelrecht erwürgt wurden, machten sich andere an den Frauen zu schaffen und paarten sich; das alles geschah in völliger Dunkelheit, war aber deutlich wahrnehmbar durch das Fluchen, Schreien, Stöhnen – durch all die Laute des Schmerzes und der Gewalttätigkeit, der Wollust und des Sterbens.

Es war kein Vorteil, dass man nicht sehen konnte, was geschah, fand Maksymilian zuerst, denn so konnte man nirgends vermittelnd eingreifen oder irgendwie helfen, obwohl er anfangs versuchte, es zu tun. Schließlich erkannte er, dass hier keine Hilfe mehr gefragt war, kein tätiges Mitleid im Einzelnen. Was blieb, war, diese furchtbare Entmenschlichung des Menschen überdeutlich zu erfahren und vollbewusst zu erleiden, dabei die eigene Ohnmacht zu ertragen und das Urvertrauen zum Leben nicht einstürzen zu lassen. Fern aller theologischen und philosophischen Kenntnisse ging es für Maksymilian hier nur noch darum, einen ganz einfachen, fast trotzigen Glauben an einen Gott, der gut ist, zu bewahren, entgegen allem äußeren Anschein. So reduzierte sich sein Beten auf eine Frage, die stellvertretend schon der Erste aller Christen gestellt hat:

Als Deine Geschöpfe, die wir doch sind: *Warum hast Du uns verlassen?*

Manchmal, in früheren Zeiten, hatte er geglaubt, die Antwort zu begreifen, das »Weil« zu kennen, und er hatte auch manchen Vortrag darüber gehalten. Aber in dieser Nacht hielt nichts stand, was er je über Gott und den Menschen gedacht und gelesen, gelernt und gelehrt hatte – alles fromme Wissen half nicht mehr, bot keine Kraft und nicht den geringsten Trost.

Und dann kamen sie doch noch an, noch in der Nacht. Der Zug hielt vor einer besonderen Rampe. Angestrahlt von Scheinwerfern, die die Augen blendeten, wurden sie entladen und von der Lagerwache übernommen: vierhundert oder mehr Häftlinge waren es, die auf die Rampe hinausquollen, sich in einer Reihe aufstellten und von SS-Leuten *sortiert* wurden, das hieß, die Frauen, die Alten und die sichtbar Geschwächten wurden ausgemustert und gesondert weggeführt. Übrig blieben die arbeitsfähigen Männer; von ihnen mussten einige sogleich die Toten und Bewusstlosen, die noch in den Waggons waren, herausholen und nebeneinander auf die Rampe legen, wo sie ein SS-Mann durchsuchte, offensichtlich auf Wertsachen, die er bei einigen fand. Dabei waren alle Geräusche sehr gedämpft, selbst die Kommandorufe der Wachen, denn ein dichter, trockener, kleinflockiger Schnee fiel auf das Ganze herab und deckte in kurzer Zeit alles zu.

Den Rest der Nacht verbrachten sie in einer leeren Baracke, auf dem Bretterboden liegend oder sitzend, aber kaum schlafend. Zwar hatten sie jetzt Platz genug, doch dafür war es hier sehr viel kälter als in den Waggons, und zu essen gab es noch immer nichts.

Erst in den Morgenstunden erfolgte dann die reguläre Aufnahme und Registrierung des Transports. Die Neuankömmlinge mussten ihre Zivilkleidung, ihre Wäsche, ihre Wertsachen, ihre Ausweise abliefern; man steckte alles in Papiersäcke, auf denen eine Nummer vermerkt war, die dem Häftling in Form eines kleinen Kärtchens übergeben wurde.

Maksymilian fragte, wohin die Sachen kämen.

In die Effektenkammer, sagte der Häftling, der die Säcke zuschnürte. Es war ein sogenannter *Funktionshäftling*, auch *Kapo* genannt, dem die Lagerführung aus bestimmten Gründen das Privileg einer besonderen Funktion im Lager einräumte. Dieser hier war freundlich gesinnt und versicherte Maksymilian, dass die Sachen gut verwahrt würden und jeder alles ordentlich zurückbekäme bei seiner Entlassung.

Den Sachen selber geschieht hier nichts, sagte er zum Abschluss und blickte den Pater merkwürdig an. Dann wandte er sich dem nächsten Häftling zu.

Dieser, ein etwas beleibter älterer Mann, der dem Aussehen nach ein Händler sein mochte, wirkte sehr verängstigt und weigerte sich, sich auszuziehen und seine Kleider abzugeben. Der Funktionshäftling sah ihn nur an und wusste gleich, warum er nicht wollte. Er rief einen Kollegen von der Aufsicht herbei, und auch der wusste gleich, worum es ging, und drohte dem Gefangenen mit dem Schlagstock.

Pack aus!, befahl er.

Der Gefangene tat zuerst so, als verstünde er nicht, was man von ihm wolle. Da hob der Kapo den Stock und versetzte ihm einen Schlag auf den Rücken, worauf der Häftling mehrere Bündel Geldscheine aus verschiedenen Innentaschen seines Kittels holte; er glättete sie, legte sie nebeneinander und schön ausgerichtet auf den Tisch, auf dem die Wertsachen abzulegen waren.

Zählen Sie es bitte! Ich möchte eine Quittung!, sagte er mit weinerlicher Stimme.

Da versetzte ihm der Kapo einen zweiten Schlag und sagte wieder: Pack aus!

Der Häftling, der vielleicht wirklich ein Händler war, machte jetzt ein Gesicht, als verspüre er einen schlimmen Schmerz. Zugleich holte er aus den tiefsten Tiefen seines Gewands einen satten Beutel mit etwas Schwerem hervor, und als er ihn ausleerte, war es eine Menge glänzender Goldmünzen.

Bitte eine Quittung!, heulte der Geschäftsmann wiederum. Aber der Kapo drohte ihm nur die Prügelstrafe an, fünfundzwanzig auf den blanken Hintern, wenn er sich nicht sofort auszöge und weiterginge. Da gehorchte er, trennte sich wehen Herzens von seinen Schätzen, zog sich rasch aus und eilte den anderen nackten Gestalten nach.

So entblößt gelangten sie in den Friseurraum, wo man ihnen die Haare abrasierte, überall, wo Haare sind. Man tat das mit ziemlich stumpfen Messern und Scheren, was manchmal äußerst schmerzhaft war und einige heftig blutende Wunden verursachte; einer von den Friseurhäftlingen, der schmutziger aussah als die anderen, desinfizierte sie mit einem Lappen und einem Eimer mit Flüssigkeit, die nach Karbol roch und übel brannte. Im Anschluss kam dann das, was Maksymilian noch am angenehmsten in Erinnerung behielt: das Brausebad. Alle Gefangenen stillten hier endlich ihren Durst, den sie weit schlimmer als ihren Hunger empfanden. Ausgiebig und wohltuend lange durften sie brausen und ließen sich das Wasser wärmend, lösend, beruhigend über die Leiber fließen, und fast schien es, als hätte sie der *Sauna-Uscha* vergessen – der Unterscharführer, der die Brausen beaufsichtigte. Doch dann kam er wieder und trieb sie in die Kleiderausgabe; sie war in einem anderen Gebäude untergebracht, und die Häftlinge mussten, nackt wie sie waren, hinaus in den Schnee und da gruppenweise warten, bis sie an die Reihe kamen. Nun wussten sie auch, warum man sie so lange unter der Brause sich aufwärmen ließ!

Im Laufschritt ging es dann durch die Kleiderkammer, vorbei an einigen in ihren Belangen offensichtlich erfahrenen Funktionshäftlingen, die ihnen Teile der Lagerausrüstung nach Augenmaß zuwarfen: gestreiftes Drillichzeug mit Mütze, Holzpantinen, etwas Wäsche. Man zog sich rasch an, und bei den meisten passte die Kluft tatsächlich.

Als Nächstes kam die Registrierung: Jeder Neue musste einen Häftlings-Personalbogen ausfüllen, der nicht nur Angaben zur Person, sondern auch solche über die nächsten Angehörigen verlangte. Dieser Bogen bekam eine laufende Nummer – die Häftlingsnummer des Gefangenen, die er von nun an, aufgedruckt auf ein Stück Leinen, gut sichtbar an seiner Kluft zu tragen hatte.

Maksymilian erhielt die Nummer 16670, dazu die Kennzeichen seiner Häftlingskategorie: ein großes P für *Pole* und ein rotes, auf die Spitze gestelltes Dreieck für *Politischer Häftling* oder *Priester.*

Ihre erste Aufgabe war dann, sich diese Kennzeichen selbst anzunähen, auf die linke Jackenbrust und die rechte Hosennaht des Streifenanzugs. Das geschah, als sie bereits in ihrem Wohnblock waren und ihre Schlafplätze bezogen hatten; es waren dies dreistöckige Holzpritschen mit Strohsäcken, und Maksymilian, der sich sehr geschwächt fühlte, suchte sich eins von den begehrten unteren Betten aus. Dass er überhaupt eins fand, war Glück, und beinahe hätte er es wieder verloren, weil einer, der nach ihm gekommen war, es für sich haben wollte. Dieser Häftling, ein kräftiger Bursche, schob Maksymilian einfach beiseite, nahm dessen Sachen von der Pritsche, warf sie auf den Boden und setzte sich selber aufs Bett – tat es, ohne ein Wort dabei zu sagen.

Maksymilian wollte schon gehen und sich ein anderes Bett suchen, als plötzlich dieser Junge neben ihm stand, der dann nicht mehr von seiner Seite weichen wollte: ein kleiner, aber athletisch gebauter jüdischer Jüngling war es, noch keine zwanzig, wie er aussah, und mit einem Gesicht, sanft und arglos wie ein Schaf.

Wollen Sie das Bett noch haben?, fragte er den Pater und zeigte auf die Pritsche, die sich der andere Häftling eben so grobschlächtig angeeignet hatte.

Maksymilian machte eine Geste des Verzichts und wollte gehen, doch der Junge sah ihn an und merkte, dass er eine untere Pritsche nötig hatte. Da hob er jenen groben Kerl kurzerhand vom Bett hoch und schleuderte ihn auf die obere Etage des Stockbettes nebenan. Das war nun ein so erstaunlicher Kraftakt, dass einige Mithäftlinge, die das sahen, den Jungen anstarrten, als hätte er eben ein Wunder vollbracht. Dann nahm er noch die Sachen des anderen und warf sie ihm nach, bevor er sich wieder an Maksymilian wandte.

Ist jetzt Ihr Bett, Pater, sagte er und ging, um sich selbst eine Pritsche zu suchen.

So bekam Maksymilian sein Bett wieder, und gleich einen Freund dazu, einen, der Józef Glowacz hieß und Berufsboxer war, wie er später erzählte. Jetzt hatten sie keine Zeit, sich näher bekannt zu machen, weil der Stubenälteste schon bald vom Essenfassen aus der Küche zurückkam und das Frühstück ausgab. Zur Erstinformation oder auch scherzeshalber rief er die Speisen und genauen Mengen wie ein Marktschreier aus: Heißer Kaffee, Herrschaften! Ein voller halber Liter ungesüßte Ersatzmischung. Hundertfünfzig Gramm Brot, nur wenig verschimmelt. Zwanzig Gramm deutsche Margarine und einen Esslöffel Marmelade zum Einstand …

Zum Annähen der zwei Nummern und Kennzeichen und auch zum Essen hatten sie dreißig Minuten Zeit bekommen, oder fünfunddreißig, jedenfalls langte es nicht, um auch die Wartezeit auf der Toilette zu bestreiten – mit ihren zweiundzwanzig Sitzen für die über achthundert Häftlinge in diesem Block konnte sie der Nachfrage natürlich nicht genügen, und so mussten viele mit ungestilltem Bedürfnis zum Appell.

Und jetzt stehen sie also hier auf dem Platz, die Neuen in einer eigenen Gruppe unter den Tausenden von Lagerhäftlingen, die alle blockweise angetreten sind. Sie bilden ein riesiges Rechteck auf dem Platz, in dessen Mitte Fritsch, der Lagerführer, und Palitzsch, der Rapportführer, stehen und die Meldung der Morgenzählung abwarten. Die beiden beobachten es nicht ungern, wie die Stubenältesten die Leute abzählen lassen und ihre Zahlen den Blockältesten zurufen, die ihre Ergebnisse wiederum dem Lagerältesten melden, der das Endresultat dem *Appell-Uscha* mitteilt. Dieser vergleicht es mit dem Soll und macht dann dem Lagerführer die erwartete Meldung.

Alle Blocks vollzählig, Herr Hauptsturmführer!

Der Unterscharführer sagt es schneidig in der klirrenden Kälte und fügt noch hinzu, etwas leiser und so, als kündige er ein persönliches Geschenk an: Außerdem Neuzugang!

Wo?, fragt der Lagerführer interessiert.

Der Uscha zeigt auf die Gruppe der Neuen: Dort drüben! Schon registriert, eingekleidet und in Block 14 eingewiesen …

Aber Fritsch hört nicht mehr hin, ist schon unterwegs zu den Neuen, stellt sich vor ihnen auf, mustert sie und lässt ihnen Zeit zu merken, dass sie jetzt die wichtigste Person im Lager vor sich haben. Schließlich sagt er ein paar Worte, die so etwas wie eine Begrüßungsrede sein sollen.

Ihr seid neu hier und wisst es vielleicht noch nicht: Dies hier ist kein Sanatorium, sondern ein deutsches Konzentrationslager! Es hat nur einen Eingang, den ihr kennt, und nur einen Ausgang, den ihr noch nicht kennt: durch den Schornstein des Krematoriums!

Fritsch hält inne, um die Reaktion der Neuen zu beobachten. Aber die Häftlinge sind nicht schockiert, machen nur betretene Gesichter, die gleichen, wie vorher auch, gezeichnet von Übermüdung und Hunger. Verkommene Bande! Fritsch, der seine Stellung gern genießt, ist wirklich enttäuscht, und Ärger und Wut steigen in ihm hoch.

Juden und Priester raustreten!, brüllt er. Dann geht er ein paar Schritte zurück und schaut zu, wie die ersten Häftlinge zögernd aus der Gruppe heraustreten und nach vorn kommen. Es werden immer mehr, und die meisten von ihnen sind polnische Juden mit dem gelbroten Stern auf der Jacke, wenige sind Priester.

Auch Maksymilian stellt sich in die Reihe der Vorgetretenen, und Józef, der Boxer, ebenfalls – er richtet es so ein, dass er neben dem Pater zu stehen kommt. Dabei blickt er den andern immer wieder an, und seine Augen haben jetzt etwas kindlich Erschrockenes, hilflos Fragendes, etwas, das dringend seelischen Halt und Anschluss sucht. Maksymilian merkt es und lächelt ihm zu. Und da lächelt auch Józef, ein bisschen dünn zwar und nicht sehr überzeugend, aber immerhin …

Als alle herausgetreten sind, wendet sich der Lagerführer an den Unterscharführer, der neben ihm steht.

Krott soll kommen!

Jawohl, Herr Hauptsturmführer! Beflissen dreht sich der Uscha um die eigene Achse und brüllt über den Platz hin: Krott soll kommen!

Der Gerufene kommt nicht sogleich herbei, und als er dann doch kommt, hat er es nicht gerade eilig. Zur Verwunderung der Neuen ist Krott nicht etwa ein deutscher SS-Scherge, sondern ein Häftling wie sie selbst, wenn auch von merkwürdigem Aussehen: ein Mann mit einem breiten flachen Wappengesicht und einem gedrungen-kraftvollen Körperbau. Ein grünes Dreieck prangt am Revers seiner Ziviljacke, die er über einer gewöhnlichen Drillichhose trägt, was ihn eigentlich als Funktionshäftling ausweist, aber die Art, in der er über den Platz kommt und auf den Lagerführer zugeht, ist mehr die eines Herrn als eines Häftlings.

Tatsächlich besitzt der Kapo Krott, der ein ehemaliger deutscher Berufsverbrecher ist, das volle Vertrauen der Lagerführung und der Gestapo, und die Häftlinge, die schon länger im Lager sind, wissen auch, warum: Krott ist ein besonders rücksichtsloser Befehlsvollstrecker der ss und macht sich auch dort noch die Hände blutig, wo die Uniformierten zurückscheuen. Außerdem kursieren Gerüchte im Lager über gewisse Geschäfte, die er mit höheren SS-Chargen machen soll, indem er ihnen nicht registriertes Zahngold getöteter Häftlinge beschafft. Oder auch Frauen. Über seine Verbindungen mit dem Frauenlager organisiert er geheime Treffs mit jungen Jüdinnen – behauptet man. Ganz sicher ist aber, dass dieser Kapo, der jetzt lässig neben dem Lagerführer steht, etliche Privilegien genießt, um die ihn nicht wenige SS-Leute beneiden.

Chef?, fragt Krott und blickt den Lagerführer an.

Sonderkommando!, sagt Fritsch. Bring ihnen das Arbeiten bei! In der Kiesgrube!

Er sagt es so laut und auf eine solche Weise, dass die Häftlinge es hören müssen und sich mancherlei dabei denken können.

Krott spuckt etwas aus, das er gerade gekaut hat, und nickt.

Mach ich, Chef!, sagt er. Tu ich doch immer, oder nicht?

Fritsch gibt keine Antwort, und der Kapo erwartet auch keine auf etwas, das nicht als Frage, sondern als Feststellung einer Tatsache gemeint war, von der er wünscht, dass sie dem Lagerführer stets gegenwärtig bleibt.

Während nun Fritsch und sein Rapportführer rasch den Platz verlassen und Krott schon mal die Häftlinge für sein *Sonderkommando* näher ins Auge fasst, schmettert der Unterscharführer den Befehl zur Appellauflösung über den Platz.

Ar-beits-kom-man-dos-for-mie-ren!

In diesem Augenblick setzt laute Marschmusik ein; sie kommt aus der Richtung des Haupteingangs und hallt mit penetrant anfeuerndem Rhythmus über den Platz und durch die Straßen des Lagers. Beim Klang dieser Märsche lösen sich die Reihen der Häftlinge in dreireihige Kolonnen auf; in gut eingeübter, fast fehlerloser Weise geschieht dies, wobei die schnellen Rhythmen die Häftlinge zum Laufschritt zwingen. So verlassen sie den Appellplatz, defilieren am Podium des Lagerorchesters vorbei und durchlaufen das Eingangstor mit der Aufschrift *Arbeit macht frei.* Unmittelbar nach dem hohen Tor formieren sich die Häftlingsgruppen zu bestimmten Arbeitskommandos, denen sich aus der hier wartenden SS-Wachmannschaft die entsprechenden Aufseher zugesellen. Da die Arbeitsplätze verschieden sind, verteilen sich von hier aus die Kommandos in verschiedene Richtungen.

Krotts Gruppe ist fast die letzte, die an dem Orchester vorbeikommt, das aus etwa fünfunddreißig Musiker-Häftlingen besteht, die auf einem mannshohen Holzaufbau sitzen und ihre Instrumente heftig bearbeiten. Viele von den Neuen blicken beim Vorüberlaufen zu ihnen empor, und Krott kann es nicht lassen, den Dirigenten mit einer herrischen Gebärde aufzufordern, noch etwas flotter zu spielen.

Als der Kapo es gerade nicht sehen kann, wendet sich Józef zu Maksymilian um, der etwas hinter ihm ist und mit dem Laufen ziemliche Mühe hat. Doch nichtsdestominder lächelt er dem Jungen beruhigend und ermutigend zu. Vielleicht wegen der Musik, vielleicht wegen der Aussicht auf eine körperliche Betätigung und Ablenkung: Der jüdische Jüngling, der Boxer ist, scheint mit einmal irgendwie getröstet zu sein, lässt den Kopf nicht mehr hängen und läuft weiter mit etwas wie Hoffnung im Herzen.

In der Kiesgrube

Die Kiesgrube, in der Krotts Sonderkommando an diesem Tag zu arbeiten hat, befindet sich gleich neben dem Lager, in dem Winkel, der sich zwischen der Bahnrampe und der Straße nach Rajsko, die hier ein Stück neben der Sola verläuft, ergibt; sie ist keine hundert Meter von der äußeren Betonmauer des Lagers entfernt und liegt noch gut im Sichtbereich der beiden Wachtürme in der südwestlichen Ecke der Lagergrenze. Diese Nähe zum Lager ist wohl der Grund, warum dem Kommando keine große Wachmannschaft zugeteilt ist: drei SS-Sturmmänner, recht junge Burschen, zwei ältere Kapos und natürlich Krott für die über fünfzig Häftlinge in der Kiesgrube.

Aber Krott zählt für zehn! Das ist der Ausspruch, den er selbst den Gefangenen zugebrüllt hat, als sie am Morgen in die Grube gekommen sind und er ihnen die Arbeit zugewiesen hat. Krott ist immer da! Krott sieht alles!

Dieser seltsame Mann, der sich ebenso brutal gibt, wie er aussieht, spricht von sich selbst gerne in der dritten Person, und Maksymilian dachte schon, dass er darin ganz recht habe, denn er besitzt wohl keine eigene Menschlichkeit, sondern ist nur ein perfektes Werkzeug gewisser dunkler Mächte …

Die Arbeit der Häftlinge besteht darin, Kies abzubauen,

ihn durch große Gittersiebe zu werfen und mit Schubkarren über schwankende Bretter vom Grund der Grube zum oberen Rand hinaufzuschaffen; das ist – bei dem Tempo, in dem es gemacht werden muss – eine mörderische Arbeit. Binnen Kurzem haben denn auch die meisten aufgerissene, wunde Handflächen vom ungewohnten Umgang mit Schaufel und Spitzhacke und dem Schieben der schwerbeladenen Karren. Aber es gibt keine Unterbrechung, keine Pause.

Bis zum Krepieren nicht!, wie Krott verdeutlicht und schon an einem Beispiel demonstrierte, als einer bat, austreten zu dürfen. Er durfte nicht und machte daraufhin in die Hose. Und Krott, der vielleicht schon darauf wartete, merkte es sofort. Er knöpfte sich den Häftling vor, einen bescheidenen, gelehrt aussehenden Mann mittleren Alters, ließ ihn die Hosen ausziehen, in den Mund nehmen und auf allen vieren ein Stück weit durch die Grube schleppen. Und weil der Gelehrte das schaffte, mit den blanken Knien über den eiskalten Kies zu rutschen, hin und zurück, durfte er die inzwischen gefrorene Hose wieder anziehen und weiterarbeiten. Und merkwürdig: Krott war von da an milder, ja richtig freundlich zu ihm, wie zu einem braven Hund, der seine Dressuraufgabe gut bewältigt hat.

Gegen Mittag, als die langersehnte Essenspause schon nahe herangekommen sein musste, fühlt Maksymilian, wie seine Kräfte rasch nachlassen und er die Fuhren, die er mit seinem Schubkarren nach oben bringen muss, kaum noch schafft. Der junge Józef, der auch mit dem Karren arbeitet, bemerkt das gleich, und als sie wieder beim Beladen unten in der Grube sind, nützt er die Gelegenheit, dass gerade kein Aufseher in der Nähe ist. Blitzschnell tritt er an den Häftling heran, der die Karren aufzuladen hat, und macht ihm klar, dass er Maksymilians Schubkarre nicht mehr ganz auffüllen soll.

Halb voll, nicht mehr!, zischt Józef ihm zu, wobei er auf den Freund zeigt, der zwei Mann hinter ihm in der Transportkette steht.

Als der Ladehäftling nicht gleich reagiert, oder nicht reagieren will, und einfach weiterhantiert mit seiner Schaufel, packt ihn Józef an der Jacke und stemmt ihn hoch, sodass er den Boden unter den Füßen verliert.

Komm nicht in den Block zurück, wenn du's nicht tust!, sagt er. Und jetzt nickt der andere auf einmal, nickt sehr rasch und oft.

Da stellt ihn Józef wieder auf die Füße, greift nach seinem gefüllten Karren und festigt mit einem ernsten Blick auf den Ladehäftling noch einmal die getroffene Abmachung. Dann entfernt er sich mit seinem Karren, schiebt ihn mit Schwung erst die unteren Bretterbahnen am Boden der Grube entlang, dann die Böschung hinauf, und dann, als unten Maksymilians Karren eben mit dem Beladen an die Reihe kommt, ist Józef oben schon hinter dem Grubenrand verschwunden.

Tatsächlich füllt der Ladehäftling Maksymilians Schubkarre nur noch halb voll und gibt ihm dann das Zeichen zum Weiterfahren. Und Maksymilian, wie er nun seinen Karren mit der sehr reduzierten Last anhebt und davonschiebt, ist buchstäblich erleichtert und dankbar, einfach kreatürlich dankbar für diese unerwartete Hilfe.

Aber plötzlich steht Krott auf der Bahn. Niemand sah

ihn kommen, aber jetzt ist er eben da und zwingt Maksymilian zum Anhalten. Er hat den nur halb gefüllten Karren bereits bemerkt und dirigiert den Häftling zur Beladestelle zurück. Dort drückt er das Gefährt mit seinem Schlagstock auf den Boden nieder und richtet dabei seinen Blick auf den Ladehäftling – ruhig, verhalten, ohne ein Wort zu sagen, blickt er ihn an. Aber der andere versteht natürlich, worum es geht: Er schaufelt wie verrückt drauflos und belädt den Karren, dass es voller nicht mehr geht. Trotzdem brüllt Krott: Vollmachen!

Also schaufelt der Ladehäftling weiter, dass der Kies überläuft und wohl kaum einer in der Grube den schweren Karren noch fortbewegen könnte. Kaum ist das geschehen, befiehlt Krott: Draufsetzen!

Ohne zu zögern, wirft der Ladehäftling seine Schaufel weg und springt auf die Ladung obendrauf, sitzt auf dem Kies und hält sich am Rand des Karrens fest.

Jetzt wendet sich Krott an Maksymilian.

Fahr los!, schreit er ihn an. Du bist zum Arbeiten hier, du Polenhund!

Unter Aufbietung all seiner Kräfte versucht Maksymilian das schier Unmögliche, und es gelingt ihm sogar, den Karren eine Wenigkeit vom Boden hochzubekommen, beim Anschieben jedoch verliert er das Gleichgewicht und alles kippt um – Karren, Kies und der Ladehäftling rollen inmitten von rutschendem Kies abwärts, hinunter bis an die tiefste Stelle der Grube, die etwas mit Wasser gefüllt ist.

Krott schaut dabei zu und wartet, bis alles, auch der letzte rollende Stein, zum Stillstand gekommen ist. Dann hebt er unvermittelt seinen Stock und beginnt auf Maksymilian einzuschlagen.

Du willst also nicht?, brüllt er los und steigert sich selbst, mit jedem Hieb mehr, in einen grenzenlosen Zorn.

Du dreckiger Pfaffe weigerst dich! Krott wird dir zeigen, was das heißt! Der *Blutige Krott* hat es noch jedem gezeigt!

Mit wenigen, routiniert geführten Stockhieben auf die empfindlichsten Körperstellen des Opfers streckt er Maksymilian zu Boden. Doch er will ihn wohl ganz erledigen, deshalb kniet er nieder und schlägt wie besessen weiter auf den Reglosen ein.

In diesem Moment kehrt Józef mit seinem leeren Karren zurück. Er merkt schon von oben, vom Grubenrand aus, dass unten etwas nicht stimmt, setzt seinen Karren ab und rennt die Bretterbahnen hinunter. Und da sieht er alles, sieht Maksymilian liegen, und über ihm der prügelnde Krott.

Der Kapo, der dem Herankommenden den Rücken zukehrt und ihn nicht sehen kann, bemerkt mit einmal, dass man ihm nicht mehr zuschaut – dass die Häftlinge, die in der Nähe stehen, nicht mehr auf ihn, sondern auf etwas hinter ihm starren. Er hört zu schlagen auf und dreht sich um. Da sieht er – vielleicht zwei, drei Meter von sich entfernt – den jungen Juden, wie er steif dasteht und auf den bewusstlosen Pater starrt. Im Gesicht ist er schneeweiß. Dann schaut er ihn an, Krott, und in seinen Augen ist etwas, das den Kapo rasch aufstehen und sich nach den anderen Aufsehern umblicken lässt, von denen im Moment allerdings keiner zu sehen ist. Dann spürt er die Hand des Jungen auf seiner Schulter, die ihn zwingt, sich ihm zuzuwenden und ihn anzusehen. So stehen sie beide, Auge in Auge, und jeder macht am anderen eine unaussprechliche Erfahrung, die sie bisher noch nicht kannten: Krott empfindet tödliche Angst und der Boxer Józef tödlichen Hass.

Plötzlich ist da ein Ton in der Stille, wie ein Seufzen, nicht laut, aber alle hören ihn; er entringt sich der Kehle des Boxers, von irgendwo aus den Tiefen seiner Seele kommend. Und im gleichen Augenblick, mit diesem seltsamen Stöhnen zusammen, prasselt ein Wirbel von Faustschlägen auf Krott ein, eine Serie von schnellen Geraden, Haken, Schwingern in gekonnter Boxermanier. Wie eine präzise Maschine hageln die Fäuste des Jungen in das breite Gesicht, auf den wuchtigen Körper des Kapos, der nicht einmal mehr abwehrend die Arme zu heben vermag. Unter den Augen der Mithäftlinge, die sich im näheren Umkreis gesammelt haben und wie gebannt zuschauen, sinkt Krott langsam in die Knie, geht schließlich ganz zu Boden und liegt bewegungslos auf dem Kies, unmittelbar neben Maksymilian.

Und nun spiegelt sich alles auf kaum glaubliche Weise wider, vollzieht sich das Phänomen *Hass* nach dem gleichen Muster wie zuvor, nur mit umgekehrtem Vorzeichen: Józef kniet neben seinem Opfer nieder, schlägt weiter zu und ist versucht, ihn gänzlich zu erledigen. Ein Laut, mehr spürbar als hörbar, ausgestoßen von Maksymilian, hindert den Jungen jedoch daran, dass er vielleicht zum Mörder wird. Als nämlich Józef merkt, dass der Pater eben zu sich gekommen ist, lässt er von Krott ab und beugt sich über den Freund, der ihm etwas sagen will; es sind kurze tonlose abgehackte Worte, die Józef nur mit Mühe versteht.

Tu's nicht! Lass ihn jetzt! … Und lass auch den Hass! …

Er ist keine positive Kraft ... er löst keine Probleme ... er ist nicht die Lösung, sondern das Problem!

Aber er hätte dich fast umgebracht!, sagt Józef – er schreit es, aber mehr innerlich. Er hätte es bestimmt getan, wenn ich ihn nicht gehindert hätte ...

Er schweigt plötzlich, als Maksymilian ihn anblickt.

Hass und Gewalt sind nur ein Mangel ... sind nur Unvermögen ... Unvermögen in Liebe!

Der Junge lässt den Kopf sinken.

Ich habe es für dich getan!, sagt er, und seine Stimme klingt auf einmal weich, und er kämpft mit einem Würgen im Hals. Du könntest mein Vater sein! Ich musste es tun!

Über Maksymilians Gesicht fliegt der Anhauch von etwas wie einem Lächeln.

Ich will dein Vater sein, Józef! Ja, ich bin es! Nur schlag nicht mehr zu! Hör auf damit! Für immer!

Der Junge nickt. Er versucht jetzt, sich um Maksymilian zu kümmern, ihm irgendwie zu helfen, doch der wehrt es ihm.

Willst du etwas für mich tun?

Was du willst!

Zeig mir, dass deine Liebe größer ist als dein Hass ...

Józef schaut Maksymilian an und weiß nicht, was der meint.

Wie?

Hilf *ihm* zuerst auf die Beine, dann mir!

Der junge Jude glaubt, nicht recht zu hören. Er macht den Mund auf, will etwas fragen, aber dann ist auf einmal keine Frage mehr offen. Fassungslos starrt er auf den Pater, dann auf Krott, dann wieder auf den Pater, dessen Forderung seinem sittlichen Gefühl, seinem geistigen Erbe so sehr widerspricht.

Und plötzlich steigt eine maßlose Enttäuschung in ihm hoch, er fühlt sich zutiefst gekränkt, und etwas in ihm ist wie zerstört, mit eins zerbrochen, er weiß nicht was noch wie noch warum. Er schüttelt nur den Kopf und schüttelt ihn so, als wolle er eine Einsicht abwehren, die gefährlich für sein ganzes Leben ist, eine Erfahrung, die alles umwirft, woran er bisher geglaubt hat.

Was er verlangt, ist unmöglich!, hämmert es in Józefs Brust. Sich um den Verbrecher kümmern und den Freund krepieren lassen, das ist nicht Liebe. Das kann keine sein, auch nicht für ihn. Das ist bloß Selbstaufgabe, Selbstverachtung, Selbstvernichtung! Was wäre denn das für eine Liebe, die den liebt, der selber hasst und die Liebe tötet!

Er blickt auf Maksymilian, der mit geschlossenen Augen daliegt und wieder in Bewusstlosigkeit gesunken ist.

Er ist vielleicht ein guter Christ, aber kein Vater für einen Sohn, denkt der Junge, er ist selber Sohn, der einen Vater nötig hätte …

Józef ist aufgestanden und blickt jetzt in die Runde. Er sieht die Mithäftlinge, die in der Nähe zusammenstehen und bewegungslos zu ihm herüberstarren.

Alle sind wir Söhne, die einen Vater bräuchten! Einen, der uns wirklich liebt! Mit der richtigen Liebe und der wahren Gerechtigkeit! Einen, den es nicht gibt …

Ohne dass Józef es merkt, ist am oberen Grubenrand eine SS-Wache aufgetaucht. Der Mann blickt in die Grube herunter und erkennt sofort, dass etwas vorgefallen ist. In einer einzigen blitzschnellen Bewegung nimmt er seinen

Karabiner von der Schulter und hat ihn im Anschlag. Doch wie er jetzt genauer hinschaut, erkennt er in dem einen, der unten liegt, den Kapo Krott, und da ahnt er, was geschehen ist.

Dem hat's einer gegeben!, denkt er. Er hat es wohl wieder arg getrieben, das brutale Schwein, und ist dabei an den Falschen geraten. Der selbstsichere, arrogante, kriminelle Bluthund, der immer rumkommandiert und beim Chef Liebkind ist – jetzt hat's ihn selber mal erwischt! Wie das da unten aussieht, kann es sein, dass er noch etwas abkriegt … Ich sollte vielleicht noch eine kleine Runde machen und etwas später kommen und es dann erst bemerken. So oder ähnlich denkt der SS-Mann und verschwindet wieder.

Unten in der Grube aber steht Józef, der Boxer, und fühlt in seiner Brust etwas Lebloses, etwas, das man nicht spürt, wenn es da ist und funktioniert. Vielleicht ist es nur ein archaischer Instinkt, ein unbewusster Trieb zum Leben, der ihm in diesem Moment fehlt – mit einem Mal scheinen ihm Leben und Tod wie eins.

Ohne sich weiter nach Maksymilian umzusehen, geht er an den Häftlingen vorbei, die Bretterbahnen entlang, hinauf zum Rand der Grube. Von unten sieht man noch, wie er ein Stück entlanggeht auf der Linie zwischen Himmel und Erde, und dann ist er nicht mehr zu sehen.

Doch noch bevor die Häftlinge sich wieder zerstreuen und an die Arbeit gehen, hören sie den scharfen Warnruf eines SS-Postens. Und dann noch einen. Dann ist es einen Augenblick still. Gleich darauf fallen zwei Gewehrschüsse und widerhallen in der Kiesgrube wie in einer riesigen Ohrmuschel.

Im Krankenbau

Maksymilian klammert sich an den Rand der Pritsche und versucht zu schlafen, aber es gelingt nicht. Manchmal hofft er, es ginge doch, aber jedes Mal, wenn er gerade jenen Punkt des Einschlafens erreicht, wo das Bewusstsein endlich schwindet und die Seele entlastet, da brüllt irgendein Häftling vor Schmerzen auf oder fantasiert und stöhnt im Fieber oder ruft um Trinkwasser, oder aber – und das geschieht am häufigsten – sein Bettkumpan stößt ihn wieder einmal heftig in die Seite, drängt ihn an den Pritschenrand, und er muss sich festklammern und gegen den andern stemmen, um nicht aus dem Bett zu fallen.

Freilich musste er erst lernen, sich so auf die raue Art zu wehren, und oft gelang es ihm nicht, vor allem zu Anfang, als er vor gut zwei Wochen in den Krankenbau kam. Da war er von Krotts Misshandlung noch so geschwächt, dass ihn sein robuster Nachbar ohne Weiteres aus dem Bett warf. Und da er allein nicht wieder hochkam, blieb er dann auf dem Boden liegen, oft längere Zeit, bis eben ein Lagerarzt, ein SS-Sanitäter oder ein Häftlingspfleger ihn entdeckte; der schaffte dann wieder Platz auf dem Strohsack und legte ihn zurück ins Bett. Eigentlich ist es ja kein Strohsack, worauf sie liegen, sondern ein mit Holzwolle gefüllter, von Kot und Eiter ziemlich verunreinigter Papiersack auf der unteren Etage eines Stockbettaufbaus, den sie sich zu zweit teilen müssen. Aber was heißt *teilen* mit diesem Partner!

Doch im Grunde nimmt es Maksymilian seinem Bettgenossen nicht übel, dass er für sich beansprucht, was ein Kranker ja eigentlich braucht: einen Bettplatz, auf dem man sich etwas bewegen kann. Aber im Krankenbau gibt es das nicht, da ist alles übervoll belegt, sämtliche Liegeplätze in den dreistöckigen Bettgestellen sind mit zwei, viele mit drei Häftlingen belegt; sie liegen wie Heringe geschichtet, und der größere Teil von ihnen hat keine Chance, unter diesen Umständen zu überleben.

Es ist mehr ein Warten auf das Ende als ein Genesen, was hier vor sich geht, und Maksymilian erfährt es zur Genüge in seiner Stube mit den etwa fünfundvierzig bis fünfzig Kranken, wie sie täglich, nächtlich, ununterbrochen wegsterben. Eigentlich sterben sie nicht, sie hören einfach auf zu leben, sie verenden im Sinne des Wortes, und das an Krankheiten, die unter normalen Bedingungen, richtiger Behandlung und mit einigen Medikamenten ausgeheilt werden könnten. Aber hier führen die meisten Gebrechen zum Exitus, ob es sich um Hungerdurchfall, Krätze, Blutvergiftung, Eiterungen, Infektionen, Erfrierungen handelt oder um verschiedene Verletzungen, verursacht durch Körpermisshandlung von Aufsehern, durch Folterung, durch Überanstrengung, durch Unterernährung.

Seit er ein wenig aufstehen kann und es der Lagerarzt, der für die Stube zuständig ist, großzügigerweise durchgehen lässt, gelingt es Maksymilian manchmal, so etwas wie Sterbehilfe und letzten Beistand zu leisten. Viele weisen seine priesterliche Bemühung freilich verbittert zurück, darunter auch solche, die christlich getauft sind und einmal gläubig waren. Erst im Angesicht des Todes, im letzten Augenblick überwindet mancher sein Misstrauen einem Gott gegenüber, der sie vor einem Tod in einem solchen Lager nicht bewahrte. Dann kommt es wohl vor, dass einer sich von der Qual dieses Lebens lösen kann, sich segnen lässt und leicht und gerne stirbt.

Gewiss, es sind nur wenige, die so als Mensch, ausgesöhnt mit sich und ihrem schweren Los, hinübergehen. Die meisten verenden auf mehr oder minder kreatürliche Weise: wimmernd, klagend, schreiend, fluchend oder auch ganz ruhig, heimlich fast, wie ein sterbendes Tier, das sich still verkriecht.

Im Augenblick hört Maksymilian, wie der Lagerarzt zur Visite kommt – hört es am Gestöhne der Kranken, das sich sogleich verstärkt und in flehende Rufe nach Tabletten und schmerzlindernden Mitteln übergeht, wenn er nahe genug ist.

Auch Maksymilian setzt sich im Bett auf. Er erwartet diesen Arzt mit gewisser Erleichterung, ja Freude, denn er kennt ihn als integren Menschen; sie haben sich sogar etwas angefreundet, und er hat sich auch vorgestellt und sich ihm zu erkennen gegeben: als Dr. Jürgen Kress, Internist aus Hamburg, verheiratet, zwei Kinder, Protestant. Letzteres fügte er vielleicht nur hinzu, weil sich Maksymilian zuvor als Pater, als katholischer Priester zu erkennen gab.

Die Visite läuft wie immer: Der Arzt geht durch die Bettreihen, verteilt an bestimmte Kranke Aspirin- und Pyramidontabletten, Hustenpastillen, Kohle, Tannalbin – alles, was er so in den Taschen seines weißen Mantels hat, gibt er weg, dennoch gehen viele, die ihm flehend die Hände hinstrecken, leer aus.

Dann, nachdem er seine Patienten gesehen und behandelt hat, so gut es sich eben machen lässt, kommt er zu Maksymilian ans Bett. Und die andern wissen es schon, dass die zwei *Akademischen* sich öfter miteinander unterhalten, und werden nun stiller und beruhigen sich.

Haben Sie etwas Zeit?, fragt der Arzt. Darf ich mich setzen?

Viel Zeit!, antwortet Maksymilian. Aber wenig Platz, wie Sie sehen! Er deutet auf seinen Bettgenossen, der mit seinem Hintern wieder einmal weit in Maksymilians Bereich vorgestoßen ist und fast zwei Drittel der Pritschenbreite für sich besetzt hält. Dabei mimt der Bursche jetzt den unschuldig Schlafenden, obwohl er noch vor wenigen Minuten lauthals nach einer Tablette gerufen und auch eine bekommen hat.

Darf ich? Der Arzt hebt die Zudecke, die Maksymilian mit dem andern teilt, ein wenig in die Höhe und klatscht mit seinen Gummihandschuhen auf den nackten Hintern des Kerls, dass es hallt wie eine überdimensionale Ohrfeige. Einige von den Häftlingen in der Nähe schrecken auf und glauben, es werde vielleicht jemand erschlagen – wer nicht aufschreckt, ist dieser Bursche da. Er bleibt einfach liegen, wie er liegt, und der Arzt glaubt schon, er sei möglicherweise ohnmächtig, da wendet er doch noch seinen Kopf in die Richtung Maksymilians und knurrt ihn an wie ein Hund, bevor er beißt.

Mach's nicht noch mal, Kamerad!, sagt er. Ich rat es dir

als einer, der sein Bett mit dir teilt und dich bis jetzt geduldet hat: Tu das nie wieder, sonst müsste *ich* was tun …

Von *Teilen* und *Dulden* kann wohl nicht die Rede sein!, fährt ihn der Arzt an. Was würdest du denn tun, wenn ich dir noch mal eins versetze?

Der sture Bursche hebt das Lid des einen Auges etwas in die Höhe, sieht und erkennt nun den Arzt, was seine Reaktionen aber nicht sonderlich beschleunigt.

Platz machen. Was denn sonst!, sagt er träge und rollt und zieht seinen Körper widerwillig auf seine Bettseite zurück. Dann versinkt er wieder in sein gewohntes Dösen.

Der Arzt aber setzt sich neben Maksymilian an den Bettrand und blickt ihn an.

Noch Fieber?, fragt er.

Schon möglich, sagt Maksymilian. Ich habe manchmal etwas Fieber, bedingt durch meine Lunge. Es besagt aber weiter nichts, und ich spüre es auch gar nicht. Er nimmt das Thermometer, das der Arzt ihm reicht, und steckt es in die Achselhöhle.

Eigentlich kann ich ja nichts machen in Ihrem Fall, sagt der Arzt. Wir können nur abwarten, bis sich Ihr Organismus von selbst wieder erholt. Ich habe keinerlei Medikamente, die Ihnen helfen könnten.

Ich weiß, Doktor. Und selbst wenn Sie welche hätten, müssten Sie zuerst jenen damit helfen, die sie nötiger brauchen als ich.

Ihre Nächstenliebe in Ehren, Pater, aber das zu entscheiden überlassen Sie wohl besser mir!

Dr. Kress kontert gutmütig und freundschaftlich und fügt hinzu: Aber man kann hier nicht wirklich helfen.

Was die meisten nötig hätten, gibt es hier eben nicht: vernünftiges Essen, ausreichende Hygiene, etwas Auftrieb für die Psyche und natürlich einige notwendige Medikamente, die es zwar in der Lagerapotheke gibt, die aber nur dem Krankenbau für die SS-Leute zur Verfügung stehen. Für den *Wartesaal zur Gaskammer*, wie man uns hier nennt, bekommt man nur eine begrenzte Menge an Schmerzmitteln, weiter nichts, was hilfreich wäre. Deshalb kann man hier nichts machen, außer zusehen, wie gestorben wird, und vielleicht, bei dem einen oder andern, glauben, dass …

Der Doktor fährt sich mit der Hand übers Gesicht, so als wollte er einen Alptraum wegwischen, und spricht nicht mehr weiter.

Als er sieht, dass Maksymilian verständig nickt, ergänzt er herb: Ich meine, glauben an die Selbstheilungskraft des Menschen, die den einen oder anderen manchmal noch rettet. *Den* Glauben, den *Sie* haben, Pater, den habe ich nicht. Das ist vorbei! Irgendwann wird man erwachsen in dieser Welt, und wie man seine Eltern verliert, so verliert man eines Tages auch den *lieben Gott*.

Meinen Sie?

Der Arzt blickt sich kurz um, und sein Ton wird jetzt wieder vertraulicher.

Wissen Sie, Pater, sagt er, als ich mich einst als Jüngling entschloss, Medizin zu studieren, machte ich mich auf einige harte berufliche und menschliche Erfahrungen gefasst, die dann im Laufe der Zeit auch eingetroffen sind, immer ein bisschen ärger als erwartet. Aber immer waren sie irgendwie zu bewältigen, äußerlich, aber auch innerlich – Sie verstehen, was ich meine! So habe ich gelernt, Krankheit,

Schmerz, Leid in den verschiedensten Variationen anzuschauen und dagegen zu tun, was mir möglich war. Und da mich nichts ernstlich umwarf, machte mich alles auf eine gewisse Weise stärker und als Arzt fähiger. Als gläubiger Protestant erwog ich meine Erfahrungen aber auch in religiöser Hinsicht und versuchte, sie in Einklang mit meinem Glauben an Gott zu bringen, das heißt, ihnen einen – nicht immer bestimmten und gewussten – Sinn zu geben. Das gelang mir meistens irgendwie, auch wenn sich mein Gottesbild zunehmend veränderte. Aber dann kam Hitler, und ein junger Kollege übernahm von einem Tag zum andern meine gutgehende Praxis. Die Partei hatte nämlich herausgefunden, dass ich jüdischer Herkunft war, und das genügte, um mir meine berufliche Existenz – und wenig später auch meine private – zu zerstören.

Er hält inne und überlässt sich für einen Moment der Rückerinnerung an jenen Tag, an dem sein Leben wie ein empfindliches Porzellan plötzlich zu Boden fiel und in Scherben zerbrach – das war just der Tag, an dem drei Herren ins Wartezimmer seiner Praxis traten, sich zwischen die Patienten setzten, sich ganz harmlos unterhielten und geduldig warteten. Als sie dann an der Reihe waren und der erste von ihnen drankommen sollte, sagte der zur Assistentin, dass sie Zeit hätten und alle Patienten, die nach ihnen gekommen sind und vielleicht noch kommen, gerne vorließen. Darüber waren im Warteraum alle erfreut, und die drei Herren warteten wirklich bis zum Schluss, bis der letzte Patient aus dem Ordinationszimmer kam, sich bei ihnen bedankte, dass sie ihn vorgelassen hätten, und dann verschwand.

Jetzt erst standen sie auf, alle drei, traten zusammen in den eigentlichen Ordinationsraum, schauten sich interessiert um und sagten nichts.

Haben Sie ein besonderes Anliegen?, fragte er sie, und dabei kam ihm das Ganze schon sehr merkwürdig vor. Doch sie sagten noch immer nichts, gingen nur ein wenig herum und besahen sich die Einrichtung.

Sie haben absichtlich gewartet, bis alle Patienten weg sind, nicht wahr?, versuchte er es noch einmal und wollte ihnen auf die Sprünge helfen.

Da nickte der eine und sagte: Und wir warten auch noch, bis *Sie* weg sind, Herr Doktor!

Das war's dann. Sie wiesen sich nur noch aus, zwei von ihnen als Beamte der Gestapo, der Dritte war der Arzt, der die Praxis übernehmen sollte, ein Kollege, den er aber nicht kannte. Er gab ihm nicht die Hand, und der andere legte auch keinen Wert darauf, ging nur herum, um alles zu begutachten und gewissermaßen schon in Besitz zu nehmen.

Er aber wurde von den Beamten zu einem Verhör mitgenommen. Das fand in einem Zimmer der nahen Schule statt und ging sehr schnell vonstatten, weil er alles sofort eingestand.

Sie sind jüdischer Abstammung?, fragte der eine.

Ja, sagte er.

Halbjude oder Volljude?, fragte der andere.

Dreiviertel! Er war plötzlich wütend.

Da hatte er eine Ohrfeige sitzen, durfte aber, nachdem er eine vorbereitete Übereignungserklärung für seine Praxis hatte unterschreiben müssen, ohne weitere Schwierigkeiten nach Hause gehen.

Danach behandelte ich noch einige Zeit in meiner Wohnung, erzählt der Arzt jetzt weiter. Das konnte nur sehr provisorisch geschehen, und natürlich heimlich und nur mit vertrauten Patienten. Dann machte ich einmal eine Ausnahme mit einem Fremden, der sich als Notfall ausgab, aber er war ein Spitzel und zeigte mich an.

Kurz, ich kam ins Konzentrationslager, zuerst nach Dachau, dann nach Bergen-Belsen, dann in dieses Lager. Hier war ich zuerst gewöhnlicher Häftling, doch als das Lager rasch wuchs und das ärztliche Personal knapp wurde, setzte man mich schließlich als Arzt ein. Jetzt kann ich nicht klagen: Die SS-Ärzte behandeln mich schon fast wie einen vollgültigen Kollegen, natürlich nur fast, aber immerhin, immerhin …

Der Arzt lächelt jetzt. Er hat sich ein wenig aussprechen können und wirkt mit einem Mal entspannt und erleichtert.

Und Ihre Familie?, fragt Maksymilian.

Ich habe eine Frau und zwei Töchter gehabt, sagt der Arzt lakonisch.

Gehabt? Maksymilian zeigt Bedauern, doch der andere schneidet sein Mitgefühl wie mit einer Schere ab.

Meine Frau war Nichtjüdin. Sie ließ sich auf Anraten der Gestapo scheiden und entlastete sich und die Töchter vom jüdischen Fluch; sie gelten jetzt als arisch und haben nichts zu befürchten. Übrigens habe ich selbst in die Scheidung mit eingewilligt, als meine Frau mich darum bat.

Eine Ehe ist Sakrament und unauflöslich, Doktor!

Vielleicht nach Ihrem Glauben, Pater, aber nicht in Wirklichkeit. Die reale Welt ist ein wenig anders, als der Glaube wahrhaben will.

Vielleicht ist der Glaube anders, als die Welt wahrhaben will, Doktor. Vielleicht ist der Glaube die Wirklichkeit!

Nicht für mich, Pater!, sagt der Arzt und kann nicht verbergen, dass er das insgeheim bedauert und dass auf einmal Bitterkeit anklingt in dem, was er sagt – Bitternis und Trotz.

Nicht unter Hitler! Nicht in den Konzentrationslagern! Nicht in Auschwitz! Was sollte das auch für ein Gott sein, dem man Allmacht zuschreibt und der doch zulässt, was hier geschieht? Und was für ein Glaube an einen solchen Gott, Pater? Wo und wie und was ist denn die Wirklichkeit Gottes an diesem Ort – können Sie mir das erklären?!

Maksymilian erklärt nichts. Er holt das Fieberthermometer aus der Achselhöhle und hält es dem Arzt schweigend hin. Der nimmt es, blickt darauf, und dann ist er wieder ganz Dr. Kress, der besorgte und bemühte Arzt, der humane Mensch, der helfen will, auch ohne Gott.

Noch immer Fieber!, stellt er fest. Ich hab mir das schon gedacht … Er senkt plötzlich die Stimme, blickt sich um, ob sie beobachtet werden, dann rückt er nahe an Maksymilian heran, sodass ihrer beider Rücken die Sicht von der Stubenseite her vollständig abdeckt. Nun zieht er eine Flasche aus seiner Manteltasche und steckt sie dem andern zu.

Medikamente habe ich leider nicht, wie ich schon sagte, aber dafür konnte ich das hier für Sie auftreiben: Frische Milch! Von heute Morgen! Etwas, das Sie dringend brauchen!

Maksymilian hat die Flasche angenommen und blickt darauf; er ahnt, dass der Arzt einiges riskiert haben muss, um die Milch zu bekommen, und er ist tief gerührt.

Milch!, murmelt er. In Niepokalanów, müssen Sie wissen, verbrauchten wir täglich tausendvierhundert Liter davon!

Trinken Sie!, sagt der Arzt und drängt Maksymilian. Ich möchte die Flasche gleich wieder mitnehmen.

Beim Versuch, den Flaschenverschluss zu öffnen, stellt sich Maksymilian jedoch etwas ungeschickt an und stößt dabei seinen dösenden Bettgenossen, der ohnehin – mit dem Instinkt des Hungernden – wittert, dass neben ihm etwas Ungewöhnliches vorgeht. Plötzlich sitzt er aufrecht im Bett, erblickt die Flasche in Maksymilians Händen und reißt sie an sich. Geschickt öffnet er sie, riecht kurz daran und zischt Maksymilian zu: Du stirbst ja doch früher als ich! Dann setzt er die Flasche an den Mund und beginnt zu trinken, hastig, gierig, wie ein dürstendes Tier.

Dr. Kress ist entsetzt. Bestrebt, nicht noch andere Häftlinge aufmerksam zu machen, flüstert er ihm mit verhaltener Stimme zu: Gib die Flasche sofort zurück, hörst du!

Doch der Bursche reagiert nicht; er trinkt die Milch, trinkt nur und trinkt, mit an der Flasche festgesaugten Lippen, mit geschlossenen Augen, den Kopf nach hinten geworfen.

Da verliert der Arzt die Beherrschung. Alle Vorsicht beiseitelassend, beugt er sich vor und zerrt am Arm des Trinkenden, versucht, ihm die Flasche abzuringen, doch Maksymilian wehrt es ihm, indem er die Hand des Arztes ergreift und zurückhält.

Lassen Sie ihn, Doktor! Lassen Sie ihn trinken!, sagt er besänftigend.

Abrupt lässt der Arzt von dem Handgemenge ab und starrt nun Maksymilian an, nicht mehr sehr freundschaftlich.

Es war nicht ungefährlich für mich, das zu beschaffen, sagt er erregt. Aber ich habe es riskiert, um endlich Ihrem chronischen Fieber beizukommen! Ich habe es für Sie getan, Pater! Nicht für ihn!

Ich danke Ihnen! Aber vielleicht hat er die Milch nötiger als ich, Doktor.

Nötig!, erwidert der Arzt wütend. Alle hier hätten sie nötig, trotzdem kann ich nicht jedem helfen, nur dann und wann mal einem, der sie dringend braucht! Aber bitte, wenn Sie besser zu wissen meinen als ich, wer hier was nötig hat ... Er steht auf und schüttelt heftig und missbilligend den Kopf.

Mit *nötig* meinte ich nicht physische Hilfe, Doktor, sagt Maksymilian. Ich meinte ...

Pater!, unterbricht ihn Dr. Kress und schüttelt noch immer den Kopf. Pater, Sie glauben doch nicht im Ernst, Sie könnten dem da *geistig* helfen? Diesem Kerl! Ihn vielleicht gar noch *bekehren!* Mit einer Flasche Milch!

Maksymilian lächelt vielsagend, schweigt aber. Und diese Reaktion bringt den Arzt völlig außer sich. Er heftet jetzt seinen Blick auf den Burschen mit der Flasche, sieht, wie er eben ausgetrunken hat und sich mit dem Handrücken über den milchigen Mund wischt, wie er zufrieden grinst und mit sich einig ist.

Mit einer Stimme, die ebenso gut drohend wie verzweifelt klingt, fährt ihn der Arzt an: Glaubst du Kerl an Gott? Weil du gerade Milch bekommen hast, glaubst du jetzt vielleicht an Gott? Antworte!

Der Kerl begreift nicht gleich, was der Arzt meint. Er schaut von einem zum andern, vom Doktor zu Maksymilian, dann wieder zum Arzt, dann schüttelt er langsam den Kopf.

Das nicht! An Gott nicht, sagt er. Zugleich legt er Maksymilian die Hand auf den Arm: Aber an *ihn* glaube ich! Weil er das für mich getan hat, was eigentlich Gott tun sollte …

Er gibt dem Bettgenossen die leere Flasche zurück, sinkt auf die Pritsche nieder und legt sich in Schlafstellung. Doch anders als zuvor, rückt er jetzt ganz auf seine Seite und respektiert den Platzanspruch des anderen. So schläft er im Nu ein und rührt sich nicht mehr.

Dr. Kress hat den Burschen bis zum Punkt seines Einschlafens scharf beobachtet. Nun beginnen dessen Worte seltsam zu wirken, gewinnen ein merkwürdiges Gewicht und machen, dass seine Enttäuschung und sein Zorn mit einmal wie verflogen sind. Dafür macht sich eine andere, lange nicht mehr empfundene Stimmung in ihm breit, etwas Lösendes, genauer: Er-lösendes, ein Gefühl jedenfalls, als wäre etwas Schweres plötzlich leicht geworden, nicht äußerlich natürlich, aber zutiefst innen. Er nimmt Maksymilian die Flasche ab, und während er sie im Mantel verstaut, zwinkert er ihm versöhnlich zu.

Ich komme bald wieder!, sagt er. Noch geben die Kühe Milch! Dann geht er durch die Bettreihen davon.

Im Untergrund

Einige Monate später – es ging schon auf den Sommer 1941 zu und mochte eine Nacht gegen Ende Mai oder Anfang Juni gewesen sein – prägt sich ein anderes Ereignis tief in Maksymilians unbewusste Seele ein. Er liegt auf seiner Pritsche im Wohnblock 14a; es ist einer der beiden großen Schlafsäle im Obergeschoss von Bau 14, bestückt mit etwa sechzig dreistöckigen Holzpritschen und etlichen Einzelstrohsäcken in den Winkeln, wo für Stockbetten kein Platz ist. Er hat es gut getroffen und bewohnt den unteren Strohsack eines Bettes gleich neben dem Mittelgang, nur wenige Pritschenreihen von der breiten Tür entfernt, über der ständig eine vergitterte Glühbirne brennt. Ihr verstaubtes Licht erhellt den Ausgang zur Treppe, die hinunter ins Parterre führt, wo sich der Waschraum, die Toiletten und die Pissoirs befinden. Noch im Lichtkreis gelegen sind links und rechts neben der Ausgangstür die beiden Zugänge zur verschließbaren Kammer des Brotlagers und dem Zimmer des Stubenkapos.

Maksymilian ist eben aufgewacht, er weiß nicht, wovon. Still liegt er da, horcht auf die Schlafgeräusche der Mithäftlinge ringsum, denkt, dass es vielleicht bald auf Mitternacht zugehe, aber nicht viel später sei, und dass es wohl noch etliche Stunden dauere bis zum Wecken. Und dann spürt er es wieder, und nun bewusst: Jemand berührt ihn am Arm.

Als er den Kopf zur Seite wendet, sieht er einen Häftling neben seiner Pritsche kauern, eine undeutliche Gestalt nur, aber er erkennt ihn sofort an der Stimme, denn sie haben schon öfter miteinander geredet: es ist Pilecki.

Pater! Pater!, flüstert er, als er merkt, dass Maksymilian wach ist. Kommen Sie! Stehen Sie auf, und kommen Sie mit mir!

Als Maksymilian sich aufsetzt und etwas fragen will, unterbricht ihn der andere: Es ist wichtig, Pater! Fragen Sie jetzt nicht. Warten Sie ein wenig, bis ich weg bin, und kommen Sie mir in einer Minute nach. Ich warte im Pissoir auf Sie!

Eine Antwort nicht abwartend, schleicht der Häftling rasch davon, zur Tür hinaus, und verschwindet im Treppenhaus.

Maksymilian weiß nicht, was der andere von ihm will, er versteht aber, dass er sich hier nicht lang und breit erklären kann. Deshalb steht er jetzt auf und folgt Pilecki nach – tut es nicht übertrieben vorsichtig, denn das Aufsuchen der Toilette ist ja nicht untersagt, auch nachts nicht. Als er beim Hinausgehen an der Pritsche vorbeikommt, die gleich als erste an die Kammer des Kapos anschließt und einem sehr jungen, gutaussehenden Burschen gehört, bemerkt Maksymilian, dass sie leer ist, und etwas schmerzt ihn dabei.

Haben die andern also recht. Er scheint etwas mit dem Kapo zu haben, denkt er. Aber wahrscheinlich hat es der Kapo mit ihm, wenn man zugrunde legt, dass der Junge vielleicht gar nicht will, sondern zu dem Verhältnis gezwungen wird.

Dann steht Maksymilian unten im Pissoir vor der langen Betonrinne, und nicht weit davon steht Pilecki und fingiert das gleiche Geschäft. Sie warten geduldig ab, bis ein älterer Häftling aus einem anderen Teil des Blocks sein Bedürfnis mit enormer Langsamkeit erledigt hat und endlich verschwindet, dann erst reden sie miteinander.

Ich habe gewusst, dass Sie kommen werden, sagt Pilecki gedämpft und beobachtet den Eingang. Es geht um einen Häftling in Block 4, Pater! Er liegt im Sterben und verlangt nach einem katholischen Geistlichen. Ich dachte mir, Sie werden ihm vielleicht helfen wollen! Es eilt aber ziemlich, wir müssten gleich gehen.

Er sagt das so, als bliebe dem andern gar nichts anderes übrig, als sofort mitzukommen, und Maksymilian will sich schon einverstanden geben, da hindert ihn ein unbestimmtes Gefühl daran. Er kennt Pilecki ein wenig und weiß, dass er Offizier bei der polnischen Armee gewesen und ein fanatischer Patriot ist; wohl scheint er ein aufrechter und verlässlicher Charakter, doch religiösen Belangen gegenüber verhielt er sich stets ablehnend. Seltsam auch, dass er seinem Blick ausweicht, findet Maksymilian.

Ist denn dort kein Priester in Block 4?, fragt er jetzt.

Ich weiß nicht, sagt Pilecki ungeduldig.

Es müsste doch einer dort sein. Wie Sie wissen, sind viele Priester im Lager, und sicher ist in jedem Block mindestens einer zu finden.

Sie wollen nicht kommen?

In unserem eigenen Block komme ich zu jedem zu jeder

Zeit! Aber das nächtliche Verlassen des Blockgebäudes steht unter Todesstrafe, wie Sie wissen!

Ich wusste nicht, dass Sie Angst haben! Pilecki sagt es spürbar abschätzig.

Ich habe keine Angst, Pilecki! Ich möchte von Ihnen nur wissen, ob nicht auch ein Priester von Block 4 ohne Risiko die gleiche Hilfe leisten kann wie ich.

Für einen Moment weiß Pilecki nicht recht, was er erwidern soll. Dann fällt ihm etwas ein, und Maksymilian merkt sofort, dass es gelogen ist, und Pilecki wiederum spürt, dass der andere es merkt ...

Er verlangt eben nach Ihnen, Pater! Nur nach *Ihnen!* Vielleicht kennt er Sie von Niepokalanów, oder von sonst wo – jedenfalls will er nur Sie.

Das soll wahr sein? Pilecki, was wollen Sie wirklich?

Dass Sie mir vertrauen und mitkommen, Pater. Ich habe meine Befehle und darf Ihnen nicht sagen, warum. Aber Sie könnten damit vielen Häftlingen helfen, nicht nur einem – sehr vielen vielleicht!

Maksymilian will etwas fragen, aber nun hören sie plötzlich das näher kommende Schlurfen eines Häftlings, und jetzt drängt Pilecki.

Kommen Sie doch! Bitte!

Da gibt ihm Maksymilian ein Zeichen, er möge vorangehen.

Unbemerkt verlassen die beiden den Block durch den gewöhnlichen und einzigen Ausgang, zu dessen versperrter Tür Pilecki erstaunlicherweise einen Schlüssel hat. Dann sind sie draußen, schleichen durch das nächtliche Lager, sich knapp an die Blockmauern haltend, überqueren zweimal die Lagerstraße und gelangen an die Frontseite von Block 4. Sein Zugang mit der niedrigen Treppe davor liegt voll im Scheinwerferbereich eines der Wachtürme auf der Südseite des Lagers, deshalb müssen sie das Intervall zwischen dem langsam hin- und herschwenkenden Lichtbalken geschickt nützen, um an die Tür zu kommen und sie zu öffnen – da Pilecki auch hier einen Schlüssel hat, gelingt das rasch und ohne Komplikationen.

Im Innern des Blocks wird Maksymilian in den Keller geführt, der als Lager dient, wie man in dem Aufblitzen der kleinen Taschenlampe in Pileckis Hand schemenhaft erkennen kann. In einem der Lagerräume, vor einem harmlosen Bretterverschlag, bleibt Pilecki stehen, löscht das Licht seiner Lampe und verhält sich einen Moment still, um sich zu vergewissern, dass ihnen niemand gefolgt ist. Dann, auf ein bestimmtes Klopfzeichen hin, öffnet sich der Verschlag wie eine Tür und gibt einen Wanddurchbruch zu einem halbdunklen Raum frei, in den die beiden eingelassen werden.

Das Licht in diesem Raum, das von einer tiefhängenden Deckenlampe herrührt, ist stark abgeschirmt und begrenzt seinen Schein auf eine Tischplatte, auf der einige Papiere und die Hände von Männern liegen, die an dem Tisch sitzen; ihre Köpfe und Gesichter sind im Dunkeln und für Maksymilian nur undeutlich zu erkennen.

Pilecki hat militärische Haltung angenommen und verharrt so, bis eine Stimme, die aus dem Hintergrund des Raumes kommt und ziemlich militärisch klingt, zu sprechen beginnt.

Kommt näher ans Licht!, sagt die Stimme, wobei derjenige, dem sie gehört, ebenfalls näher kommt.

Stellen Sie uns vor, Pilecki!

Die Männer am Tisch stehen auf. Jemand ergreift Maksymilians Hand, schüttelt sie, und Pilecki stellt vor: Oberst Rawicz vom Generalstab der polnischen Landarmee! Der Oberst drückt die Hand des Paters außerordentlich fest, dann lässt er sie abrupt los, und die nächste Hand greift zu, drückt, schüttelt, lässt los und so weiter, und Pilecki kommentiert jeweils: Professor Rybarski vom Vorstand der Nationaldemokratischen Partei! Herr Jan Mosdorf, Publizist – vielleicht kennen sich die Herren?

Die Herren sagen nichts, schütteln sich bloß die Hände im Lichtschein über dem Tisch, während die Köpfe darüber sich im Dunkeln anstarren. Pilecki setzt die Vorstellung fort.

Die Herren Dubois und Barlicki von der Sozialistischen Partei! Hauptmann Paolone und Rittmeister Pilecki von der polnischen Armee! Pilecki sagt's, drückt zum Schluss noch selbst Maksymilians Hand und fügt hinzu: Die genannten Personen bilden das Komitee des ZWZ – so nennt sich unser Verband des Bewaffneten Widerstands innerhalb des Lagers …

Der Oberst unterbricht ihn: Im Namen aller Anwesenden danke ich Ihnen, dass Sie gekommen sind, Pater Kolbe! Wir nehmen das als Zeichen Ihres Vertrauens in unsere Sache, und wir wiederum vertrauen Ihnen, wie Sie gesehen haben, sonst hätten wir Ihnen nicht unser Versteck und unsere Identität zu erkennen gegeben. Kurz, wir haben Sie lange genug beobachtet, Pater, um zu wissen, dass Sie der Mann sind, den wir brauchen. Pilecki hat Ihnen wohl schon angedeutet, worum es geht.

Um Sterbehilfe!, sagt Maksymilian ungehalten und überdeutlich.

Wie? Was? Der Oberst blickt befremdet in die Runde.

Um priesterlichen Beistand für einen Sterbenden, verdeutlicht der Pater.

Einen Sterbenden?, fragt ein anderer. Und nach einem Augenblick betretener und omenhafter Stille sagt ein Dritter: Was heißt das denn? Ich verstehe gar nichts ...

Rittmeister Pilecki!, sagt jetzt der Oberst, und im Ton seiner Stimme schwingt die unüberhörbare Forderung nach sofortiger Aufklärung.

Pilecki zögert etwas, bevor er, ziemlich bedrückt, mit der Wahrheit herauskommt.

Ich habe mir gedacht, ich bitte ihn um Sterbehilfe, damit er sicher kommt, Herr Oberst. Schließlich ist er kein Soldat, und sein Kommen bedeutet für ihn Lebensgefahr.

Na und? Ist er vielleicht kein guter Pole, dass er ein Opfer scheut für sein Land?, fährt der Oberst den Rittmeister heftig an. Sie sind stets voller Eifer gewesen, Pilecki, zugegeben. Aber wenn Sie jetzt zu denken beginnen, statt Befehle einfach nur auszuführen, dann können wir uns gleich die Kugel geben!

Jawohl, Herr Oberst! Nein, Herr Oberst!

Was heißt nun das wieder?

Jawohl heißt, ich habe verstanden. Nein heißt, wir brauchen die Kugeln nicht.

Setzen Sie sich jetzt, Rittmeister!, sagt der Oberst begütigt und wendet sich wieder Maksymilian zu.

Entschuldigen Sie die plumpe List, mit der man Sie hierhergelockt hat – das war nicht in unserem Sinn. Wir wissen, dass Sie auch so gekommen wären – der Wichtigkeit der Sache wegen!

Aber ich weiß gar nicht, worum es geht, wirft Maksymilian ein.

Der Oberst blickt ihn mit einmal sehr gönnerhaft an: Wir möchten Sie gern in unserer Organisation haben, Pater. Natürlich müssten Sie eine bestimmte Aufgabe übernehmen …

Welche Aufgabe? Was für eine Organisation? Würden Sie sich erklären, meine Herren!

Ich bin eben dabei, Pater!, sagt der Oberst etwas schärfer und gibt zu erkennen, dass er Maksymilians unwilligen Ton nicht akzeptiert. Er geht nun vor ihm auf und ab und um ihn herum, wobei er seine Sache in militärisch knapper und trockener Weise darlegt.

Sie müssen wissen, dass unsere Organisation eine Vereinigung verschiedener militärischer und politischer Widerstandsgruppen in diesem Lager ist, die von den Herren, die Sie eben kennengelernt haben, vertreten werden. Unser gemeinsames Ziel ist der bedingungslose Kampf gegen den Nationalsozialismus, innerhalb und außerhalb des Lagers, in je unterschiedlichen Formen … Professor!, wendet er sich an jenen Herrn, der als Nationaldemokrat mit Namen Rybarski vorgestellt worden ist. Bitte erklären Sie ihm einige unserer Aktivitäten im Lager, damit er einen Begriff davon bekommt!

Rybarski hüstelt ein wenig und bringt dann das Gewünschte sehr geläufig und in der Art eines präzise und oft durchdachten Gefechtsplans zur Sprache.

Erstens: Wir organisieren Medikamente und Lebensmittel für besonders bedürftige Häftlinge. Durch unsere Beziehungen zu einigen SS-Dienstgraden, die wir mit Gold und Schmuck bezahlen, haben wir Zugang zum Medikamentenlager, zum Lagerschlachthaus, zur Molkerei und zur Bäckerei. Die Mengen sind natürlich begrenzt, die wir bekommen können, aber …

Gehen Sie zum nächsten Punkt über, Professor, drängt der Oberst. Das betrifft ihn ja nicht!

Zweitens, doziert Rybarski: Wir dokumentieren die faschistischen Verbrechen im Lager, damit das Ausland über Auschwitz Bescheid weiß. Über Kontaktleute und mittels verschiedener Kassiber schmuggeln wir regelmäßig Informationen nach draußen; sie werden von Krakau aus an das Internationale Komitee des Roten Kreuzes nach Genf weitergeleitet.

Der Oberst macht eine Handbewegung – Rybarski geht zum nächsten Punkt über.

Drittens: Wir bereiten Fluchtversuche von Häftlingen vor, die die Aufgabe haben, mit Partisanengruppen außerhalb des Lagers gemeinsame Aktionen durchzuführen, wie zum Beispiel Waffenbeschaffung und Sabotageakte sowie …

Er bemerkt, dass ihn der Oberst ungehalten anstarrt; eilends setzt er fort: Viertens: Wir betreiben ideologische und agitatorische politische Arbeit im Lager, denn wir sind der Meinung, dass es die moralische Pflicht eines jeden Häftlings ist, sich gegen den Nazismus zu stellen und ihn aktiv zu bekämpfen. Fünftens: Wir liquidieren die Spitzel unter uns, die für die deutsche Abwehr und die Lagerführung arbeiten. Sechstens: Wir bereiten einen bewaffneten

Aufstand im Lager vor, der die Befreiung der Häftlinge zunächst des Stammlagers zum Ziel hat …

Das ist es!, unterbricht der Oberst den Vortrag des Professors. Das ist es, wofür wir Sie brauchen, Pater! Kommen Sie! Kommen Sie hierher!

Er ist an die Stirnseite des Tisches getreten und kramt in einigen Papieren, die vor ihm liegen. Maksymilian stellt sich neben ihn und wirft einen Blick in die Runde. Er kann die Herren noch immer nicht unterscheiden; in dem schmalen Lichtband, das sich zwischen der Tischplatte und dem tiefhängenden Lampenschirm ergibt, sieht er nur ihre Häftlingsanzüge bis zum Kennzeichen in Brusthöhe: sie tragen alle das rote Dreieck wie er selbst.

Sie scheinen ihrer Sache erstaunlich sicher, geht es Maksymilian durch den Kopf. Er ist noch immer von der überraschenden Tatsache beeindruckt, dass es in diesem scharf bewachten Lager eine organisierte Widerstandsbewegung gibt. Natürlich hörte er zuweilen Gerüchte, doch sie schienen ihm nie recht glaubhaft.

Ich brauche nicht zu betonen, dass alles, was Sie hier hören und sehen, höchster Geheimhaltungspflicht unterliegt!, sagt jetzt der Oberst. Wie Sie hörten, planen wir einen Aufstand. Er ist für das Frühjahr 1942 vorgesehen. Vorbedingung ist, dass wir mindestens hundertfünfzig bis zweihundert Häftlinge bewaffnen können. Zwei Drittel dieser Waffen besorgen wir uns selbst am Tag des Aufstands, indem wir die SS-Waffenkammer stürmen. Doch dafür brauchen wir bereits Waffen. Dieses Drittel müssen wir vorher haben und von draußen beschaffen. Das geschieht so –

Bevor er fortfährt, breitet er einen Plan des Lagers und der weiteren Umgebung auf dem Tisch aus.

Die landwirtschaftlichen Arbeitskommandos des Lagers, in denen wir Zellen in Fünfergruppen organisiert haben, arbeiten den Sommer über vor allem auf den Feldern, die in dieser Gegend liegen. Er zeigt auf den Plan, auf dem bestimmte Punkte mit einer Kreislinie markiert sind. Sehen Sie diese Stellen! Es sind Kartoffel- und Rübenfelder. Hier werden die Waffen von Partisanentrupps außerhalb des Lagers nachts vergraben und dann tagsüber von unseren Fünfergruppen während der Ernte ausgegraben und heimlich ins Lager gebracht. Das ist der Plan im Groben, ohne die Details, weil Sie jetzt nur abschätzen sollen, ob Sie das organisieren können …

Der Oberst schweigt. Die Männer blicken gespannt auf Maksymilian, der weiter auf den Plan starrt, aber nichts sagt.

Trauen Sie sich zu, das von draußen zu organisieren, Pater?

Organisieren? Von draußen?, fragt Maksymilian verwundert.

Wir verhelfen Ihnen zur Flucht, erläutert der Oberst. Wir bereiten alles vor, soweit sich das von hier aus machen lässt. Wenn alles klappt und Sie draußen sind, nehmen Sie sofort Kontakt mit der Partisaneneinheit *Marusza* auf. Sie werden sie leicht finden, denn sie operiert nur um Auschwitz. Dann melden Sie sich beim Kommandeur Jan Wawrzyczek. Er wird die Waffen besorgen, vor allem Pistolen, die sich leicht verbergen lassen, und genügend Munition, wenigstens zwanzig Schuss pro Waffe – alles in Originalverpackung, wenn möglich. Wenn das beschafft ist, wissen Sie, wann und wo es vergraben werden muss; über Kassiber erfahren Sie von uns jeweils rechtzeitig die genauen Tage und präzisen Stellen.

Der Oberst verstummt. Wieder blicken alle auf den Pater, der noch immer in den Plan vertieft scheint.

Werden Sie das also übernehmen, Pater?, drängt der Oberst mit rauer Stimme.

Nach einem Moment völliger Stille blickt Maksymilian endlich auf.

Wie kommen Sie eigentlich auf mich?, fragt er.

Ist das jetzt wichtig zu erklären? Wir haben Sie beobachtet und halten Sie für geeignet. Wir wissen, Sie haben Niepokalanów geleitet und können verlässlich organisieren. Und Sie haben sich stets zu Polen bekannt, wie wir wissen, sind also ein echter Patriot.

Ich bin auch Ordensmann und Priester.

Haben wir schon bedacht und halten es für sehr gut, lächelt der Oberst. Als Geistlicher sind Sie der Lagergestapo weniger verdächtig als wir. Man wird Sie wohl kaum mit Waffengeschichten und einem Aufstand in Verbindung bringen.

Ich auch nicht, Oberst.

Was – Sie auch nicht?

Gott dienen und Waffen besorgen – ich kann das nicht verbinden, murmelt Maksymilian.

Der Oberst blickt in die Runde, als möchte er sich vergewissern, recht gehört zu haben. Dann mustert er den Pater, als sähe er ihn zum ersten Mal, wobei er für den Moment nichts zu sagen weiß. Dafür ist plötzlich die Stimme

Professor Rybarskis vernehmbar, die jetzt besorgt und fast erschrocken klingt.

Was meint er damit?

Er will nicht, glaub ich, antwortet eine andere, etwas hohe Stimme, und wieder eine andere, die hart und spröde klingt, fragt: Warum denn nicht? Hat er Angst?

Bitte verstehen Sie, versucht Maksymilian die Herren zu beruhigen. Es bedeutet keine Verurteilung dessen, was Sie tun! Nur: Ich selbst kann nicht mitmachen, ich darf es nicht.

Schwer zu verstehen, Pater! Der Oberst sagt es mit einem unangenehmen Unterton in der Stimme. Sie lassen sich zuerst alles erklären und sagen dann ab!

Ich habe Sie nicht bewogen, dies zu tun. Im Gegenteil: *Sie* haben *mich* holen lassen – unter einem Vorwand!

Ist doch egal, sagt einer der Männer. Er ist jedenfalls da, er kennt uns und unser Versteck, er weiß von unseren Plänen – und macht nicht mit!

Ein Mitwisser ohne Funktion ist ein Mitwisser zu viel, sagt ein anderer – der mit der spröden Stimme.

Eine wichtige Richtlinie unserer Organisation, müssen Sie wissen!, ergänzt der Oberst.

Ich kann schweigen, wenn Sie das meinen, versichert Maksymilian rasch. Ich werde Ihre Sache nicht verraten, weder absichtlich noch unabsichtlich! Aber ich kann Ihnen dabei auch nicht helfen. Bitte lassen Sie mich jetzt gehen!

Hören Sie zu, Pater! Der Oberst ist nahe an Maksymilian herangetreten. Unser Kampf kann Ihnen nicht gleichgültig sein. Er ist gegen den Nazismus gerichtet, der ein Feind aller freien Völker und Menschen ist, und er ist ein

Teil jenes allgemeinen Kampfes in der Welt gegen Faschismus, Diktatur und Unterdrückung. Selbst wenn Sie kein Pole wären und Ihnen unsere nationalen Belange nichts sagten, müssten Sie sich, für die Verteidigung der allgemeinen Menschenrechte, der Freiheit und der Demokratie, verpflichtet fühlen, sich uns anzuschließen. Es gibt überhaupt keinen verständlichen Grund, es nicht zu tun, Pater!

Außer Unwissenheit. Oder politische Unreife. Oder Feigheit!, tönt die spröde Stimme von vorhin aus dem Dunkel.

Oder die Gebote unseres HERRN!, sagt Maksymilian.

Die hab ich doch fast vergessen, antwortet die Stimme aus dem Hintergrund. Er meint gewiss diese berühmten Sprüche aus dem Evangelium, über die wir schon als Jungs immer gelacht haben: *Liebet euere Feinde! Widerstrebt nicht dem Bösen! Wenn dir einer auf die Wange schlägt, wehr dich nicht, sondern halte ihm auch noch die andere hin …* heißt es nicht so oder ähnlich?

Sie haben sich das gut gemerkt!

Der andere kichert kurz: Weil es so komisch ist, Pater! Aber ich hätte nie gedacht, dass ich mal jemanden treffen werde, der so etwas ernst nimmt, *buchstäblich* ernst!

Die Kirche hat es wohl selbst nie ernst genommen, setzt die etwas hohe Stimme hinzu. Nicht in der Epoche der Kreuzzüge, nicht während der Inquisition, nicht zu Luthers Zeiten – nicht in all den ungezählten Einzelfällen von Gewalttat, Verbannung, Intrige, welche die Vergangenheit der Kirche kennt.

Jemand hüstelt spontan. Es ist der Professor, der bemüht ist, die Konfrontation etwas abzuschwächen.

Vielleicht sollte man die Haltung der Kirche nicht an dem messen, was sie predigt. Sie ist schließlich eine öffentliche Institution, die es vermutlich gar nicht mehr gäbe, wenn sie sich nicht – durch all die rauen Jahrhunderte ihrer Geschichte hindurch – mit Zähnen und Klauen, mit List und Tücke gegen ihre Feinde zur Wehr gesetzt hätte. Die sanftmütigen Sprüche des Neuen Testaments wären längst ihr Todesurteil gewesen. Als gute Mutter ihrer vielen Kinder war die Kirche einfach gezwungen, realistisch zu handeln – realistischer jedenfalls, als die wirklichkeitsfremden Ideale ihrer Botschaft es fordern würden. Wer will schon seine Feinde lieben und sterben! Wir wollen sie überwältigen und leben – das ist doch natürlich!

Richtig!, schaltet sich der Oberst ein. Das ist auch jedem Soldaten aus dem Herzen gesprochen. Leben heißt einfach kämpfen. Das gilt für die Kirche, gilt für uns, gilt für jeden Menschen – auch für Sie, Pater! Das ist doch überhaupt der Sinn dessen, was man Daseinskampf nennt: Siegen oder verlieren, aber in jedem Fall kämpfen! Immer und überall! Gegen den Feind! Gegen den Teufel! Gegen das Böse! Ich denke mir, dass wir uns darin vollkommen einig sind, Pater – was meinen Sie?

Der Oberst schweigt. Zufrieden mit seiner Logik schaut er in die Runde und dann auf Maksymilian. Auch die andern tun es, und für einige lange Augenblicke ist die Szene so still und ruhig wie ein Bild.

Dann, bedächtig, sagt Maksymilian: Ich glaube, das Böse ist mehr ein *Wie* als ein *Was.* Man kann es nicht wirklich bekämpfen und besiegen, man kann es nur selbst unterlassen. Denn was man mit Kampf erreicht, ist immer nur wieder Kampf, und was Gewalt schafft, schafft wieder Gewalt. Was wir wirklich wollen, ist ein menschenwürdiges Leben in Frieden und Freiheit. Aber was ich nicht friedlich gewinne, kann auch kein wirklicher Frieden sein. Und was ich mit Waffen erzwinge, kann keine Freiheit sein. Und was ich mit Feindschaft und Hass erreiche, kann niemals Menschlichkeit sein.

Mit einer spontanen Geste hebt Maksymilian die Deckenlampe etwas an, sodass sich die Männer plötzlich ins Gesicht sehen.

Das ist nämlich mit dem Kreuz des HERRN gemeint, das wir auf uns nehmen sollen: Nur durch das Prinzip *Opfer* kann uns die Befreiung vom Bösen gelingen, nur im Ertragen, nicht im Erwidern liegt unsere Erlösung. Alles andere sät das gleiche Übel immer neu, und die Geschichte der Menschheit ist ein ununterbrochener Beweis für diese Wahrheit – die Geschichte Polens nicht ausgenommen, meine Herren!

Er lässt die Lampe sinken, und die Gesichter verschwinden wieder im Halbdunkel. Eine Weile sagt niemand etwas. Dann räuspert sich der Professor, will etwas sagen, sagt aber dann doch nichts. Schließlich tönt die spröde Stimme von hinten: Ich denke, er glaubt das wirklich, was er sagt, Oberst!

Das glaube ich auch, fällt die hohe Stimme ein. Er ist in Ordnung und wird uns nicht verraten. Wir können ihn gehen lassen, meine ich.

Was denn sonst!, sagt jetzt der Professor. Wir wollen mit unseren Methoden doch nicht der Gestapo nacheifern und ihn ohne Grund beseitigen!

Nicht, solange er schweigt, Professor!, sagt der Oberst. Dann wendet er sich an Maksymilian: Sie werden verstehen, dass wir zuschlagen müssen, wenn Sie uns oder unsere Pläne durch Ihr Mitwissen gefährden sollten … Pilecki! Bringen Sie den Pater jetzt in seinen Block zurück!

Jawohl, Herr Oberst! Rittmeister Pilecki geht zu dem Bretterverschlag, der die Tür nach draußen ist, öffnet ihn vorsichtig und horcht hinaus. Dann winkt er Maksymilian zu kommen, und die beiden verlassen rasch den Kellerraum.

Eine Flucht

An einem Tag gegen Ende Juli 1941 geschieht es dann, dass ein polnischer Häftling namens Klos von einem Außenkommando nicht zurückkehrt. Er hatte tagsüber mit seinem Arbeitstrupp in den Sümpfen an der Sola gearbeitet, um Entwässerungsgräben zu ziehen, und dabei muss er irgendwann verschwunden sein, ohne dass man es merkte. Vermutlich geschah es am Nachmittag, als sich die Aufseher etwas abseits hielten, um die feuchte Schwüle im Schilfbereich, wo Klos arbeitete, zu meiden; in diesen ärgsten Hitzestunden hatten sie sich in den Schatten verzogen. Aber auch die Häftlinge hatten kein Auge aufeinander; sie nützten die Gelegenheit, arbeiteten so langsam, dass zwischendurch schon mal ein kleines Dösen möglich war, und merkten also auch nichts.

Später, beim Abzählen am Lagereingang, als der Trupp heimkehrte, merkte man es noch immer nicht. Der Zählposten, der die Häftlinge beim Durchlauf durch das Tor kontrollierte, war einen Moment lang nicht ganz bei der Sache; zwar merkte er, dass einer fehlte, aber dann glaubte er, sich verzählt zu haben, hielt den Mund und machte einfach weiter.

Erst beim Abendappell kam heraus, dass Klos fehlte. Bis dahin verging allerdings noch einmal eine gewisse Zeit, denn die Außenkommandos, auch die letzten, mussten ja alle erst eintreffen, die Zählschleuse passieren, am Lagerorchester vorbeidefilieren, dann auf dem Appellplatz Aufstellung nehmen. Währenddessen kamen aus den Blocks die anderen Gefangenen herbei, die im Lager beschäftigten und früher heimgekehrten Arbeitshäftlinge, die Arbeitsunfähigen und Daheimgebliebenen – sie alle mussten sich erst auf dem großen Platz einfinden und in Zehnerreihen formieren, bevor die Generalzählung beginnen konnte, was wiederum seine Zeit brauchte.

Es ist also schon Abend geworden und diese gewisse Stunde eingetreten, wo alle Dinge diffuser werden, unentschlossen in ihrer Erscheinung, unentschlossen auch der Mensch: Er denkt, man sollte vielleicht das Licht einschalten, aber er tut es nicht, zögert es hinaus. So bleibt der Platz eine Weile in rosige Dämmerung getaucht, die alles angenehm verklärt.

Da plötzlich rennt einer über den Platz; es ist der Stubenkapo von Block 14a, der aufgeregt zum Appell-Unterscharführer läuft, um eine Abgängigkeitsmeldung zu machen. Der Appell-Uscha meldet es dem Rapportführer Palitzsch, der heute allein da ist, um den Appell für den Lagerkommandanten Fritsch abzunehmen, und Palitzsch wiederum eilt sofort zum nächsten Blockgebäude und verständigt die Hauptwache und die Lagerleitung. Dann, kaum eine Minute später, wird Fluchtalarm gegeben, die Lagerbeleuchtung und die Scheinwerfer der Wachtürme flammen auf, und laut aufheulend beginnt die Lagersirene anzulaufen.

Ein SS-Sturmmann, der schon gemütlich in der Kantine

sitzt, Feierabend macht und seinen ausgiebigen Durst ausgiebig mit einigen deutschen Bierchen löscht, schreckt auf, als er die Sirene hört.

Was is'n los?, fragt er seine Kameraden.

Wird wohl einer abgehauen sein, schätze ich!, sagt ein anderer, ein Rottenführer, und steht schon mal auf.

Ein Häftling?, fragt der Erste etwas schwerzüngig.

Was denn sonst!, murrt der andere und schnallt sich das Koppel um.

Aber Häftlinge haben wir doch genug. Hunderte! Das ganze Lager ist voll! Wieso müssen wir da *einen* suchen, noch dazu mit Alarm und Sirene?

Weil er unser Feind ist, wenn du das noch nicht kapiert hast! Jeder Häftling ist ein Feind!

Aber wieso denn? Ich denke, wir haben *sie* eingesperrt, nicht sie *uns* – also sind wir doch *ihre* Feinde, nicht sie *unsere!*

Das musst du mal dem Lagerchef erklären, Kamerad, lacht der Rottenführer. Dann sagt er unvermittelt scharf: Jetzt reiß dich zusammen, und komm! Vielleicht kriegen wir den Burschen noch! Er greift nach seinem Karabiner und verlässt mit den anderen die Kantine. Nun erhebt sich auch der erste Sturmmann.

Vielleicht kriegen wir den Feind! Aber wer ist unser Feind? Vielleicht wir selbst. Dann bräuchten wir keinen mehr suchen … Er murmelt es für sich, trinkt sein Glas mit einem Zug leer und folgt den anderen nach.

Draußen hat die Treibjagd nach Klos schon begonnen. SS-Suchtrupps mit Hunden sind auf die Pritschen von Lastwagen mit auf dem Führerhaus montierten großen Suchscheinwerfern gestiegen; sie brechen ins Gebiet der Sola auf. Kraftradfahrer und Kübelwagen schwärmen aus, um auch die weitere Umgebung um den Fluchtort zu kontrollieren und den Flüchtigen möglichst innerhalb der Fünf-Kilometer-Sicherheitszone um das Lager zu stellen. Hat nämlich ein Häftling diese Zone passiert, dann besteht so gut wie keine Chance mehr, ihn aufzugreifen, denn die fanatisch-polnische Bevölkerung gewährt ihm jeden erdenklichen Schutz, wie die Lagerführung weiß. Also scheut man keinen Aufwand, durchkämmt das ganze Gebiet rasch und planmäßig und so gründlich, als es die Dunkelheit und der sumpfige Boden eben erlauben. So sucht man bis in die späten Nachtstunden hinein.

Als die Aktion endlich abgebrochen wird, befinden sich die Häftlinge von Block 14a noch immer auf dem Appellplatz; sie haben laut Befehl der Lagerführung Strafappell, solange die Suche andauert, was jetzt über drei Stunden her ist, von der Abendzählung an gerechnet. Sie stehen also da, diese dreihundertsiebzig Mithäftlinge aus dem Block des Geflohenen, und blinzeln in die Scheinwerfer, die auf sie gerichtet sind.

Zu essen gab es natürlich nichts, und nach so einem langen heißen Tag schwerer Arbeit sind die meisten von ihnen schon ziemlich geschwächt. Aber die zwei Blockkapos und die fünf SS-Wachen, die sich irgendwo im Dunkeln hinter den Scheinwerfern aufhalten, achten genau auf alles und lassen kein Abschlappen, ja nicht einmal eine leichte Lockerung der Habtachtstellung zu. Jedes Mal, wenn es einem Gefangenen passiert, dass er den Kopf sinken lässt und für einen Moment einnickt, oder dass ihm ein Knie wegknickt, er aus dem Gleichgewicht kommt und kurz aus der Reihe tanzt, oder nur, dass er die Hand hebt, um sich den schmerzenden Nacken zu reiben oder das erstarrte Kreuz – jedes Mal flitzt dann ein Kapo aus dem dunklen Irgendwo ins Licht, versetzt dem Opfer einen Hieb mit dem Schlagstock und ist – husch! – gleich wieder verschwunden. Man muss höllisch aufpassen bei dieser Tortur, gerade deshalb, weil man den Gegner nicht sieht, selbst aber im scharfen Scheinwerferlicht genau beobachtet wird und sich auch kleine Bewegungen und Haltungsveränderungen kaum leisten kann, die so wichtig sind zwischendurch und das Durchhalten erleichtern.

Endlich kommt Fritsch. In Begleitung seines zu dieser Nachtzeit reduzierten Stabs, der sich auf den Rapportführer beschränkt, erscheint er mit seinen üblichen Führerschritten auf dem Platz und baut sich vor den Häftlingsreihen auf – innerhalb der Lichtzone der Scheinwerfer natürlich, damit er von jedem nicht nur gut verstanden, sondern auch deutlich gesehen werden kann.

Wir haben euren Mitgefangenen nicht aufgegriffen, beginnt er laut und scharf seine Ansprache. Wir haben ihn noch nicht, und das ist sehr bedauerlich – ich meine, für euch, nicht für mich, denn ihr werdet mir in jedem Fall dafür bezahlen. Ihr alle – der ganze faule Haufen, der ihr seid – werdet mir dafür bezahlen, dass ihr nicht besser auf ihn aufgepasst habt …

Der Lagerkommandant geht ein paar Schritte, während er die desolaten Gestalten der erschöpften Häftlinge scharf mustert, was seine Wut offenbar zunehmend steigert.

Plötzlich brüllt er los: Ab sofort gibt's kein Essen mehr und nichts zu trinken! Und morgen werdet ihr wieder hier stehen, bis eure Beine im Arsch verschwunden sind und jeder Knochen in euch wünscht, dass wir den Kerl noch aufgreifen! Wenn aber nicht – wenn wir Klos nicht mehr kriegen, dann ist die Auswahl fällig! Morgen Abend! Ihr wisst, was ich beim letzten Fluchtfall gesagt habe: Für jeden, der abhaut und durchkommt, hole ich mir zehn für den Hungerbunker, zehn aus dem gleichen Block, zehn von euch für den einen! Vielleicht könnt ihr noch rechnen und findet heraus, ob sich ein Fluchtversuch wirklich lohnt – für euch, die ihr bleiben und büßen müsst! Wegtreten!

Fritsch verlässt den Platz, rasch, wie er gekommen ist. Dann verlöschen die Scheinwerfer, und die Reihen der Häftlinge lösen sich langsam auf; nachdenklich oder jammernd oder leise fluchend schleppen sich die Männer zu ihrem Block, der zum Glück nicht sehr fern liegt.

Später, es dürfte schon gegen Mitternacht gehen, liegen die Häftlinge in 14a auf ihren Pritschen, und viele können nicht einschlafen. Eine gereizte Wachheit, bewirkt durch Hunger, Übermüdung und Angst, quält sie und macht, dass der Schlafraum voll ungewohnter Geräusche ist: weniger Schnarchtöne zwar, doch mehr und ununterbrochene Bewegung auf den krachenden und knarrenden Holzpritschen, auf denen sich die Männer schlaflos hin und her wälzen, sich aufsetzen, irgendwann dann aufstehen, auf den Abort gehen, zurückkommen, sich hinlegen und wieder nicht schlafen können.

Auch der Kapo in Maksymilians Schlafstube hat heute

Probleme mit dem Schlafen, wenn auch aus anderen Gründen. Die Häftlinge, die nahe dem Eingang liegen, hören, wie er die längste Zeit in seiner Stube rumort und irgendetwas treibt, weiß der Teufel, was. Plötzlich geht die Tür auf, und er kommt heraus, nur mit einer Hose bekleidet. Die Häftlinge in der Nähe, die sich natürlich schlafend stellen, beobachten, wie er sich streckt – genau unter der Nachtbeleuchtung –, langanhaltend gähnt und dabei in den dunklen Pritschenwald des Schlafsaals starrt. Langsam geht er dann auf die erste Pritschenreihe zu, auf das Bett eines jungen Häftlings, der auf dem untersten Strohsack schläft. Er schläft wirklich, vielleicht als Einziger im ganzen Saal, und wird erst wach, als er spürt, wie der Kapo unter seine Decke greift und sich an seinem Unterleib zu schaffen macht.

Ich bin's, Karl!, flüstert der Kapo. Wach schon auf!

Was ist denn?, fragt der Junge müde.

Willst du kommen?, fragt der andere, weich, lockend, aber der Junge wendet sich angewidert ab.

Nicht schon wieder! Nicht heute!

Für einen Moment hält der Kapo still, dann versucht er's von Neuem. Ich hab auch was für dich: Zigaretten! Auch etwas Fleisch, wenn du willst …

Heb's mir auf, murmelt der Junge. Heute bin ich zu müde. Vielleicht morgen …

Morgen ist Auswahl, sagt der Kapo rasch.

Ach … Auswahl! Jetzt ist der Junge hellwach; er blickt den andern ratlos an.

Wenn du kommst, schreib ich dich krank!

Wieder ist es still. Dann schlägt der junge Häftling die Decke zurück, steht auf und geht, wankend und mit kläglicher Miene, in die Kammer voraus. Kapo Karl aber ist zufrieden; er wirft noch einen Blick in den Saal, in dem es ruhig ist wie zuvor, dann eilt er dem Jungen nach und schließt die Kammer von innen.

Kaum sind die beiden verschwunden, werden im Saal die Geräusche eines Handgemenges laut – etwas weiter hinten, wo die Nachtbeleuchtung nicht hinreicht und man fast nichts sehen kann. Heftiges Atmen und Keuchen ist zu hören, und dazwischen zischt eine wütende Stimme: Du hast es gewusst, du Hund! Du hast gewusst, dass er abhauen wird!

Sei doch vernünftig, Taddé! Lass mich los!, sagt ein anderer; es ist die Stimme Pileckis, wie Maksymilian erkennt, der wach ist wie die meisten anderen.

Ihr habt es geplant, gib es zu! Ihr sagt, es lebe Polen, aber ihr meint nur euch, und für jeden, den ihr rausschleust, bringt ihr zehn andere in den Hungerbunker!

Sei jetzt still, Taddé! Pileckis Stimme klingt nun drohend. Ich habe dir gesagt, dass wir mit Klos nichts zu tun haben, klar? Er ist kein Mann von uns!

Wer glaubt euch das! Ihr denkt doch nur an euch! Ihr geht doch über Leichen! Ihr seid wie die Deutschen, nur auf der andern Seite. Ihr seid genauso!

Nimm deine Pfoten weg von meinem Hals!, sagt Pilecki. Und kein Wort mehr, sonst bist du dran! Seine Stimme hat jetzt einen gefährlichen Unterton, den der andere genau versteht.

Siehst du, siehst du!, fährt Taddé hysterisch auf. Findest du endlich deine Sprache: *Jetzt bist du dran!* Und morgen sind zehn andere von uns dran, euretwegen …

Er gurgelt plötzlich, seine Stimme geht in abgewürgte unverständliche Laute über und endet schließlich in gedämpften, von einer Decke erstickten Hilferufen. Im gleichen Augenblick blitzt eine Taschenlampe auf, nicht weit von Maksymilian entfernt; der Lichtkegel bewegt sich rasch in Richtung der Stimmen, und dann kann man die Kämpfenden erkennen: den jungen Taddé, der auf dem Boden liegt und verzweifelt versucht, nicht von der Decke erstickt zu werden, die ihm Pilecki, der auf seiner Brust kniet, auf Mund und Nase presst.

Mit einem Fußtritt stößt der Häftling mit der Taschenlampe Pilecki von seinem Gegner.

Bist du verrückt, Pilecki!, sagt er und leuchtet ihm ins Gesicht.

Er hat angefangen, Buszko! Ich kann nichts dafür.

Hab ich gesehen!, sagt Buszko. Er leuchtet Taddé an, der, noch am Boden sitzend, mit lamentablem Gesicht zu Buszko aufblickt.

Der Hund!, sagt er und deutet auf Pilecki. Du hast es gesehen: Er wollte mich umbringen!

Es war Notwehr, erklärt Pilecki. Ich bin bereit, es zu vergessen! Er hält Taddé die Hand hin, um ihm vom Boden aufzuhelfen, doch der schlägt sie aus und schimpft weiter.

Du Mistkerl! Du Mörder! Du bist schuld an der Auswahl …

Hör auf damit!, fällt ihm Buszko ins Wort; er hilft Taddé auf die Beine und versucht einzulenken. Pilecki ist in der gleichen Lage wie wir alle, wie soll er da Schuld haben! Nimm dich jetzt zusammen, Junge, und leg dich hin!

Er gibt Taddé einen freundlichen Klaps, und der trollt sich tatsächlich zu seiner Pritsche und wirft sich hin. Aber dann heult er plötzlich los.

Ich hasse das alles!, schluchzt er. Verdammt noch mal, ich hasse die Deutschen, weil sie gemacht haben, dass ich hasse – sie hasse, mich hasse, euch hasse, dieses ganze beschissene Leben hasse …

Nicht so laut, Kumpel! Ein älterer Jude hat sich zu Taddé aufs Bett gesetzt und legt ihm beruhigend die Hand auf die Schulter. Hasse etwas leiser, sonst hört es der Kapo und fühlt sich vielleicht betroffen! Er verzieht sein faltenreiches Gesicht so, dass man es für ein Lächeln halten kann.

Lass ihn nur, Goldberg!, sagt ein Häftling, der eben mit einigen anderen herangeschlichen kommt und sich hinzusetzt. Der Kapo ist mit Stani beschäftigt und im Moment nicht zu fürchten. Lass Taddé sich ausheulen, das erleichtert und bricht diese verdammte Angst.

Ich hab doch keine Angst, fährt Taddé auf. Ihr begreift überhaupt nichts! Ich habe keine Angst, nur Hass. Aber ich will ihn nicht, versteht ihr! Am meisten hasse ich den Hass …

Taddé bricht ab, heult nur noch still vor sich hin, und die andern verstehen, worunter er leidet.

Indessen hat Buszko seine Taschenlampe auf eine Pritsche gelegt, und zwar so, dass ihr Schein auf eine helle Wand fällt und ein breites diffuses Licht zurückwirft, in dem jetzt die ganze Szene erkennbar wird: Eine Menge Häftlinge sind mit einmal herbeigekommen und hocken, aufgereiht wie Vögel, im Umkreis auf den unteren Pritschenrändern und auf dem Boden. Auch Maksymilian ist dabei; er sitzt neben Goldberg auf dem Bett Taddés und spricht dem verzweifelten Jüngling halblaute Worte zu.

Wenn du deinen Hass nicht willst, dann musst du zuerst deine Angst bekämpfen, Taddé. Bevor die nicht weg ist, wirst du auch den Hass nicht los.

Aber ich habe doch keine Angst, verdammt!, knurrt Taddé. Hätte ich Angst, wäre ich zum Hass gar nicht fähig.

Umgekehrt, Taddé! Hättest du keine Angst, wäre dein Hass nicht nötig. Wer hasst, hat auch Angst. Jedem Hass liegt Angst zugrunde!

Das klingt aber komisch, wirft Goldberg ein. Dann müssten die Nazis eigentlich Angst haben. Und weil sie uns sehr hassen, müssten sie große Angst haben – das kann wohl nicht sein, Pater!

Warum denn nicht?, fragt Buszko.

Na ja!, witzelt Goldberg. Hab nie bemerkt, dass die SS Angst vor uns hat. Sah immer aus, als sei das Gegenteil der Fall.

Ist doch klar, dass die Nazis Angst haben, sagt Buszko. Vor den Juden, vor den Christen, vor den Slawen, vor allen Völkern und Gruppen, die ihren Anspruch auf Weltherrschaft der arischen Rasse infrage stellen. Weil sie im Grunde Angst vor uns haben, deshalb hassen sie uns und wollen uns aus der Welt schaffen.

Na gut, mischt sich ein anderer ein; er heißt Milek, und sein Kopf ragt merkwürdig körperlos über den Rand einer oberen Pritsche hervor und spricht zu den anderen herunter.

Soll so sein, wie du sagst! Sie hassen uns aus Angst, wir hassen sie aus Angst! Das ist doch ein Kreislauf, der aus sich selber läuft und niemals aufhört, solange nicht einer von den Gegnern ausgerottet ist.

Ein Teufelskreis ist es, das ist wahr!, bestätigt Buszko.

Man müsste ihn zerhauen, verdammt noch mal! Aufsprengen mit einer Bombe!, sagt jetzt Taddé; er hat sich etwas beruhigt und aufgesetzt, aber es schluchzt noch immer in ihm.

Goldberg blinzelt ihn an.

Was für eine Bombe meinst du? Aus welcher himmlischen Waffenkammer, Kumpel? Seine unzähligen Falten lassen ein vielleicht spöttisches Lächeln erahnen.

Wir können überhaupt nichts machen, sagt jetzt einer, der einmal Lehrer gewesen ist. Jeder Mensch will leben und hat Angst vor dem Sterben und hasst den, der ihm Leid und Tod zufügt – das ist normal und entspricht dem natürlichen Selbsterhaltungstrieb jeder Kreatur. Wir sind also gezwungen, die Deutschen zu hassen, ob wir wollen oder nicht!

Wir wollen es!, schaltet sich Pilecki ein. Es ist sogar unsere Pflicht! Aber unser Hass hat nur Sinn, wenn wir den Gegner auch bekämpfen und vernichten. Nur so ist das Problem zu lösen und der Hass aus der Welt zu schaffen – ihrer und unserer –, wenn wir die Nazis töten!

Das denken die doch auch, sagt Buszko. So denken auch die Nazis! Da sind wir wieder in dem tödlichen Kreis!

Eben, eben!, murmelt Goldberg. Wir drehen uns in dem Karussell mit Namen *Auge um Auge, Zahn um Zahn.* Nur dass ich keinen mehr habe, macht mir Sorgen.

Eigentlich müssten wir ja keine Angst haben, wirft der Lehrer wieder ein. Jedenfalls nicht um dieses Drecksleben hier, wo sich jeder Sinn auflöst und man überhaupt nur lebt, weil diese zähe Herzpumpe in der Brust immer weitermacht, einfach weitermacht, ungeachtet der Verzweiflung im Kopf; so ein Leben ist doch schlimmer als Sterben! Eigentlich sollten wir uns auf die Auswahl freuen, jeder, der drankommt ...

Du weißt nicht, wovon du redest, sagt Pilecki. Als Soldat hab ich keine Angst vor dem Tod. Trotzdem möchte ich nicht sinnlos sterben. Wenn ich im Kampf sterbe für mein Land, für meine Sache, durch eine saubere Kugel im Gefecht – soll mir recht sein! Aber morgen gibt's keinen Kampf und keine Kugel, nicht einmal einen Galgen, was noch immer ziemlich schnell ginge – morgen gibt's Hungerbunker ...

Er verstummt, und in die Stille sagt jemand: Verhungern ist schlimm!

Das Verdursten ist das Schlimme dabei, sagt Milek von oben. So langsam ausdörren, über Tage hin! Die Eingeweide schrumpfen, die Adern brennen wie Feuer, das Denken setzt immer öfter aus, und der Wahnsinn kriecht wie ein Tier im Menschen hoch ...

Er muss schon mal verdurstet sein, der Milek, unterbricht ihn Goldberg. Er weiß das so genau!

Borgowiec, setzt Milek ungerührt fort, der Kapo von Block 11, wo der Hungerbunker ist, hat mir von Leichen erzählt, die angefressen waren, als er sie aus dem Keller rausholte. Dabei kommen dort keine Ratten vor oder so'n Zeug, nur Häftlinge.

Hört endlich auf damit! Taddé hält sich die Ohren zu und vergräbt sich wieder in seinem Strohsack.

Steckt aber eine Wahrheit drin in den angeknabberten

Leichen. Der Lehrer sagt es und blickt dabei in die betretenen Gesichter der Häftlinge rundum. Eigentlich fressen wir uns schon jetzt gegenseitig auf, indem jeder von uns hofft, dass es ihn morgen nicht erwischt. Dafür einen anderen. Damit wir selbst davonkommen, soll es den Nebenmann treffen. Natürlich wollen wir das nicht direkt, aber da keiner selbst das Opfer sein will, wünschen wir notgedrungen, dass es der Kamerad bringen soll. Mit dieser mangelnden Solidarität in jedem von uns rechnen die Deutschen, und nur so, auf der Basis unserer egoistischen Angst um uns selbst, halten sie ihr Terrorsystem aufrecht. Wie die Praxis zeigt, funktioniert es gut, und wir sind tatsächlich nicht besser als das Bild, das der Gegner sich von uns macht.

Ich glaube, doch! Maksymilian sagt es, und alle blicken sofort auf ihn, der sich jetzt mit einem seltsamen Lächeln an den Lehrer wendet. Wir sind besser, weil wir einsehen, dass unser eigentlicher Gegner in uns selbst ist und wir unseren Kampf nach innen führen müssen, nicht nach außen.

Wie meinst du das?, fragt Buszko.

Nicht die Deutschen sind es, die uns vernichten, sondern wir selbst. Die eingefleischte Furcht, die kreatürliche Angst um unsere äußere Existenz ist es, die uns in Wirklichkeit zerstört.

Aber sie bringen uns um, wirft Taddé ein. Wie sollen wir da keine Angst haben – ich meine, nicht vor den Deutschen, aber vor dem Sterben?

Weil sie nur unseren Leib töten können. Weil wir nur leiblich sterben. Wir sind aber mehr als Leib – wir sind Seele, wir sind Geist, Geist von Gottes Geist.

Hab ihn noch nicht verspürt, diesen Geist!, sagt Milek.

Was ich spüre, ist mein Körper und das, was ihm angetan wird, das Gute und das Böse. Wenn ich das nicht mehr spüre, geht mich das Ganze nichts mehr an, denn dann bin ich tot!

Dann bist du also jede Nacht tot – immer wenn du schläfst!, sagt Buszko. Trotzdem hast du keine Angst davor, weil du weißt, du wachst wieder auf.

Hat ja auch immer geklappt bis jetzt, oder nicht?, grinst Milek, aber niemand blickt zu ihm hinauf.

Was soll das Geschwätz?, wendet sich Taddé an Maksymilian. Was hat das mit dem Sterben zu tun? Mit der verdammten Angst davor?

Sie ist überflüssig, wie beim Schlaf. Sie fällt von dir ab, wenn du weißt, du stirbst nicht wirklich.

Woher weiß ich das? Ich bin kein Christ, verdammt noch mal! Wieso soll ich so was glauben?

Weil es uns *einer* gezeigt hat, sagt Maksymilian. Für alle gezeigt, nicht nur für Christen!

Er hat auch das Kreuz gezeigt, Pater!, wirft der Lehrer ein. Und das ist historisch besser gesichert als die Auferstehung! Er bringt das mit einem heftigen, ziemlich kritischen Ton hervor, und Maksymilian blickt ihn erst schweigend an, bevor er sagt: Du möchtest das Kreuz nicht haben?

Wer will das schon! Der Lehrer blickt in die Runde. Ich glaube, keiner von uns will es!

Dann weiß ich eine Lösung. Maksymilian steht auf, kramt in seiner Jackentasche nach einem Bleistiftstummel und schreibt etwas an die Wand. Alle schauen ihm zu, und als er fertig ist, sehen sie an der hellen, von Buszkos Taschenlampe beleuchteten Stelle die merkwürdige Formel: w = W.

Die Häftlinge sehen sich an und wissen nicht, was das soll. Aber die ruhige, sichere Art des Paters imponiert irgendwie und macht sie neugierig zu hören, was er zu sagen hat. Nur Goldberg kichert vor sich hin. Er schlurft zur Wand hin und betrachtet mit kurzsichtigen Augen die Buchstaben ganz genau.

Stimmt, sagt er dann. Die Formel stimmt, Kameraden! Wenn wir jetzt noch erfahren, was sie bedeutet, sind wir vielleicht gerettet. Er nickt dem Pater gutmütig zu und setzt sich wieder, während Maksymilian auf die Formel zeigt, erst auf das kleine w, dann auf das große.

Das ist dein Wille. Dein eigener Wille. Der kleine Wille eines kleinen Teils der Schöpfung, der immer begrenzt ist, immer gefährdet, immer vergänglich. – Das ist Gottes Wille. Der große Wille des Ganzen, der jeden Einzelwillen einschließt und ihn zugleich übersteigt. Wenn du nun deinen Willen Gottes Willen angleichst, heißt das, dass der Teil nicht mehr an sich selbst denkt, sondern an das Ganze. Wir sagen, bei dir erscheint die Liebe. Wer nun diese Liebe hat, bei dem erscheint Gott, denn Gott ist das Ganze und also auch die Liebe zum Ganzen. Und dann ist *Er* es, der in uns lebt, nicht mehr wir selber, und der unser Kreuz übernimmt und für uns trägt und in dem wir schließlich auferstehen zum wirklichen Leben. – Es ist eigentlich einfach: Lasst den Widerwillen los gegen das, was uns unumgänglich auferlegt und nicht zu ändern ist. Nehmt es als Willen Gottes, den wir nie ganz begreifen, und versucht, wie die Schrift sagt, dem Bösen nicht zu widerstreben, sondern es mit Sanftmut und Geduld zu mildern und zu verwandeln. Das ist die Bombe, die einzige, die den Teufelskreis sprengt: unsere Liebe, die nichts ausschließt. Mit und in ihr sind wir stärker als der Tod und haben nichts mehr zu fürchten, denn jetzt ist die Formel erfüllt: Das Teil ist zum Ganzen geworden und lebt in ihm fort, auch wenn es stirbt.

In diesem Augenblick hört man das warnende Zischen eines Häftlings, der ein Geräusch bemerkt hat und jetzt die Kammer des Kapos am andern Ende des Mittelgangs beobachtet. Dort geht gerade die Tür auf, und der Junge tritt heraus, splitternackt und wankend. Während sich hinter ihm die Tür rasch wieder schließt, torkelt er, ohne einen Blick in den Schlafsaal zu werfen, zu seiner Pritsche, lässt sich mit leisem Stöhnen auf den Strohsack fallen und rührt sich nicht mehr.

Die Gruppe der Häftlinge verhält sich völlig still, bis der Junge sicher schläft, dann löst sie sich rasch auf, und jeder schleicht zu seiner Schlafstelle, wobei die meisten vermeiden, den Pater anzusehen, der noch im Licht an der Wand stehen bleibt, bis alle verschwunden sind. Dann wischt Maksymilian die Formel ab, Buszko nimmt die Taschenlampe an sich und will sie ausmachen, da merkt er, dass noch einer dasteht im Dunkeln. Er leuchtet ihn an: Es ist Goldberg, in dessen Gesichtsfurchen etwas Feuchtes aufblitzt, als käme er aus dem Regen.

Was ist?, fragt Buszko.

Wollte dem Pater nur sagen, die Formel stimmt wirklich. Sie gibt dem Leben wieder einen Sinn. Sie ist wie ein Anker und hat, glaub ich, mein Schifflein geborgen – wenigstens für heute und morgen! Er blinzelt Maksymilian an, drückt sich an ihm und Buszko vorbei und ist im nächsten Augenblick verschwunden.

Als sich nun auch Maksymilian zurückzieht, blickt ihm einer nach, verfolgt ihn von seiner Pritsche aus mit Augen, als könnten sie das Dunkel durchdringen.

Merkwürdiger Mensch!, denkt Taddé. Ist Pater und redet natürlich geschwollenes Kirchenzeug! Aber man nimmt's ihm ab, verdamm mich! Irgendwie nimmt man's ihm ab …

Er rollt sich auf die andere Seite, zieht sich die Decke über den Kopf und schläft sofort ein.

Die Auswahl

Am nächsten Morgen stehen die Häftlinge von Block 14a von sechs Uhr an auf dem Appellplatz. Sie haben kein Frühstück bekommen, wie angekündigt, keinen Zichorienkaffee oder anderen Kaffee-Ersatz wie sonst und natürlich auch kein Brot, das meistens am Abend vorher zusammen mit der Abendration ausgegeben wird – aber da hatten sie ja auch schon Essensentzug.

Mit einem seltsamen Gefühl von Ausgestoßenheit beobachten sie, wie nach dem Morgenappell alle andern Blocks zu ihrer täglichen Arbeit abmarschieren, wie immer im Zirkustakt der Pauken und Tschinellen des aufspielenden Lagerorchesters.

Dann – im leichten Morgenwind – wehen ihnen vom Küchenbau her allerlei Kochgerüche zu, was ihr Hungerempfinden natürlich verstärkt und macht, dass sie sich doppelt elend fühlen. Aber keiner lässt sich was anmerken und steht so stramm wie möglich vor den Blicken der Aufpasser; das sind zwar nur drei SS-Sturmmänner, die als spezielle Wache des Strafappells vor den Häftlingen Posten bezogen haben, aber es sind alte Lagerhasen, die ihre Aufgabe mit routinierter Gelassenheit absolvieren, was so viel heißt, dass sie es völlig ihren Helfern, den vier Kapos überlassen, die Häftlinge scharf zu beobachten und mit Stockschlägen zu traktieren, wenn die vorgeschriebene aufrechte Körperhaltung nicht eingehalten wird. Diese Kapos sind in der Regel weit schlimmer als die meisten SS-Männer, wie Maksymilian aus eigener Erfahrung weiß; es sind häufig Gewaltverbrecher und Berufskriminelle aus deutschen Strafanstalten, die wegen ihrer skrupellosen Veranlagung vorzugsweise von der Lagerleitung eingesetzt werden.

Und die Kapos selber wissen natürlich, wofür man sie braucht, zeigen gerne, was sie können, und suchen durch möglichst rüde Behandlung der Häftlinge zu besonderen Funktionen und Privilegien zu kommen. Dieses System kennt jeder Kapo im Lager, wenngleich es nicht alle gleich weit darin bringen. Was nämlich zählt, um bei der Lagerführung anzukommen, ist nicht bloße Brutalität, man muss auch Geschäfte machen können, mit Schmuck und Gold zum Beispiel, für das nicht wenige von den mittleren Rängen der SS-Führung empfänglich sind. Die Quellen solcher Schätze sind natürlich »geheim«, obwohl sie jeder kennt, aber nur wenige sie nützen können. Denn nicht jeder Kapo schafft es, die Beziehungen herzustellen, um etwa an nicht erfasstes Zahngold von Leichen aus dem Krematorium zu kommen oder an illegal entwendete Beutestücke von Neuzugängen, eher schon gelingt es vielleicht einem, in seiner Stube einen Häftling zu entdecken, der zu *melken* ist. Eigentlich mutet es seltsam an, dass es im Lager so etwas wie *reiche* Häftlinge überhaupt geben kann. Tatsächlich aber gibt es sie, und der gewiefte Kapo hält sie sich wie eine Art Haustier, das man geflissentlich schont, um es desto sicherer ausnehmen und erpressen zu können. Auf diese Weise hat – weiß Maksymilian – so mancher Häftling seine Angehörigen daheim fast in Armut gestürzt, indem er sich von ihnen schicken ließ, was immer sein Kapo von ihm verlangte.

Die Kapos von 14a sind jedoch nicht von dieser Art und geschäftlich ziemlich unbegabt. Ihr Gehirn sitzt im Schlagstock, den sie gern und häufig und mit demonstrativem Geschrei benützen, um den drei SS-Männern zu imponieren. Doch die schauen meistens gar nicht hin, wenn geprügelt wird, weil ihnen die beflissene Art der Kapos, die ja doch selber Häftlinge sind, eher peinlich ist.

Allerdings ist einer dabei, der aus dem Rahmen fällt – ein Funktionshäftling, der kein Krimineller ist, sondern ein *Politischer* mit rotem Kennzeichen. Er benützt seinen Stock überhaupt nicht, sondern geht, riesenhaft von Gestalt und alle andern um einen Kopf überragend, zwischen den Reihen der Häftlinge hin und her, und wenn er sieht, dass einer in die Knie sinkt, hilft er ihm wieder auf, redet ihm gut zu und wartet, bis er sich wieder gefangen hat und ordentlich steht. Das muss gesagt sein, damit man sieht, dass nicht alle gleich sind, obwohl natürlich niemand weiß, wie es der Riese je schaffen konnte, überhaupt Kapo zu werden. Aber vielleicht schätzte man ihn wegen seiner enormen Körperkraft.

Man kann den Menschen im Menschen nirgends völlig ausschließen, nicht einmal hier! Für Maksymilian ist dieser Kapo wie ein persönliches Zeichen; er blickt gerne zu ihm hin, und sein Anblick erfüllt ihn mit Trost.

Am Mittag sind die Gefangenen von den Qualen des langen Strammstehens deutlich gezeichnet. Die Sonne steht im Zenit, liegt wie ein brennender Balken auf den Schädeln und hämmert ein stechendes Stakkato in die Gehirne. Etwa vierzig Mann sind bereits zusammengebrochen und haben entsprechende Lücken in den Reihen hinterlassen, und die Kapos sind immer häufiger damit beschäftigt, alle die wegzubringen, die da und dort plötzlich und lautlos zusammensacken und sich nicht mehr rühren. An den Beinen oder auch an den Armen zerrend, schleifen sie die Körper über den sandigen Boden an den Rand des Platzes und werfen sie auf einen Haufen – ob ohnmächtig oder tot, das ist ihnen völlig eins bei denen, die ihnen mit ihren hinfälligen Leibern eine solche Plage aufhalsen.

Während die Kapos diesen Strafappell langsam verfluchen, weil er ihnen, die sonst nur aufpassen, dass die anderen arbeiten, selber Arbeit macht, amüsieren sich die SS-Männer im Schatten unter einer ausgespannten Plane; sie sind bereits die erste Ablösung und recht muntere Burschen, die sich aus der Küche gleich zwei Krüge gekühlten Tee und einen kleinen Tisch mitgebracht haben, an dem sie den Tee stehend trinken. Unter ihnen befindet sich ein junger Rottenführer, der die Kapos zusätzlich auf Trab hält; mit einem Feldstecher beobachtet er die Reihen der Häftlinge und sucht nach solchen, denen man ansieht, dass sie nicht mehr lange stehen. Natürlich findet er viele, und so jagt er die Kapos immer wieder mit scharfen Kommandos los, wie Hunde zum Apportieren. Zum Glück macht ihm das nicht lange Spaß, da ihn das Brüllen anstrengt. Und die Hitze, die so zwischen drei und vier am Nachmittag wirklich unerträglich wird, bringt es mit sich, dass auch die SS-Männer mit einem aufkommenden Unbehagen zu kämpfen haben und froh sind, wenn etwas Ruhe ist.

Etwas später wird es dann wirklich still auf dem Platz, denkwürdig still, ließe sich sagen, wenn noch jemand denken könnte von den vielleicht zweihundert Häftlingen, die noch dastehen und von denen kaum einer noch fällt, was eigentlich merkwürdig ist. Sie haben irgendwie durchgestanden, etwas wie eine Leere in ihrem Innern überwunden und darin einen Punkt der Fülle erfahren, mitten in der Schwäche ihres Körpers einen Punkt der Kraft. Sie stehen jetzt fast wie Denkmäler und nehmen kaum noch wahr, was um sie herum ist, sondern nur noch ein Etwas, das innen ist, das nicht mehr umfallen kann und das alles Körperliche noch trägt und stützt, weit über dessen eigenes Vermögen hinaus.

Als gegen sechs Uhr am Abend endlich die ersten Außenkommandos im Lager eintreffen, haben Maksymilian und die meisten aus seiner Stube wie durch ein Wunder durchgehalten. Busko, Pilecki, Milek, Goldberg, sogar der junge Taddé – sie alle stehen noch ganz ordentlich und aufrecht in Reih und Glied da und gar nicht weit voneinander entfernt. Nur der Lehrer klappte irgendwann am Nachmittag zusammen und wurde von Karl, dem Stubenkapo, auf eine Schütte gelegt und weggebracht. Maksymilian versuchte für ihn zu beten, was nur kurz möglich war, da die Konzentration der Gedanken einen Kraftaufwand erforderte, den er nicht lange aufbringen konnte. So ging er einfach mit ihm ein, in sein Innerstes, nahm ihn in jene Mitte, die die Mitte von allem ist.

Plötzlich beginnt das Lagerorchester mit dem täglichen Abendkonzert – ein zweifelhaftes Willkommen für die heimkehrenden Arbeitsgruppen, die dadurch zu taktmäßigem Laufschritt gezwungen werden.

Wenig später sind sämtliche Häftlinge des Lagers auf dem Platz angetreten, die Tageszählung findet statt und endet mit dem Appellrapport, den diesmal ein SS-Hauptsturmführer als Vertreter der Lagerführung abnimmt. Schließlich ist auch der Abendappell beendet, und die Häftlinge ziehen sich zur Essensausgabe in ihre Blocks zurück; sie tun das rasch, denn sie haben Hunger, und sie nehmen das Drama derer von Block 14a, die auf dem Platz bleiben müssen und weiter Strafappell stehen, nur mit halbem, übermüdetem Bewusstsein oder überhaupt nicht wahr.

Während die späte Sonne sich immer rascher dem Horizont nähert und den Männern nun direkt ins Gesicht scheint, kippen doch noch einige um – zehn oder zwölf sind es, darunter auch Taddé. Er war schon vorher einmal fast zu Boden gesunken, doch hatte ihn Pilecki, sein Hintermann, gleich wieder hochgeholt und dann eine Weile festgehalten, mit einer Hand rückwärts an der Kluft, was Karl, der Kapo, nicht bemerkte – oder er merkte es doch und ließ es eben ein Weilchen geschehen, wer weiß. Als aber jetzt ein SS-Mann näher kommt, packt ihn wohl die Angst, denn er geht plötzlich auf die beiden zu, hebt seinen Stock und knüppelt auf Pileckis Arm, sodass dieser loslassen muss und Taddé zusammensackt. Dann ruft Karl einen anderen Kapo zu Hilfe, und zu zweit ziehen sie den Jüngling an den Beinen über den Platz davon.

Danach ist es wieder einige Zeit ruhig, bis etwas eintritt, das die ganze Szene seltsam unreal und wie eine Erscheinung wirken lässt. Eine fast überirdische Stimmung ist es, die plötzlich über dem Platz liegt; alles scheint vergoldet und leuchtet rötlich auf von der eben untergegangenen Sonne – der Himmel, die Erde, die Wachtürme, die Wohnblocks, der Küchenbau, alles. Sogar die eingefallenen Gesichter der Häftlinge blühen rosa auf und wirken wie verjüngt und geheimnisvoll belebt. Das dauert freilich nicht lang, nur Augenblicke eigentlich, aber für Maksymilian ist es wie das Bild einer anderen Wirklichkeit, das sich tief in seine Seele prägt. Just zu dieser Zeit erscheint auch der Lagerführer mit seinem Stab auf dem Platz. Nun hat die Qual des Stehens ein absehbares Ende, für jeden von ihnen, so oder so.

Fritsch kommt anmarschiert, forsch wie immer. Er hat die Suche nach Klos selbst geleitet und erst vor Kurzem abbrechen lassen. Seine bis zuletzt gehegte Erwartung, den flüchtigen Häftling doch noch aufzugreifen, um ihn dann demonstrativ in einer öffentlichen Prozedur vor allen Lagerinsassen zu exekutieren, hat sich nicht erfüllt. Er bedauert dies, denn das Schauspiel der Hinrichtung eines Geflohenen während eines Generalappells durch einen der beiden transportablen Galgen des Lagers hält er für weit abschreckender als die jetzt fällige Auswahl; er hat sie zwar selbst eingeführt, doch gewissermaßen nur als Notlösung, die die gelungene Flucht letztlich nicht aus der Welt schafft, sondern sie nur bestätigt.

Fritsch ist also nicht zufrieden, als er auf die erste Reihe der Häftlinge zugeht und mit unbewegtem Gesicht und ohne ein Wort zu sagen gleich mit dem Auswählen beginnt. Von seinem Stab begleitet ihn dabei nur Palitzsch, der Rapportführer; die beiden anderen SS-Führer bleiben in einiger Entfernung von den Häftlingen stehen und beobachten das Geschehen mit etwas wie Neugier.

Doch Fritsch hat diesmal wenig Lust, sich besonders aufzuspielen, und macht, was zu machen ist, recht zügig. Er geht durch die Reihen der Gefangenen, bleibt dann und wann stehen, drückt einem Gesicht das Kinn herunter, beschaut sich die Zähne, tritt eine Kniekehle durch und prüft das Standvermögen, boxt in die Leber oder vor die Brust und registriert, wie groß das Hüsteln, das Zucken, die Angst des Häftlings ist. Die freilich wissen oder ahnen die Kriterien solcher Auswahl und bemühen sich, durch nichts aufzufallen, was den Lagerchef herausfordert. Bleibt er vor einem Häftling stehen, so versucht dieser einen möglichst vitalen Eindruck zu vermitteln und ein braves Arbeitstier zu mimen, einen nützlichen Sklaven für die Herrenrasse. Angst haben sie natürlich alle, die da stehen, aber bis auf einige Durchgedrehte, Nervenschwache oder solche, die wirklich am Ende sind, verfügen viele von ihnen doch noch über einen gewissen kräftemäßigen Spielraum, den geforderten Schein mehr oder weniger überzeugend herzustellen. Fritschs Ehrgeiz liegt freilich wiederum darin, solchen Schein zu bemerken und ihn zu entlarven – das Ganze ist wie ein Spiel für ihn, packend dadurch, dass es für den anderen um den ganzen Einsatz geht. Er aber hat das Spiel immer dann gewonnen, wenn sein Blick, sein Schlag oder auch nur sein Vorübergehen einen Häftling zum Zittern bringt, manchmal zu einem unbewussten Aufstöhnen oder dazu, einfach in Ohnmacht zu fallen, was bei zweien vorkommt.

Als der Lagerführer sich der Gruppe um Maksymilian nähert, welche die rechte hintere Ecke des Quadrats der angetretenen Blockmannschaft bildet, hat er bereits neun

Opfer ausgewählt; sie warten wie Schafe in einer eigenen Gruppe, etliche Schritte von den anderen entfernt.

Jetzt geht Fritsch – und hinter ihm Palitzsch, mit einer Liste in der Hand – an Buszko vorüber, ohne stehen zu bleiben.

Buszko ist heilfroh darüber. Er hängt zwar nicht in übertriebener Weise am Leben, aber in diesem Augenblick erscheint es ihm doch als etwas wie Glück, dass er davongekommen und nicht das zehnte Opfer der Auswahl ist. Er blickt verstohlen dem Lagerführer nach und sieht, wie er vor Goldberg stehen bleibt.

Der schmächtige, alterslos wirkende Jude mit dem faltigen Gesicht hat seine ganze Figur erstaunlich gestrafft und macht auf Fritsch, der ihn genauer mustert, einen auffallend ungebrochenen Eindruck; wie er jetzt dasteht, wirkt der ganze Mann, zwar klein und eher zartgliedrig von Gestalt, kaum entkräftet, zäh und ausdauernd.

Noch eine Weile brauchbar, scheint Fritsch zu denken, und beide blicken sich einen Moment lang ins Auge: der eine befriedigt über einen scheinbar loyalen Häftling, der andere mit Gefühlen, die man ihm zum Glück nicht ansehen kann.

So siehst du also aus der Nähe aus, Herr des Lagers! Siehst aus wie ein Mensch und bist ein Teufel, ein menschlicher Teufel – oder doch mehr ein teuflischer Mensch, der wahrscheinlich schlimmer ist! Warum es dich wohl gibt? Und warum es das ganze System gibt, dem du dienst? Weißt du überhaupt Bescheid über das Böse, das du tust? Oder ist für dich als Nazi das Böse gut? Und wenn du es für gut hältst, bist du dann überhaupt böse? – Besser für mich, ich frage nicht weiter und funktioniere einfach so, wie es dir gefällt: Ich zeige Gehorsam und Respekt und genau die richtige Prise Angst, nicht zu viel, sonst hältst du mich für schwach, nicht zu wenig, sonst hältst du *dich* für schwach. So diene ich äußerlich dem Herrn der Welt, doch in Wirklichkeit dem Schicksal, das mir diese elende Prüfung auferlegt …

Vor Milek bleibt Fritsch abermals stehen. Die Starrheit und völlige Ausdruckslosigkeit seines Gesichts scheint ihm interessant. Eine Wachsfigur. Wenn man sie antippt, müsste sie umkippen! Fritsch hebt die flache Hand und will dem Häftling einen Schlag versetzen, da hört er ein Geräusch wie ein Flattern. Als er an Milek hinunterblickt, bemerkt er, dass seine Beine in den weiten Häftlingshosen wie Glockenschwengel hin und her schwingen. Eine Wachsfigur, die Angst hat!

Fritsch lächelt, lässt die Hand sinken und geht weiter. Bei Milek aber setzt nach einer absoluten Leere im Gehirn auf einmal das Denken wieder ein: Danke! Wer oder was du auch immer bist: Ich danke dir, Gott!

Nach drei, vier anderen Häftlingen in der Reihe, die Fritsch ignoriert, gelangt er dann zu Pilecki, und es imponiert ihm nicht wenig, wie dieser Gefangene in so vorbildlicher Haltung vor ihm steht, mit einem ernsten, tapferen Gesicht, im besten Alter und in gutem Zustand sozusagen. Dürfte Soldat sein, vielleicht Offizier. Könnte sogar einer von den unseren sein, dem Aussehen nach – vielleicht ein besserer Mann als mancher von den Schlappschwänzen unter unseren eigenen Leuten!

Und Pilecki denkt: Wenn's mich jetzt erwischt, erwischt's mich nicht später. Aber später wäre besser als jetzt – später beim Aufstand ... Hilf mir, Aufstand, dass ich dich erlebe! Lass mich im Kampf mit der ss fallen, oder auch nicht, aber halte mich hier herau,s und lass mich nicht sinnlos verrecken! Hör, Aufstand – ich brauche dich, und du brauchst mich!

Fritsch ist weitergegangen und bleibt jetzt erstaunt vor Maksymilian stehen. Er wirft einen Blick auf Palitzsch, ob der auch sieht, was seine Augen sehen, dass da nämlich einer ein ganz gelassenes Gesicht macht, seltsam gelöst, tatsächlich freundlich, fast heiter. Der Rapportführer sieht dies aber nicht oder will es nicht sehen, jedenfalls reagiert er nicht weiter. Fritsch aber ist neugierig und fasst Maksymilian näher ins Auge.

Ein polnischer Politischer, stellt er am Kennzeichen fest, und an der Höhe und Stellenzahl der Nummer erkennt er, dass er bereits über ein halbes Jahr im Lager sein muss. Er blickt drein, als wäre er kein Häftling!, denkt Fritsch. Er forscht im Auge des anderen, als könnte er darin den Grund für dessen ungewöhnlich freundlichen Gesichtsausdruck finden. Und Maksymilian weicht nicht aus; er erwidert den Blick des Lagerführers gelassen, furchtlos. Ja, jetzt erscheint sogar – bildet sich Fritsch ein, je länger er hinsieht – der Anhauch eines Lächelns auf diesem Gesicht, doch nicht spöttisch, sondern verständig, nachsichtig ... Das Ganze ist unbegreiflich: völlig naiv oder völlig verrückt oder völlig abgebrüht.

Fritsch versteht den Mann nicht, aber – zu seiner eigenen Verwunderung – er fühlt sich von dieser Art Furchtlosigkeit nicht provoziert oder verärgert; vielleicht deshalb nicht, weil sie, wie zu spüren ist, nicht auf Wut, Hass oder sonst bewusster oder unbewusster Abwehr und Verneinung beruht, sondern auf einer ganz anderen, fremden, das Häftlingsverständnis des Lagerführers weit übersteigenden Haltung.

Fritsch fühlt sich also weder misslaunig noch gelangweilt, sondern durch den Häftling vor ihm irgendwie belebt und sogar zu einem Scherz aufgelegt. Er hebt die Hand, spreizt den Zeigefinger wie ein Messer und sticht damit in die Luft, um mit prägnanter Geste sein letztes zehntes Opfer zu bezeichnen. Langsam senkt sich der tödliche Finger auf die Brust Maksymilians, da schwenkt er im letzten Augenblick zur Seite und zielt mit einmal auf den Hintermann. Der Schock gelingt vollkommen. Der Häftling hinter dem Pater, ein junger Sergeant der polnischen Armee, fährt zusammen und hat plötzlich ein Gesicht wie Asche; wohl hatte er sich auf das Schlimmste gefasst gemacht, wie alle, aber dieser Art psychischer Überrumpelung ist er nicht gewachsen; was Fritsch tut, trifft ohne Widerstand sein Innerstes und löst den Zusammenbruch aus. Zitternd und der Sprache fast nicht mächtig, tritt er vor den SS-Führer.

Aber meine Frau, meine Kinder … Das können Sie doch nicht … Das dürfen Sie nicht …

Er fällt ins Knie und sucht die Hand des Lagergewaltigen zu fassen, was jedoch nicht gelingt, da diese Hand dem Kapo, der in der Nähe steht, gerade ein Zeichen gibt.

Bitte lassen Sie mich … lassen Sie mich arbeiten … lassen Sie mich leben … Ich habe Ihnen doch nichts getan!

Ein wohlgezielter Hieb mit dem Schlagstock prallt auf den Schädel des Gefangenen und streckt ihn zu Boden. Der

Blockführer, der den Schlag geführt hat, beugt sich ein wenig zu ihm hinunter, da erhebt sich sein Opfer, richtet sich wankend auf und steht dann wieder auf den Beinen. Doch hat er sich jetzt gefasst, der junge Sergeant. Ohne den Lagerführer noch eines Blickes zu würdigen, entfernt er sich und geht in einer sehr aufrechten, militärischen Haltung hin zur Gruppe der Ausgewählten.

Mit einem Ausdruck, in dem spöttische Arroganz, leichte Müdigkeit und aufkommende Langeweile in eins gehen, verfolgt der Lagerkommandant den Gang seines zehnten Opfers, dann will er selbst gehen. Doch da steht ihm plötzlich einer im Weg: Maksymilian ist unvermutet aus der Reihe getreten, stellt sich vor Fritsch auf und blockiert, mitten im Durchgang zwischen den Häftlingsreihen stehend, dessen Abgang.

Etwas von unten her, da er kleiner ist, blickt er den Lagerchef an, noch immer freundlich, nimmt dabei so etwas wie Haltung an und zieht höflich seine Streifenkappe vom fast kahlgeschorenen Kopf.

Ich möchte gern an seine Stelle, sagt er in etwas gebrochenem Deutsch, doch gut verständlich, und deutet dabei mit einer kleinen Kopfbewegung zu den Ausgewählten hin.

Er hat Frau und Kinder und ist noch jung ... Kolbe ist mein Name, Maksymilian. Ich bin Priester ... Pater ...

Fritsch starrt den Häftling an, der ihm den Weg versperrt, und begreift nicht gleich, was dieser seltsame Auftritt soll. Er weicht unbewusst einen Schritt zurück und tritt dabei seinem Rapportführer, der ihm knapp folgte, fast auf die Füße.

Was soll das? ... Was will das polnische Schwein?, fragt

er über die Schulter, und Palitzsch macht eine Miene, die gleicherweise besagt, dass er es nicht weiß und dass es ihm egal ist.

Da rückt ihm der Pater schon wieder auf den Leib und kommt den Schritt näher, den Fritsch eben zurückgewichen ist. Über sein Gesicht fliegt ein gewinnendes Lächeln, nicht ein bittendes, nicht ein forderndes, sondern eins, wie es dem naiven Charme eines Kindes eignet, das an der Erfüllung seines Wunsches nicht zweifelt.

Lassen Sie mich für ihn sterben, sagt er.

Fritsch fühlt sich, er weiß nicht, wie – komisch, könnte man vielleicht sagen. Denn einerseits liegt alles nach wie vor in seiner Hand, zuschlagen zum Beispiel, oder zuschlagen lassen, oder den Mann foltern, oder ihn in die Stehzelle schicken, oder erschießen oder aufhängen oder gar Hungerbunker ... Aber das ist es: Da dieser Kerl das Ärgste schon selber will, wirkt alles mehr *für* ihn statt *gegen* ihn. Was also kann Fritsch gegen diesen seltsamen Häftling ausrichten, der selber gegen nichts ist, was man ihm antut?

Einverstanden, sagt er leise zu Maksymilian, als müsste er sich vor seinem Begleiter schämen. Nicht einverstanden, murrt etwas in seinem Innern. Überhaupt nicht einverstanden. Es ist gegen die Lagerordnung, gegen die Logik, gegen das System, es ist einfach unmöglich ...

Einverstanden, wiederholt er mit kaum hörbarer Stimme. Er stößt Maksymilian zur Seite, geht mit raschen Schritten die Reihe der Häftlinge entlang bis zur Gruppe der Ausgewählten. Dort wirft er einen kurzen Blick auf den Sergeanten, bevor er forsch, wie er gekommen ist, quer über den Appellplatz marschiert und verschwindet.

Viel gemächlicher und erst in einigem Abstand folgen ihm die beiden SS-Führer von der Lagergestapo und der Kommandantur, während Palitzsch sich noch einige Minuten bei den Gefangenen aufhält und seine Bunkerliste korrigiert. Er streicht eine Nummer durch, die Häftlingsnummer des Sergeanten, blickt auf die Nummer des Paters und schreibt sie als letzte ein.

Dann, nachdem der Austausch der Männer vollzogen ist, verlässt auch er den Schauplatz.

Und jetzt hört man die Kommandorufe von einem der beiden SS-Sturmleute, welche die Bewachung der Ausgewählten bilden.

Schuhe ausziehen! In Zweierreihe formieren! Im Laufschritt marsch!

Die zehn Bunkerkandidaten schlüpfen aus ihren Holzpantinen und machen sich barfuß und humpelnd, aber nicht mehr im Laufschritt auf ihren letzten Weg.

Von den Zurückbleibenden aber schleppen sich die meisten niedergedrückt und völlig erschöpft zu ihrem Wohnblock. Nur wenige bleiben noch einige Minuten da und starren in die Richtung, in der die Ausgewählten verschwunden sind.

Irgendwie hat er doch gekämpft, der Pater – auf seine Art!, denkt Pilecki. Und irgendwie hat er nicht verloren …

Und Goldberg, der neben ihm steht, schaut weit in den blanken Himmel über den Blockgebäuden, schaut dorthin, wo jetzt die Nacht herankommt und schon ein erster Stern aufblitzt, dann ein zweiter …

Kein Zweifel: w = W. Das kleine war da bei ihm! Und das große wohl auch! Er hat es gesagt, er hat es getan, bei ihm ging beides in eins! Goldberg denkt es und fühlt sich plötzlich merkwürdig leicht und heiter. Versteh das nicht: Der Pater ging in den Tod, und mir ist wie bei einer Geburt …

Nur Buszko, der auch noch dasteht und auf den Boden starrt, schweigt innerlich. Ihm ist wie einer Mutter, der man ein Kind genommen hat. Er könnte weinen, heulen. Wenn er es doch nur könnte! Aber er hat kein Wasser mehr im Leib, ist ausgedörrt wie eine unendliche Wüste.

Kommt, gehen wir, sagt er.

Zurück bleibt ein leerer, stiller, nachtdunkler Platz, mit einem noch immer glimmenden, rotgoldenen Lichtstreifen tief am westlichen Horizont.

Im Hungerbunker

Schwerfällig und in gedehnter Kolonne erreichen die Ausgewählten Block 11, den Todesblock des Lagers. Vor dem Eingang, der wie ein schwarzes Loch gähnt, steht der Blockverwalter. Wie immer bei Neuzugang empfängt er die ankommenden Häftlinge persönlich, das heißt, er steht auf der obersten Stufe der Eingangstreppe und mustert von oben herab jeden einzelnen der Häftlinge, die ankommen und von denen er wünscht, dass sie gleich sehen, mit wem sie es jetzt zu tun haben.

Eine eigene Armbinde und ein grünes Kennzeichen auf seiner Ziviljacke, die er über einer normalen Häftlingshose tragen darf, weisen Brunon Borgowiec als üblichen Funktionshäftling aus, doch ist er von etwas anderer Art und hat eigentlich zwei Personen in sich. Als die eine, die er selber sein will und die er für alle ist, handelt er nur auf Befehl und tut, was zu tun ist, ohne emotionale Verstrickung, ohne Eigenwillen, ohne Hintergedanken. Unparteiisch und sozusagen neutral, doch genau und verlässlich waltet er seines Amtes, übt er schon lange zur Zufriedenheit aller seine Pflicht aus, die Verwalterpflicht eben von Block 11.

Seine andere Wesensseite kommt selten zum Zug, dafür prägt sie den Augenschein und bringt in seinem Aussehen zur Geltung, was er im Handeln verdrängt. So wirkt er auch jetzt, wie er so dasteht, eher klein und unansehnlich von Gestalt, keineswegs bedrohlich, überhaupt nicht gefährlich, sondern eher mild und gutmütig, ja fast wie eine Art zwergenhaftes Mütterchen oder Väterchen, oder wie beides zugleich. Vielleicht liegt es auch an seinem Gesicht, dessen Backenfalten, Mundwinkel und Augenbrauen in auffallender Schräge nach den Seiten hin abfallen, was den Eindruck vermittelt, als wäre er von übergroßem Mitleid mit seinen vielen Kinderchen unweigerlich gezeichnet. Doch dieser Ersteindruck wird bald spürbar überlagert von dem, was der Mann ist: einer, der seine Kleinheit lebenslang durch besonderen Ehrgeiz ausgleicht und auf diese Weise auch seine Funktion als *Todesengel des Lagers* unbestechlich ausübt.

Beim Anblick des ›Hausherrn‹ bekreuzigen sich nicht wenige der Häftlinge, die an ihm vorbei gleich ins Kellergeschoß geleitet werden; über eine schmale Zementtreppe folgen sie einem der SS-Männer, der sie hinunter zu den Hungerzellen führt. Dabei staut sich die Kolonne für einen Augenblick, als einer der Gefangenen sich umdreht und, schon halb im Keller, plötzlich wieder zurückwill, oder vielleicht nur noch einmal zurückblicken, nach oben, hinaus ins Freie, wo es allerdings schon dunkel ist und eigentlich nichts mehr zu sehen gibt.

Mit dem Kolben seines Karabiners stößt der SS-Mann am Ende der Kolonne ein wenig in die gestaute Gruppe, da geht es gleich weiter, und man gelangt in den Mittelgang des Bunkers, von dem links und rechts Türen mit Sichtluken zu den einzelnen Zellen führen. Die meisten von ihnen scheinen belegt, denn die Neuankömmlinge vernehmen mancherlei Stöhnen und Jammern, leise zuerst, dann aber lauter werdend, als die drinnen merken, dass draußen jemand kommt.

Dann schließt Borgowiec eine Zellentür auf, über der die Zahl 18 steht. Er weist die Häftlinge, die noch zögernd im Gang stehen, mit einer Handbewegung an hineinzugehen und wartet, bis alle an ihm vorbei und innerhalb der Zelle sind; da lässt er ihnen einen Moment Zeit, sich umzusehen.

In dem fahlen Schein, der von der Flurlampe hereindringt, sehen die Häftlinge, dass sie sich in einem ziemlich engen, völlig leeren Betonverlies befinden, das mit nichts anderem als einem stinkenden Eimer ausgerüstet ist. An der Wand gegenüber der Zellentür verliert sich ein schmaler, handbreiter Schacht nach oben und stellt sozusagen die Luftlinie nach draußen her, die einzige und letzte Verbindung der Insassen mit der Außenwelt.

Ausziehen!, befiehlt Borgowiec. Und er fügt hinzu, als einige zögern: Ganz!

Die Häftlinge entkleiden sich, was schnell geht, da sie nicht viel anhaben; sie lassen ihre Sachen auf den Boden gleiten, von wo sie der Blockverwalter sofort aufsammelt und sich über den Arm hängt. Dann, als er alle Kleidungsstücke beisammenhat, wirft er noch einen Blick auf die Männer, die jetzt nackt dastehen und fragend auf ihn und die Wachen schauen und irgendwie noch nicht begreifen können, dass alles aus ist.

Ihr werdet es schon fassen, denkt Borgowiec. Noch jeder hat's gefasst, der hier ankam und nicht überschnappte. Ist auch nicht schwer, eure Lage zu fassen, weil sie ganz ähnlich ist wie vorher, nur dass hier alles viel einfacher ist und unverstellt und nichts mehr das Sterben verbirgt. Leben heißt ja Sterben. Nirgends kapiert ihr das besser als hier.

Borgowiec geht nach draußen, wirft die Zellentür zu, schiebt den Riegel vor und nimmt den Wachleuten die Liste ab, dann verlassen sie rasch den Hungerbunker.

Als sie über die Zementstiege nach oben gehen und eben im Hauptflur des Parterres anlangen, ertönt plötzlich etwas wie Gesang. Was sie hören, klingt so seltsam, so unwirklich und überraschend, dass die Wachleute sofort stehen bleiben und angespannt hinhorchen: Eine einzelne melodische Männerstimme ist es, die vom Bunker unten heraufdringt und durch die Flure hallt.

Singt da einer?, fragt der eine, der jüngere der Wachleute. Und da sein Kamerad nicht gleich antwortet und nur verwundert und ungläubig nach unten horcht, bestätigt sich der erste selbst: Na klar! Da singt einer! Statt zu jammern, zu heulen oder zu brüllen, singt der … Ich meine, da stimmt doch was nicht!

Der andere Wachmann schaut auf Borgowiec, der ebenfalls horcht, wobei sein Gesicht einen peinlichen Ausdruck annimmt. Er hat recht, denkt er. Etwas ist gegen die Ordnung, aber was kann ich dafür …

Was singt er denn?, fragt der ältere Wachmann.

Borgowiec blinzelt vor Anstrengung, um die undeutlichen Worte des Gesangs zu verstehen.

Es ist polnisch, sagt er schließlich.

Das hören wir auch!, fährt ihn der jüngere der Wachleute an.

Es ist ein Marienlied, murmelt Borgowiec jetzt. Es handelt von der Unbefleckten Jungfrau … von Maria, der Gottesmutter … die Königin im Himmel ist … die alle Bitten erhört und alle Gläubigen beschützt …

Blödsinn, sagt der junge SS-Mann ärgerlich.

Es wird dieser Pfaffenheld sein, der sich für den anderen Häftling gemeldet hat, beruhigt ihn sein älterer Kamerad. Es kann nur der sein! Er wendet sich an Borgowiec: Schau trotzdem mal nach! Man kann nie wissen …

Sag ihm, er soll aufhören! Ist ja völlig widernatürlich, so was … Sofort aufhören, klar!

Der jüngere SS-Mann sagt es und verlässt wütend den Block. Der Ältere blickt den Blockverwalter begütigend an: Du kannst nichts dafür. Aber besser ist vielleicht, er singt etwas leiser!

Borgowiec nickt. Er nickt noch, als die beiden Wachen längst verschwunden sind und er mit einer Karbidlampe zurück zu Zelle 18 geht. Dort öffnet er die Sichtluke und leuchtet hinein, und das, was er sieht, wird ihm, so spürt er, noch lange Zeit im Gedächtnis haftenbleiben.

Da sitzen die zehn Männer nackt auf dem blanken Betonboden, hocken etwas verteilt in der Zelle und bilden dabei eine lockere Runde um einen, der schmächtiger ist als sie und in ihrer Mitte sitzt. Es ist wirklich der, *der sich für einen anderen gemeldet hat,* und der jetzt im Schneidersitz mit geschlossenen Augen und übereinandergelegten Händen aufrecht wie eine Kerze dasitzt und singt.

Irgendwie ist der nicht da, obwohl er da ist, denkt Borgowiec, während er ihn durch die Luke anleuchtet und ihn anschaut. Er tut dies eine ganze Weile in der Hoffnung, der scharfe Lichtkegel seiner Lampe werde den Häftling schließlich stören und er werde aufhören zu singen. Aber keine Rede davon. Im Gegenteil, seine Stimme wird nur immer sicherer und kräftiger, und er scheint überhaupt nicht zu merken, dass er beobachtet wird – so hingegeben ist er an seinen Gesang.

Abwesend ist der, denkt Borgowiec wieder, völlig abwesend, aber nicht verrückt. Er schaut eher verständig aus und wird gleich begreifen, dass er hier nicht singen darf. Es gibt zwar keine eigentliche Vorschrift gegen Singen, soviel ich weiß, jedenfalls nicht hier in meinem Block, aber wahrscheinlich nur, weil man nie daran gedacht hat, dass jemand im Hungerbunker singen könnte. Trotzdem werde ich ihm sagen, dass man so was hier nicht macht.

Was Borgowiec dann tut, ist aber etwas anderes. Er schließt die Luke und geht nach oben. Dort schließt er alle Fenster, macht auch die Zwischentüren zu und schließt zuletzt den Haupteingang. Dann steigt er wieder in den Bunker hinab, setzt sich auf die unterste Kellerstufe und lauscht dem Gesang; er tut es mit einer seltsamen Begierde, die er sich selber nicht erklären kann.

Ich werde es ihm verbieten, sagt er zu sich. Wenn er nicht aufhört und es also sein muss, werde ich es tun! Aber vielleicht hört er selber bald auf, geschwächt wie er ist …

So sitzt Borgowiec eine Weile da, wartet lauschend und merkt nicht gleich, wie sich zu der einen Stimme des Sängers plötzlich eine zweite gesellt und unbeholfen mitsingt, dann eine dritte; er bemerkt es nicht gleich, weil er unversehens mit sich selber, mit seinen eigenen Gedanken in einen Disput geraten ist.

Warum willst du ihm eigentlich das Singen verbieten, Brunon? Es ist nicht gegen die Vorschrift.

Der SS-Sturmmann will es, du hast es gehört!, sagt der, der in ihm der Blockverwalter ist.

Der hat dir nichts zu befehlen. Du bekommst deine Vorschriften von der Lagerleitung, und das genügt. Was nicht ausdrücklich verboten ist, ist erlaubt. Du musst die Häftlinge nicht mehr quälen als notwendig …

Wieso denn quälen? Ich bin nur der Blockverwalter und tue meine Pflicht, wie jeder andere auch. Ich führe Befehle aus, weiter nichts. Weder quäle ich die Häftlinge, noch bringe ich sie um. Das sind die anderen, du weißt es!

Aber du hilfst ihnen, Brunon. Bist selber ein Häftling und hilfst deinen Feinden!

Weil ich muss!

Borgowiecs innere Stimme schweigt. Dafür wird ihm wieder der Gesang bewusst, der, statt aufzuhören, jetzt noch kräftiger geworden ist und ansatzweise sich schon auf die anderen Zellen ausweitet.

Weil ich muss!, bäumt sich Borgowiecs gewöhnlicher Verstand auf. Sonst bringen sie mich doch um! Sie erschießen jeden, der ihre Befehle nicht ausführt!

Warum hast du dich dann zum Kapo machen lassen, noch dazu zum Blockverwalter von Block 11?

Hab doch nicht gewusst, was da zu tun ist. Hab nur gedacht, ich könnte helfen, irgendwie, meinen Landsleuten und den andern …

Zu Tode helfen im Todesblock, meinst du?

Hör auf! Hör endlich auf! Es tut mir selber schon leid, verdammt noch mal!

Dann gib zu, dass du vor allem an dich gedacht hast, an dein eigenes Überleben und an gewisse Vorteile im Lager …

Das ist normal! Das ist ganz normal!

Normal, sagst du?

Jeder tut's.

Jeder?

Borgowiec springt plötzlich auf. Der Gesang der Häftlinge gellt ihm jetzt schmerzhaft in den Ohren. Auf der Flucht vor sich selber verlässt er wie gehetzt den Bunker, verkriecht sich in sein Büro und will innerlich zur Ruhe kommen. Er versucht es mit Arbeit, indem er die Häftlingsnummern von den Kleidern der Gefangenen abtrennt und mit den Nummern auf der Auswahlliste vergleicht. Dabei stößt er auf eine ausgestrichene Nummer, für die eine Ersatznummer eingetragen ist: 16670. Und da setzt, wider seinen Willen, das Denken von Neuem ein.

... der sich für einen anderen gemeldet hat! Wie kommt der dazu? Was ist das für einer, der so etwas tut? Und dann auch noch singt, als wäre er im Himmel?

Da überkommt Borgowiec, was ihm noch nie passierte, mit einmal jämmerlichstes Selbstmitleid.

Ich habe nie gesungen, nicht einmal als Kind! Weil ich immer kleiner und schwächer war als die andern und immer verspottet wurde und nie glücklich sein durfte, mein ganzes Leben lang nicht! Selbst der da unten verspottet mich, weil ich zulasse, dass er singt! Überhaupt weil er singt und ich nicht! – Wie kommt dieser Mensch dazu, in seiner Lage zu singen? Wie kommt der dazu, hier glücklich zu sein?

Und grübelnd über dieses Wunder trennt Borgowiec immer weiter Nummer um Nummer von den Jacken und Hosen der Häftlinge ab.

Das Opfer

Zehn Tage später läutet in der Schreibstube von Block 11 das Telefon. Borgowiec hebt den Hörer ab und meldet sich. Die Abteilung drei, das Büro von Fritsch, fragt an, ob Zelle 18 schon frei ist.

Nein, antwortet Borgowiec. Es sind noch welche drin.

Wieso?

Blöde Frage, denkt Borgowiec. Laut sagt er: Weil sie noch leben. Einer ist sogar noch bei vollem Bewusstsein und sitzt auf, der Pater.

Welcher Pater?

Der sich für einen andern gemeldet hat.

Der?

Der!

Wir schicken jemand, sagt die Stimme nach einer kleinen Pause und hängt auf.

Auch gut, denkt Borgowiec. Sicher das Beste für ihn und mich!

Er geht gleich hinunter in den Bunker, um nochmals nachzusehen, wie alles steht. Als er die Luke von Zelle 18 öffnet, liegen zwei Häftlinge auf dem Boden, genau so wie schon bei der Morgeninspektion. Doch der Pater sitzt noch immer aufrecht da, an die eine Wand gelehnt, und starrt übers Eck auf die andere.

Seltsam! Noch nie hat Borgowiec es mit einem so eigenartigen Gefangenen zu tun gehabt, noch nie in der ganzen Zeit, in der er Blockverwalter ist. Etwas Unerklärliches ist an diesem Menschen, etwas, das Borgowiec ziemlich konfus und zwiegespalten macht und bewirkt, dass er oft an ihn denken muss, manchmal ganz freundlich und sogar bewundernd, dann wieder ablehnend und voll innerem Widerwillen. So kam ihm völlig abhanden, worauf er immer stolz war: seine unbeteiligte innere Haltung, die ihm erlaubte, stets absoluten Befehlsgehorsam ohne hemmende Gefühle zu leisten. Was dieses Etwas ist, das den Blockverwalter so verwandelte, kann er selber freilich nicht sagen; er kann es nicht begreifen, obgleich er es deutlich spürt und schon gespürt hat gleich vom ersten Tag an, als die zehn Ausgewählten zu ihm in den Bunker kamen.

Ein ungewohnt lästiges Gefühl war es zuerst, ein deutliches Unbehagen, das in ihm aufstieg, gleich als der Pater ankam. Als aber dann die Tage hingingen, änderte sich langsam sein Empfinden, und jetzt verspürt er, wenn er an ihn denkt – und er denkt immer öfter an ihn –, schon fast das Gegenteil: einen Frieden im Innern, einen unbestimmten, ganz allgemeinen Trost.

Störend war natürlich der Gesang. Der brachte Borgowiec schon gleich am Anfang aus dem Häuschen, obwohl er eigentlich nicht sagen konnte, warum. Gegen die Vorschrift war das Singen nicht, aber zum Strafcharakter des Hungerbunkers passte es auch nicht, weshalb Borgowiec es eigentlich verbieten wollte. Doch der Blockverwalter machte eine neue Erfahrung mit sich: Er ließ etwas zu, was er nicht wollte, und wollte etwas, was er nicht tat.

Erst am vierten Tag hörte die Liedersingerei auf, und das war gut und nicht gut. Denn jetzt wurde es auf einmal still in der Zelle, unnatürlich still, weil alles Jammern und Wimmern ausblieb, was doch in diesem Stadium normal ist und die Kontrolle erleichtert. Aber die Häftlinge in Zelle 18 gaben einfach keinen Ton mehr von sich, und Borgowiec musste deshalb häufig nachsehen, ob nicht vielleicht schon einige weggestorben waren, früher als sonst üblich.

So nach und nach starben sie dann auch. Ab dem siebten Tag brachte Borgowiec täglich welche aus der Zelle ins Krematorium und kümmerte sich darum – manchmal auch nicht –, dass man ihnen das Zahngold entfernte, bevor man die Leichen verbrannte. Und je weniger sie wurden, desto dichter wurde die Stille in der Zelle, desto unheimlicher die Ruhe, die lebendiger war, lauter tönte und tiefer drang als das Hungergeschrei aus den anderen Zellen. Und diese Ruhe ging ganz deutlich von dem Pater aus, der immer in der gleichen Art auf dem Boden saß, mit dem Rücken zur Wand, nahe dem vergitterten Luftschacht, die Hände vor dem eingefallenen Bauch gefaltet und den Kopf mit den halbgeöffneten Augen leicht angehoben – genau wie jetzt auch! Er bewegte sich nie, wenn Borgowiec in die Zelle kam, und er schaute auch nie zu, wenn er die bewusstlosen Mitinsassen untersuchte, ob sie noch lebten oder schon verstorben waren. Und wenn er dann eine Leiche an den Füßen ergriff, um sie hinauszuschleifen, da schaute der Pater noch immer nicht hin, obwohl er, Borgowiec, hätte schwören können, dass er alles genau sah und mitbekam, aber nicht mit den Augen …

Sicher merkt er auch jetzt, dass ich ihn beobachte, denkt

der Blockverwalter und schließt leise die Luke. Dann geht er nachdenklich über die schmale Stiege nach oben, setzt sich in sein Büro und wartet auf den angekündigten Arzt.

Was wohl in ihm vorgeht?, denkt er. Bei ihm würde mich das interessieren, bei ihm schon …

Aber in Maksymilian geht nichts vor, jetzt nicht mehr. Tagelang war er von Bildern umflutet, von Bildern seines Lebens, seines Leidens, seiner Versuche des Liebens – Bildern seines Werdens durch alles hindurch. Und während ihm so sein Schicksal nochmals widerfuhr, beobachtete er das Hinsterben seiner Mitgefangenen mit äußerster Bewusstheit. Dabei zog er manchen ein wenig in seinen Glauben hinein, in den Sog seiner manchmal zwar absinkenden, aber stets neu auflebenden Zuversicht in das Ganze; es geschah kaum mit Worten, durch Gebärden oder Gedanken als vielmehr durch seine spürbare, fast körperlich wirkende Ausstrahlung. Sein einfaches Sein war lauter als alles, was er hätte sagen können.

Und das ist es wohl auch, was bei Borgowiec eine so widersprüchliche Reaktion hervorgerufen hat: dieses Beeindrucktwerden von etwas Unfassbarem, doch gleichwohl Wirklichem, das ihn als Mensch zwar anspricht und spürbar belebt, aber als Blockverwalter von Block 11 stört und zutiefst hemmt.

Deshalb ist er erleichtert und mit einmal wie erlöst, als der SS-Arzt Dr. Bloch mit einem Helfer ankommt. Borgowiec führt sie gleich in den Bunker hinunter, entriegelt die Tür von Zelle 18, lässt sie hinein, bleibt aber selbst draußen stehen. Von der Türe aus sieht er, wie der Arzt und sein Helfer, die beide weiße Mäntel tragen, zunächst die zwei bewusstlosen Häftlinge untersuchen, indem sie ihnen den Puls fühlen. Offenbar leben sie noch, denn der Arzt weist den Helfer an, die Gefangenen auf den Rücken zu legen. Dann entnimmt er seiner Tasche zwei Phenolspritzen und spritzt sie den Verendenden direkt ins Herz. Einen Blick auf den dritten Häftling werfend, der völlig bewegungslos dasitzt, holt er noch einen Injektionskolben aus der Tasche und geht langsam auf ihn zu. Er ist noch nicht ganz bei ihm angelangt, da wendet sich Maksymilian plötzlich dem Arzt zu und blickt ihn an; Borgowiec kann den Blick nicht sehen, weil das Licht zu schlecht ist, er sieht nur, wie Maksymilian den Kopf dreht und zugleich langsam seinen linken Arm anhebt und dem Arzt entgegenhält. Und da packt es Borgowiec mit einmal, krampft sich etwas in ihm zusammen, als würde er selbst die Spritze kriegen.

Hab noch zu tun … Bin oben im Büro …

Er stößt das rasch heraus, mehr zu sich selbst als zu dem Arzt, und entfernt sich mit raschen Schritten. Beinahe fluchtartig eilt er die Stiege hinauf, hetzt den Flur im Parterre entlang, reißt die Tür auf, die aus dem Block hinausführt ins Freie, stellt sich draußen hin und atmet mehrmals tief durch …

Während er so versucht, den Aufruhr in seinem Innern zu befrieden, fällt sein Blick auf das gegenüberliegende Blockgebäude. Auf dem Dachfirst bemerkt er einen Vogel, ziemlich groß, dunkel, völlig bewegungslos, wie ausgestopft. Eine Weile verharrt er so, und der Blockverwalter glaubt schon, er habe sich getäuscht. Da fliegt der Vogel plötzlich auf und steigt mit schwerem Flügelschlag in das unendliche Blau dieses strahlenden Hochsommertages.

Danksagung

Der Autor dankt allen Einzelpersonen, Ordensgemeinschaften und weltlichen Institutionen, die durch ihre Hinweise, Informationen und Hilfestellungen die Werkrecherchen ermöglicht haben.

Besonderer Dank gilt der Familie Alois und Christina Kistler, deren freundschaftliche Unterstützung am Zustandekommen dieses Buches wesentlichen Anteil hatte.